Hansjörg Schertenleib

Cowboysommer

Roman

 aufbau

ISBN 978-3-351-03321-7

Aufbau ist eine Marke der Aufbau Verlag GmbH & Co. KG

1. Auflage 2010
© Aufbau Verlag GmbH & Co. KG, Berlin
Einbandgestaltung heilmann/hißmann, Hamburg
Druck und Binden CPI – Clausen & Bosse, Leck
Printed in Germany

www.aufbau-verlag.de

Für Werner R.,
Claudio C.

und für Hanna, my love.

*Der Autor bedankt sich
bei Landis & Gyr für das
großzügige Berlin-Stipendium*

Die Geschichte, die ich in diesem Buch erzähle, ist tatsächlich passiert, allerdings ganz anders. Da ich mich auf meine Erinnerungen verlassen musste, ist sie ohnehin erfunden. Und auch die Menschen, die auftreten, hat es so nie gegeben – höchstens in meiner Vorstellung.

»Wieder das sein
was ich nie war
aber immer sein werde.«

Gerhard Altenbourg

Winter 2010

1

Wäre ich ein Mädchen, ich würde mich auf der Stelle in dich verlieben. Der Satz war plötzlich in meinem Kopf, und mit ihm die erste Erinnerung an Boyroth, die sich vor die Szene schob, die ich gerade vorlas, ohne wirklich darauf zu achten, so oft hatte ich sie schon vorgetragen. Ich las immer noch gerne an Schulen, obwohl ich die arroganten, gelangweilten oder offen feindseligen Blicke der Jugendlichen nicht mehr sehen und ihre Fragen, die sie meist nur stellten, um eine lästige Pflicht zu erfüllen, nicht mehr hören konnte.

Wäre ich ein Mädchen, ich würde mich auf der Stelle in dich verlieben! Ich hatte den Satz schon einmal gedacht, vor über dreißig Jahren auf einem Nebenplatz des Letzigrund-Stadions, bei meinem ersten Training für die B-Junioren des FC Blue Stars.

Nach der Lesung lud mich die Lehrerin zu einer Tasse Kaffee im Lehrerzimmer ein, aber ich erzählte ihr, dass ich kaum geschlafen habe und mich vor der nächsten Lesung hinlegen wolle.

Als ich kurz vor vier Uhr morgens erwacht und ans Fenster des Hotelzimmers getreten war, hatte es geschneit. Ein Streuwagen fuhr durch die Straße, sein Warnlicht, das alle paar Augenblicke über mein Bett sprang, hatte mich wohl geweckt. Der Motor des Lastwagens war jedenfalls genauso wenig zu hören gewesen wie die Stimmen der drei Männer, die ausgelassen wie Schuljungen über den Gehsteig hüpften. Waren sie betrunken? Oder freuten sie sich über das Schneetreiben und den Wind, der die Flocken zwischen die Häuser trieb und die Wannen der Straßenleuchten tanzen ließ, weshalb die Lichter, die immer wieder in andere Richtungen strahlten, gespenstische Bewegung in das Gestöber brachten? Ich hatte dem Schneefall eine Weile zugesehen und mich dann wieder hingelegt, um vielleicht doch noch zu etwas Schlaf zu kommen. Und jetzt war ich müde.

Der Pausenplatz und die Sportwiese der Kantonsschule waren mit Schnee bedeckt, der Himmel hing tief, aber es schneite nicht. Ein paar der Schüler, denen ich aus meinem Buch vorgelesen hatte, hockten im Foyer und sahen zu, wortlos und ohne zu grüßen, wie ich ins Freie trat und wegging. Über dem Vierwaldstätter See stand Nebel, der sich wohl erst gegen Mittag auflösen würde, wenn die Sonne über die Berge fiel und Dächer und Zinnen aufgleißen ließ, bevor ihr Licht den Fluss und endlich auch die Gassen der Luzerner Altstadt erreichte.

Die nächste Lesung begann in zwei Stunden. Reichte die Zeit, um mich im Hotel auf der anderen Seite des Seebeckens hinzulegen? Oder sollte ich in der Mensa der Kantonsschule etwas essen und mich dann auf die Suche nach dem nächsten Klassenzimmer und den nächsten Schülern machen?

Ich ging stadteinwärts, ohne Boyroth aus dem Kopf zu bringen, der den Satz, den ich damals sofort verdrängte, ausgelöst hatte. Was wohl aus ihm geworden war? Der Weg führte am Seeufer und an einem Park entlang und später auf einer Fußgängerbrücke über einen Teil des Hafens hinweg. Passagierschiffe lagen dort vertäut, darunter der Raddampfer, mit dem ich vor vielen Jahren eine Rundfahrt gemacht hatte. Auf dem Dach des Dampfers staksten Möwen herum, als sie mich hörten, stiegen sie in die Höhe. Arbeiter waren dabei, die Ladung eines Lastschiffes zu löschen; die faustgroßen Steine, erstaunlich rund und mit Kappen aus Schnee, gelangten über ein Förderband auf die Ladefläche eines Lastwagens, wo die Männer sie mit Schaufeln gleichmäßig verteilten.

Den Imbissstand hinter dem Bahnhof hatte ich bisher übersehen; bepflanzte Betonkästen begrenzten ein Karree mit Plastiktischen, an denen jetzt natürlich keiner saß. Drei Männer standen am Tresen unter dem glühenden Heizstrahler, ein Mann hielt sich abseits, hatte aber wie die anderen eine große Flasche Bier in der Hand. Wir hatten uns vor dreißig Jahren das letzte Mal gesehen, aber ich erkannte ihn sofort: Boyroth. Er hatte einen zotteligen Bart mit Silbersträhnen und schulterlange Haare, trug Jeans und einen grünen Parka. Ein gefleckter Hund lag so dicht neben ihm, dass ihn Boyroths Arbeitsstiefel berührten.

Ich stellte mich neben ihn, ohne etwas zu sagen, doch er reagierte nicht. Es stank nach ranzigem Fett, die Haut der Bratwürste auf dem Grill war verkohlt und aufgeplatzt, eine Currywurst auf die Länge eines Fingers zusammengeschrumpelt. Die Sauce des Kartoffelsalates in der Auslage war geronnen, daneben türmten sich Zwiebelringe. Die Frau im Innern der Bude hob das Sieb mit den Pommes frites aus dem siedenden Öl, dann rührte sie in einem Topf; sie war um die fünfzig, hatte kupferrote, hochtoupierte Haare und geschminkte Lippen, ihr Lidschatten war himmelblau. Die

Plastikbahn, in deren Schutz die Trinker standen, knatterte in den Windböen, festgezurrt am Stand.

Nach einer Weile drehte Boyroth den Kopf und blickte mich eindringlich, aber ausdruckslos an. Trotzdem sah ich, er hatte mich ebenfalls erkannt. Er nahm das Zündholz, an dem er kaute, aus dem Mund.

»Schau an, der Dichter!«

Seine Stimme klang müde, aber auch sie hätte ich erkannt, aus tausend anderen Stimmen sofort erkannt. Er breitete grinsend die Arme aus und drückte mich an sich. In der kurzen Umarmung spürte ich, dass er Gewicht zugelegt hatte. Der Hund sprang auf die Beine, japste und drehte sich im Kreis, als wisse er nicht, wohin mit sich selbst. Boyroth fuhr ihm mit der Hand zart über den Kopf, und der Hund legte sich wieder hin.

»Brav, Zappa, brav.«

Boyroth roch nach Bier, Schmierfett und kaltem Rauch. Der rechte Ärmel seines Parkas war rostverschmiert.

»Ich hab heute an dich gedacht«, sagte ich, »verrückt, nicht?«, und wusste im selben Augenblick, er glaubte mir nicht.

»Sag ich doch: Ihr Dichter lügt. Und nachher behauptet ihr, es sei erfunden! Oder wahr!«

»Ohne Scheiß. Ich hab grad eben an dich gedacht.«

»Ha, ha! Ich auch«, sagte er und steckte sich das Zündholz wieder in den Mund.

»An mich?«

»An dich? Blödsinn! An mich! Mach ich eigentlich die ganze Zeit, an mich denken. Leider.«

»Und was machst du hier?«

Der anklagende Unterton in meiner Stimme störte mich selbst. Warum sollte er um elf Uhr morgens nicht hier stehen und Bier trinken, statt zu arbeiten?

»Pause. Das wirst du kennen«, sagte er und spuckte das Zündholz auf die Straße, »als Dichter.«

»Wohnst du in Luzern?«

»Fast. Und du?«

Er warf mir einen spöttischen Blick zu, dann fuhr er sich, wie schon vor fast vierzig Jahren, blitzschnell mit dem ausgestreckten Zeigefinger über die Oberlippe, zweimal, um die Hand mit erstauntem, fast angewidertem Gesichtsausdruck zu schütteln, wie damals.

»Sind das nicht alles Betonköpfe dort oben in den Bergen?«, sagte er, bevor ich antworten konnte.

Er wusste also, wo ich lebte. Ich war vor sechs Jahren in das Dorf Tavanasa in der Surselva gezogen, eine knappe Zugstunde von Chur entfernt.

»Alle nicht«, sagte ich, »nein. Nur die meisten.«

»Genau wie überall.«

»Wie überall, genau.«

»Rauchst du immer noch nicht?«, fragte er.

Ich schüttelte den Kopf. Boyroths Hände sahen abgearbeitet aus, unter den Nägeln war Dreck.

»Hätte mich auch gewundert. Ich schon. Eine Schachtel am Tag. Mindestens. Und was ist mit Fußball?«

»Was soll mit Fußball sein?«

»Spielst du noch?«

»Dafür bin ich zu langsam«, sagte ich.

»Das warst du früher schon. Und trotzdem hast du gespielt.«

Boyroth schüttelte die Bierflasche. Wir sahen zu, wie der Schaum hochstieg, dann trank er sie in einem Zug leer und rülpste leise.

»Ich hab sie übrigens endlich gefunden«, sagte er.

»Wen jetzt?«

»Die Platte, die wir so lange gesucht haben.«

Wenn ich jetzt nicht wusste, von welcher LP er redete, war ich verloren. Dann war ich nichts anderes gewesen als ein weiterer Freund von ihm, einer von vielen. Der beste Freund dagegen vergisst nicht, nach welcher Platte man wie besessen gesucht hat. Und ich erinnerte mich tatsächlich, sah plötzlich die Hunderte, nein Aberhunderte von Plattenkisten vor mir, durch die wir uns gewühlt, sah all die Flohmärkte vor mir, die wir abgegrast hatten.

»Canned Heat«, sagte ich schnell, fast hätte ich mich verhaspelt, »*Live at Topanga Corral*.«

»Genau die«, sagte Boyroth und schloss genüsslich die Augen, »aufgenommen im Topanga Canyon in Kalifornien.«

»1966 und 1967.«

»In den Vereinigten Staaten von A-ha-merika«, sagte er leise.

Wann hatte ich die USA zuletzt so genannt, wie wir sie immer genannt hatten? Vor dreißig Jahren. Auf einer TRIUMPH 650, bei 150 Stundenkilometern, ohne Helm, in T-Shirt und Jeansjacke, an Boyroth geklammert, ein Ziehen in der Magengrube. »Das ist ja wie in A-ha-merika!«, hatte ich ihm ins Ohr geschrien, vor uns die schnurgerade, von Bäumen gesäumte Straße nach Birmensdorf.

»Willst du sie hören?«, fragte er und schnitt das Gesicht, mit dem er mich schon vor so vielen Jahren dazu gebracht hatte, Dinge zu tun, die ich sonst niemals getan hätte, weil sie entweder verboten oder gefährlich waren und ich mich fürchtete.

Ich nickte, Boyroth packte die Bierflasche am Hals, langte über den Tresen und stellte sie neben einen Stapel Pappteller.

Die Frau, sie schnippelte mit der Schere eine Pepperoncini in den Topf und las dabei in einer Illustrierten, blickte hoch und lächelte.

»Wart schnell, Walti«, sagte sie und sah ihn zärtlich an. »Was sagst du zu meinem Chili?«

Er ließ sich den Löffel mit geschlossenen Augen in den Mund schieben; bevor seine Lippen ihn wieder freigaben, schmatzte er theatralisch und seufzte.

»Wie immer, Rita«, sagte er, »besser als beim Mexikaner.«

»Scharf genug?«, fragte sie und leckte den Löffel ab.

»Für die Bürobubis ist es zu scharf. Für mich ist es genau richtig. Wir gehen, Zappa. Ciao, Rita.«

Er hatte Sauce an der Unterlippe, auch das hatte sich also nicht geändert: Wenn er aß, hatte er Krümel an der Backe, Brotreste zwischen den Zähnen, Eis am Kinn. Boyroth klebte Sauce an der Lippe, und ich wischte mir, wie damals, den Mund.

»Du hast da was«, sagte Rita, lehnte sich aus ihrer Bude und strich ihm mit dem Zeigefinger über den Mund.

»Nur für dich, Rita, nur für dich.«

Sie blies ihm einen Kuss zu, aber er hatte sich bereits gebückt, um die Leine am Halsband seines Hundes einzuklinken. Die Frau bekam einen harten Zug um den Mund, leckte sich den Daumen ab und blätterte um. Boyroth erhob sich und ging weg, ohne sich noch einmal umzusehen.

»Wo wohnst du eigentlich?«, fragte ich und ging ihm nach.

»Das wirst du bald sehen, Hansi.«

Wann hatte zum letzten Mal jemand diesen Namen genannt, den ich über alles hasste? Hansi. Meine Mutter. Sie hatte mich bis zu ihrem Tod so genannt; das Theater, das ich deswegen jedes Mal machte, war gespielt, das wusste sie, ich liebte es, wenn sie mich so nannte. Hansi.

2

Boyroth arbeitete für einen Schausteller, dem mehrere Bahnen gehörten. Während der Fahrsaison war er für die Geisterbahn zuständig, im Winterquartier machte er Reparaturen, für die unterwegs keine Zeit geblieben war.

Der frühere Bauernhof, auf dem die Bahnen untergestellt waren, lag am Rand von Kriens; Boyroth bezahlte den Taxifahrer mit einer Hunderternote aus einem dicken Packen Geldscheine, auch das kannte ich von früher. Er hatte immer Geld, Bündel von Noten, die er achtlos in seine Hosentaschen stopfte, Berge von Münzen, die seine Jackentaschen ausbeulten. Der Taxifahrer hatte sich erst geweigert, den Hund mitzunehmen, aber dann erzählte ihm Boyroth, er sei eben beim Tierarzt gewesen, und es sei wohl die letzte Fahrt für das Tier, Krebs. Die verspiegelte Sonnenbrille kreiste in der Hand des Fahrers, während er besorgt zusah, wie wir ausstiegen. Das Rauschen der nahen Autobahn war zu laut, um zu verstehen, was Boyroth zu mir sagte. Er deutete auf den Pilatus, der vor uns in den Himmel wuchs; seine Felskanzel lag bereits in der Sonne. Die Kabine der Luftseilbahn, die schnell in die Tiefe glitt, blitzte auf wie ein Diamant an einer unsichtbaren Kette.

»Hat er wirklich Krebs?«, fragte ich, als wir auf den Bauernhof zugingen.

»Hast du Krebs, Zappa?«

Der Hund bellte zwei Mal, ganz kurz nur, es klang, als schnappe er nach Luft. Boyroth klinkte die Leine aus, und Zappa lief über den Kiesplatz am Hof vorbei und verschwand hinter der Scheune.

»Aber wer weiß schon, was nicht alles in uns schlummert, was?«, sagte Boyroth und steckte sich eine Zigarette an. »Vielleicht hast du Krebs und weißt es nur nicht. Oder ich.«

Seine kleine Wohnung lag im ehemaligen Stall, in dem nun einige der Bahnen überwinterten. Früher hatte bestimmt der Knecht in den zwei Zimmern gewohnt, durch ein Fenster in der Küche konnte man jedenfalls in den Stall hinübersehen. Das andere Fenster ging auf Brachland hinaus, begrenzt von einer Reihe Tannen, dahinter zog die Autobahn Richtung Süden. Aus der Schneedecke, durch die Vogelspuren liefen, ragten gefrorene Erdschollen. Das Licht war seltsam fahl, als leuchte der Schnee.

Am Küchentisch, über und über bedeckt mit dreckigem Geschirr, leeren Bierflaschen, Werkzeugen, Schrauben, öligen Putzlappen und überquellenden Aschenbechern, standen nur ein Stuhl sowie ein Sessel aus braunem Kord mit einem Riss auf der Rückenlehne, aus dem das Futter quoll. Dort schlief der Hund: Die Wolldecke war voller Haare. An einem Drahtbügel hinter der Tür hingen ein schmutziger Overall, TRIUMPH, und ein gelber Bauhelm.

Boyroth öffnete den Kühlschrank, nahm eine Bierdose heraus und drückte sie sich gegen die Stirn.

»Dir ist es ja zu früh für ein Bier.«

Damit hatte er mich, das wusste er genauso gut wie ich. Er zögerte einen Tick, bevor er den Kühlschrank wieder aufmachte, ich sollte aussprechen, dass ich ihm immer noch gefallen wollte.

»Gib mir auch eins«, sagte ich.

Wir rissen die Laschen auf, prosteten uns zu und tranken. Auf dem Tisch, das sah ich jetzt, lagen mehrere Bildbände und Bücher über Tiger.

»Interessierst du dich für Tiger?«, fragte ich.

»Du nicht? Willst du die Platte jetzt hören oder nicht?«

»Die erste von Brainbox hast du aber nicht auch noch gefunden?«, gab ich zurück, sicher, dass er sich nicht mehr an die LP erinnerte, nach der wir ebenfalls Jahre gesucht hatten.

»Die mit Jan Akkerman an der Gitarre«, sagte er ruhig, »1969 erschienen?«

»Genau die.«

»Doch. Aber ich hab sie schon lang wieder verkauft. Abgesehen von *Dark Rose* war sie Mist. Willst du Canned Heat jetzt hören oder nicht?«

Ohne meine Antwort abzuwarten, öffnete er die Tür neben der Küchenzeile und bedeutete mir, ihm zu folgen. Das Zimmer sah aus wie sein Jungenzimmer, nur das Bett war breiter. Ich wusste nicht, wohin ich meine Füße setzen sollte: Kleider, Weinflaschen, Bierdosen, Schuhe, zerdrückte Pizzaschachteln und DVD-Hüllen bedeckten den Teppichboden. Es stank nach Zigaretten, Hund und verschüttetem Bier. Aus den offenstehenden Schubladen der Kommode in der Ecke quollen Socken und Unterwäsche. An der Decke hing eine dieser billigen Papierkugeln als Lampe, wie wir sie früher alle gehabt hatten.

»Setz dich«, sagte er und zeigte auf einen Ledersessel.

Meine Arme lagen in Schulterhöhe auf den abgewetzten Lehnen, ich versank regelrecht in dem durchgesessenen Fauteuil. Unter dem Bett lag eine Hantel neben Fußballschuhen, zwischen deren Stollen Erde klebte. Die Anlage mit dem

Plattenspieler stand neben dem Bett, Boyroth erreichte sie, ohne aufstehen zu müssen. Er nahm ein Batiktuch von einem Bierkasten, zog ohne Zögern eine LP heraus, legte sie auf und warf mir die Klapphülle zu. Ich hatte Tausende von Schallplatten erwartet, eine Wohnung voll. In dem Bierkasten waren keine hundert Platten.

»Das hättest du jetzt nicht erwartet, was!«

»Das sind ja keine hundert LPs«, sagte ich verdattert und klappte das Album von Canned Heat auf.

»Siebzig. Es sind genau siebzig. In der Kürze liegt die Würze. Das haben wir Idioten früher nur nicht geschnallt.«

»Musst du heute nicht arbeiten?«, fragte ich.

»Gabathuler kann mich mal. Er zahlt sowieso zu wenig. Nimmst du auch noch eins?«

Er knüllte seine Bierdose zusammen, ließ sie zu Boden fallen und stand auf. Ich nickte, machte die Augen zu und versuchte mich auf Canned Heat zu konzentrieren.

Wir hörten den ganzen Nachmittag Musik, Langspielplatte nach Langspielplatte. Boyroth gefiel sich in der Rolle des DJs, spielte von dieser Platte einen Titel, von jener zwei, aber fast nie eine ganze Seite. Er hielt mir Hülle um Hülle vor die Nase, genoss meine Begeisterung und freute sich selber über die Songs, die er auflegte und die uns Jahrzehnte zurücktrugen. Viele der Platten hatte ich früher auch gehabt, aber irgendwie waren sie eine nach der anderen aus meinem Leben verschwunden.

Erst tranken wir Bier, später stellte Boyroth eine fast volle Flasche Four Roses und zwei Gläser auf den Boden. Irgendwann fielen mir die Schullesungen ein, *Woher nehmen Sie Ihre Einfälle?*, ich hatte sie vergessen, *Ist das alles erfunden?*, die

Jugendlichen konnten sich auch ohne mich langweilen, *Warum schreiben Sie?*

Boyroth lag mit den Arbeitsstiefeln auf dem Bett, ausgestreckt auf dem Rücken, irgendwann war er zu müde oder zu betrunken, um immer wieder aufzustehen und die Seiten zu wechseln, darum hatte er den Plattenspieler auf *Repeat* gestellt. Wir hörten Miles Davis' *A Tribute To Jack Johnson*, nickten im Rhythmus, die Arme in der Luft, als müssten wir Miles' Soli dirigieren.

»Denkst du manchmal an die beiden?«

Hatte ich die Frage wirklich gestellt? Ich öffnete die Augen, das Zimmer drehte sich. Draußen war es dunkel, die Scheinwerfer der Autos auf der Autobahn strichen wieder und wieder über die drei Tannen vor dem Fenster, Farbe, die einfach nicht auf den Stämmen haften wollte.

»Jeden Tag«, sagte er, »du nicht?«

»Jeden Tag nicht, nein. Aber oft.«

»Dabei hat er nie mit einer Frau geschlafen.«

Der Satz hatte mir damals schon Tränen in die Augen getrieben. Boyroth schlug mit der Faust gegen die Wand.

»Kein einziges Mal«, sagte er.

»Wie er wohl aussehen würde?«, fragte ich.

»Dick. Er wäre todsicher dick. Fett nicht, aber dick.«

Wo war eigentlich Zappa, der Hund? Eine Weile hatte er auf dem Boden geschlafen, die Vorderpfoten in einer Pizzaschachtel, aber ausgerechnet als Boyroth Frank Zappas *Zomby Woof* von *Over-Nite Sensation* spielte, war er aufgesprungen und hatte sich davongemacht. Es dauerte, bis ich begriff, dass Boyroth den Plattenspieler ausgeschaltet hatte. Nun hörte ich das Rauschen der Autobahn. Schneite es?

»Schneit es?«, fragte ich.

»Was dagegen? Hast du damals wirklich nicht mit ihr geschlafen?«

»Nein. Leider nicht«, sagte ich.

»Zum Glück. Du gehörst sicher auch zu den Schisshasen, die sich in keine Geisterbahn trauen.«

»Ich liebe Geisterbahnen«, log ich und stand auf.

3

Unter dem Satteldach verlief eine Fensterzeile, schmal wie eine Schießscharte, durch die das milchige Licht der Lampe fiel, die den Stallvorplatz beleuchtete.

Eisen- und Metallträger der demontierten Bahnen lehnten an den Wänden, ausgebaute Einzel-, Doppel- und Dreiersessel standen in einer langen Reihe nebeneinander. Mehrere große Teile waren mit Plachen abgedeckt. Es roch nach Maschinenfett, Benzin und Eisen. Der Hund lief ausgelassen durch den großen dunklen Raum; nur das Kratzen seiner Krallen verriet, wo er sich herumtrieb. Boyroth führte mich an die hintere Querwand des Stalles, dort war die Front der Geisterbahn mit den Ein- und Ausfahrtstoren aufgebaut. Auf der Schienenstrecke, die davor verlegt war, keine fünf Meter lang, stand ein Karren in Form einer Ratte.

»Hier mach ich Gabathulers Geister fit«, sagte Boyroth und deutete auf eine Werkbank mit ordentlich aufgehängten Werkzeugen. Auf dem Tisch daneben standen ein Elektrokocher mit zwei Platten, eine Tischlampe, eine Tasse und ein Glas Pulverkaffee. Boyroth setzte sich, zog den zweiten Stuhl vor und klopfte auf die Lehne. Ich blieb stehen, auch das war wie früher: Indem ich unwichtigen Aufforderungen von ihm nicht nachkam, bewahrte ich mir die Lüge, er habe mich nicht in der Hand.

Das rote Kunstleder der Sitzfläche des Karrens war mit Flecken übersät. Ich ließ mich auf den Sitz gleiten und streckte meine Beine in die Schnauze der Blechratte. Boyroth machte die Tischlampe an, im gleichen Augenblick kam Zappa aus der Dunkelheit geschossen und drängte sich an ihn. Der Hund ließ sich eine Weile streicheln, bevor er sich auf einer Wolldecke neben der Werkbank zusammenrollte.

»Schreibst du eigentlich auch über dich?«

»Manchmal.«

»Über Sachen, die passiert sind? Richtig passiert?«

»Logisch«, sagte ich.

Boyroth trat an den Karren, in dem ich saß, und schloss den Sicherungsbügel. Dann fing er an, die Ratte sachte in der Schiene hin und her zu schieben.

»Aber über uns hast du nie geschrieben?«

»Nein.«

»Bin ich dir nicht wichtig genug«, fragte er, »als Held?«

»Arschloch! Das Buch würde ja nicht nur von dir handeln.«

»Sondern auch von Fabio. Und von Yolanda.«

»Und von mir«, sagte ich.

»Und von dir, stimmt. Das ist natürlich ein Problem.«

»Das ist ein Problem. Allerdings.«

Neben dem Eingang der Geisterbahn mit den Filzportieren stand ein offener Sarg, in dem eine nackte Mädchenfigur saß, bleich und hager, mit schulterlangen rotblonden Locken und spitzen Brüsten.

»Ihr Mechanismus klemmt. Wenn man an ihr vorbeifährt, muss sie aus der Liege- in die Sitzposition klappen und schreien. So.«

Er bewegte einen Eisenhebel, der aus dem Boden des Sarges ragte, und löste einen Frauenschrei aus.

»Das Band wird von den Wagen ausgelöst, wenn sie über

einen Kontakt fahren. Aber Constanze klappt nicht mehr richtig hoch.«

»Vielleicht ist sie müde!«

»Ich werd sie schon wach kriegen.«

Boyroth nahm einen Schraubenschlüssel und fing an, im offenen Rücken des Mädchens herumzuschrauben.

»Hast du auch schon mal darüber nachgedacht, wie du sterben möchtest?«

Er stellte also immer noch Fragen, die man nicht hören wollte, die einem aber lange nachgingen.

»Wie ich sterben will?«

»Das hast du dir noch nicht überlegt, stimmt's? Solltest du aber.«

»Wahrscheinlich möglichst schnell. Herzschlag. Keine Ahnung. Ich weiß ja nicht mal, wie ich leben soll.«

»Lernt man das nicht beim Bücherschreiben?«

»Und du?«, fragte ich.

»Ich hab drüber nachgedacht. Schon früher«, sagte er, »schon damals.«

»Und?«

»Früher wollte ich … Vergiss es.«

»Und heute?«

»Heute möchte ich von einem Tiger gefressen werden«, sagte er und legte den Schraubenschlüssel auf die Werkbank.

»Witzbold!«

»Nein, witzig ist das bestimmt nicht. Willst du einen?«

Er hob das Kaffeeglas in die Höhe und schwenkte es hin und her, gleichzeitig zog er die Schublade des Tisches heraus. Ich schüttelte zwar den Kopf, er schraubte den Deckel des Glases aber trotzdem auf und fing an, den festgebackenen Rest Pulverkaffe mit einem Messer zu lockern.

»Ich hab jedenfalls im Sinn, in den Himmel zu sehen, wenn es so weit ist«, sagte er.

»Wenn es so weit ist?«

»Wenn ich abkratze. Dann will ich in den Himmel sehen.« Er stellte das Glas mit dem Kaffee weg und schraubte den Deckel darauf; das Messer warf er in die Schublade zurück.

»Ich muss los«, sagte er und machte das Licht aus, »ich nehm ein Taxi zum Bahnhof in Luzern. Willst du mitfahren?«

Die Tätowierung bedeckte Boyroths ganzen Rücken. Das Blut, das aus Jesus' durchschlagenen Handgelenken und Füßen tropfte, war so rot, als sei es nachgestochen worden, das Kreuz wirkte wie eine Last, an der auch Boyroth zu tragen hatte. Jesus war mit tiefen schwarzen Strichen gezeichnet, wirkte aber trotzdem nicht grob, sondern zart und feingliedrig. Aber das lag vielleicht auch daran, dass Boyroth im obersten Regal des Schrankes nach etwas suchte: Die Muskelstränge unter seiner Haut bewegten Jesus, als gebe er mir heimlich Zeichen, als brauche er sich bloß etwas mehr anzustrengen, um vom Kreuz steigen zu können.

»Bist du religiös geworden?«

Meine Stimme klang schärfer, als ich beabsichtigt hatte. Boyroth erstarrte, drehte sich aber nicht nach mir um.

»Halt einfach die Fresse, ja!«

Er zog einen Pullover über und ging aus dem Zimmer, ohne sich um mich zu kümmern. Bis ich in der Küche war, die Haustür stand sperrangelweit offen, hatte Boyroth seine Wohnung verlassen. Er redete auf dem Vorplatz mit einem Jungen, der einen Lederball unter dem Arm trug. Der Junge lachte, ließ den Ball fallen und nahm ihn, ans andere Ende des Platzes laufend, mit dem rechten Fuß mit. Ich trat aus dem Haus und machte die Tür hinter mir zu.

»Seit sie gestorben sind, habe ich darauf gewartet, dass Gott in mein Leben tritt. Ist er aber nicht.«

Boyroth sah an mir vorbei, während er redete. Er war ganz auf den Jungen konzentriert, der den Ball sorgfältig hinlegte, wohl um eine Flanke zu schlagen.

»Gott weiß bestimmt, was geschieht, aber verhindern, verhindern kann er es nicht«, sagte Boyroth und lief dem Pass entgegen, den ihm der Junge viel zu hoch zuspielte.

Boyroth sprang in die Höhe und ließ den Ball, die Arme starr nach hinten abgewinkelt, den Oberkörper nach vorne gereckt, auf seiner Brust abtropfen, um ihn dann mit beiden Füßen zu jonglieren, hin und her, auf und ab, spielerisch und ohne die kleinste Mühe, links, rechts, links, rechts, während er grinsend auf mich zukam.

»Und«, rief er mir zu, »machst du mit oder nicht?«

Dann spielte er mir den Ball zu, ohne eine Antwort abzuwarten, und es blieb mir nichts anderes übrig, als ihn anzunehmen und zurückzupassen. Freundschaft kann man genauso wenig erklären wie Liebe; doch was wären wir, wenn wir es nicht versuchten?

»Genau wie früher«, rief Boyroth und spielte mir den Ball sofort wieder zu. »Weißt du noch? Genau wie früher! Die Ärsche spielen wir doch mit links an die Wand!«

Sommer 1974

1

Der Wind hatte den frisch gestreuten Kalk der Torlinie bereits wieder verweht, doch das schien den Mann, der die Linien nachzog, nicht zu stören. Er nickte mir lächelnd zu, und als ich ihn fragte, wo die B-Junioren des FC Blue Stars trainierten, deutete er mit dem Kinn auf den Strafraum am anderen Ende des Platzes.

Ich war zu spät, die Polizei hatte mich angehalten, das zweite Mal diesen Sommer, weil die Vorderradgabel meines Mofas verlängert und natürlich nicht zugelassen war. Die Gabel hatte die beiden Beamten so fasziniert, dass sie nicht einmal auf die Idee kamen, den Zylinderkopf zu überprüfen. Die vier Tage, die sie mir gaben, um das Mofa mit der erlaubten Teleskopgabel vorzuführen, reichte, um den ausgebohrten Kolben durch den zu ersetzen, den ich nach dem Kauf des Mofas ausgebaut und in einer Kiste unter dem Bett verstaut hatte.

Der Wind griff mir in die schulterlangen Haare, während ich so langsam wie möglich über den Platz ging; ich fühlte mich nicht wohl in Gruppen, und die Vorstellung, zu spät zu fünfzehn oder sechzehn Jungen dazuzukommen, die sich alle kannten, brachte mich fast dazu, umzudrehen und wieder nach Hause zu fahren. An den Nebenplatz des Letzigrund-Stadions, auf dem die verschiedenen Mannschaften des FC Blue Stars trainierten und ihre Heimspiele austrugen, grenzten mehrere offene Bocciabahnen, gedeckt von einem Flachdach. Die verhaltenen Zurufe der italienischen Gastarbeiter, die bestimmt Schicht arbeiteten und darum an einem Mittwochabend Boccia spielen konnten, ihre leise verwehte Akkordeonmusik und das Klacken der Kugeln, die gegeneinanderstießen, ließen mich genauso weitergehen wie der Junge, der sich aus der Gruppe gelöst hatte und mir entgegenlief, beidfüßig einen Lederball jonglierend. Als er vielleicht noch zwanzig Meter von mir entfernt war, kickte er den Ball hoch über seinen Kopf hinaus. Der Ball drehte sich, schien aber gleichzeitig für Sekunden festgefroren in der Luft zu stehen, bevor er wie ein Stein aus dem Himmel fiel. Der Junge nahm ihn volley und ohne ihn anzusehen, weil er mich nicht aus den Augen ließ. Ich weiß bis heute nicht, wie es mir gelang, den scharfen Ball zu stoppen. Er klebte auf jeden Fall an meinem rechten Fuß, als gehöre er dort hin. Ich ließ ihn einen Augenblick ruhen, bevor ich ihn flach zurückgab.

»Endlich einer, der Fußball spielen kann«, rief der Junge, nahm den Ball an, jonglierte kurz mit ihm und passte ihn zu mir zurück, während er strahlend auf mich zukam.

»Und die richtigen Schuhe hast du auch!«

Ich trug nicht nur Puma wie er, wir hatten das gleiche Modell. Mit 1 Meter 86 war ich der Größte der mehr als zwanzig Setzerlehrlinge in der Druckerei, keine dreihundert Meter vom Stadion entfernt, in der ich seit April zum Bleisetzer ausgebildet wurde: Der Junge war einen halben Kopf größer als ich. Seine blonden Haare waren dünn und glatt wie meine, reichten ihm jedoch bis in die Mitte des Rückens. Er war knochig, fast hager, aber gleichzeitig so muskulös, dass ich nicht gern gegen ihn gespielt hätte.

»Ich heiße Boyroth«, sagte der Junge.

34

»Hanspeter.«

»Etwas dagegen, wenn ich dich Gönggi nenne?«

Ich schüttelte den Kopf. Gönggi? Er trug eine geflochtene Schnur am rechten Handgelenk und eine silberne Kette um den Hals.

»Mach dir keine Sorgen. Die Ärsche«, er deutete mit dem Daumen auf den Rest der Mannschaft, »spielen wir mit links an die Wand.«

In diesem Moment wurde er mein Freund. Mit siebzehn war ich zwar aus dem Alter heraus, in dem etwas nur stattfand, wenn man es nicht allein erlebt hatte, sondern teilen und damit mitteilen konnte, aber einen Verbündeten brauchte ich dennoch. Einen Verbündeten gegen Lehrer und Vorgesetzte, gegen Eltern und Erwachsene überhaupt. Ich habe damals immer ausgesehen, als sei ich beleidigt, weil man mich verstoßen hat. Dabei war ich es, der sich abseits hielt und nichts mit den anderen zu tun haben wollte. Diese selbstgewählte Einsamkeit, unter der ich eben auch litt, hätte ich gerne mit einem Freund geteilt, mit einem Mädchen nicht, das kam erst später, mit einem Freund, der sich ebenfalls bewusst am Rand hielt. Boyroth war dieser Freund, das spürte ich sofort. Er war etwas Besonderes. Er würde mir das Gefühl geben, *da* zu sein, am Leben zu sein, wirklich und immer, jede Sekunde, jemand, der nicht in der Menge untergeht und doch nicht allein ist. Er hatte, das sah ich, die schwierige Aufgabe, er selbst zu werden, bereits geschafft. Mit ihm konnte ich üben, ein anderer zu sein, bis ich wirklich ein anderer war. Er war mir voraus, weit voraus. Und nicht nur mir. Boyroth gehörte nicht zu den Menschen, die alles daransetzen, Träume nicht wahr werden zu lassen, um sie sich zu bewahren. Er tat alles dafür, seine Träume zu erfüllen. Er würde mich größer machen als ich war, älter auch. Erwachsener nicht, sogar das spürte ich, aber älter und weniger ängstlich. Und was tust du für ihn? Diese Frage fiel mir erst viele Jahre später ein. Was es für ein Geschenk war, den größten und schwierigsten Abschied, den Abschied von der Kindheit nämlich, ausgerechnet mit ihm erleben zu dürfen, konnte ich damals natürlich nicht sehen.

Die erschreckende Erkenntnis, »Wenn ich ein Mädchen wäre, würde ich mich auf der Stelle in dich verlieben«, verdrängte ich mit der Vermutung »Der hat vor gar nichts Angst«. Erst jetzt fiel mir auf, dass der Gestank aus dem nahen Schlachthof an diesem Mittwoch wieder besonders schlimm war. An manchen Tagen konnten wir die Fenster der Bleisetzerei nicht öffnen, weil uns der faulige Geruch nach Fleisch, oder war es Blut?, den Atem verschlug und weil wir die Schreie der Schweine, Kühe und Kälber, die zur Schlachtbank geführt wurden, und das aufgeregte Gebrüll der Metzger nicht länger ertrugen.

»Wer da nicht zum Vegetarier wird, gehört geschlachtet«, sagte Boyroth und deutete mit dem Kinn über die Straße. Aus dem Kamin des Schlachthofes stieg Rauch, eine kerzengerade Säule von hellem Grau.

»Also ich esse Fleisch«, sagte ich.

»Nicht mehr lange. Alkohol trinkst du auch?«

»Du nicht?«

»Seh ich so aus?«

Er grinste spöttisch und tat so, als hebe er mit der rechten Hand einen Humpen an die Lippen, den er, kaum war er leer getrunken, in weitem Bogen wegwarf.

»Seh ich so aus?«, fragte er noch einmal.

»Wie sieht denn einer aus, der Alkohol trinkt?«, gab ich zurück.

»Anders als einer, der Haschisch raucht und Gras. Verstehen wir uns?«

»Und wie wir uns verstehen.«

»Nach dem Training bau ich uns eine Tüte. Gut?«

»Gut.«

»Hast du das Spiel gesehen gestern?«

Natürlich hatte ich das WM-Spiel zwischen der DDR und der BRD gesehen. Als Jürgen Sparwasser das einzige Tor des Matches für die Ostdeutschen erzielt hatte, war ich jubelnd durch unsere Wohnung gerannt.

»Von diesem 0:1 werden die Deutschen noch jahrelang reden«, sagte ich, »das vergessen die nie.«

»Stimmt. Aber Weltmeister werden sie trotzdem!«

»Nie im Leben. Weltmeister werden die Brasilianer.«

»Komm, ich stell dich den Ärschen vor«, sagte er und drückte mir den Ball in den Arm. »Ich erzähl ihnen, dass wir uns schon seit Jahren kennen.«

2

Sein Mofa sah genau so aus, wie ein Mofa meiner Vorstellung nach aussehen musste, seit ich *Easy Rider* gesehen hatte: Jedes Teil war verchromt, die Vorderradgabel bestimmt zwei Meter lang, der Lenker hochgezogen, die Rückenlehne mit schwarzem Leder bespannt, in das weiß das Peace-Zeichen eingebrannt war. Boyroth hatte das Mofa hinter dem Kassahäuschen des Stadions abgestellt, weil ihn die bewundernden Blicke und Sprüche der anderen nervten, wie er mir erklärte.

Er startete den Motor, indem er sich in den Sattel setzte, den ersten Gang einlegte, das Mofa ruckartig ein Stück vorwärtsbewegte und dann in die Vorderbremse griff, dass die Teleskopgabel in die Knie ging. Der Motor lief so ruhig und regelmäßig, wie ich es gern hingekriegt hätte, aber man hörte auch, er war frisiert.

»Und«, fragte ich, »wie schnell?«

»Lust, etwas daraus zu machen?«, überging er meine Frage, packte den Gasgriff meines Mofas und ließ den Motor aufheulen. Wer hätte da nicht genickt?

»Fehlt nicht viel, dann hast du eine Supermaschine.«

»Wie du«, sagte ich.

»Schon mal was von Can gehört?«

»Die deutsche Gruppe?«

Boyroth nickte und ließ den Gasgriff meines Mofas los. Auf

dem Deckel seines verchromten Luftfilters waren die Initialen BR eingraviert.

»Wir fahren zu mir, komm.«

Boyroth legte mir die Hand auf die Schulter, drückte sie und fuhr los. Der Junge, der uns den Weg abschnitt, bevor wir auf die Badener Straße einbogen, war mir schon auf dem Fußballfeld aufgefallen: Sein Gewicht und die Körpergröße betonten seine wendige Schnelligkeit nur umso mehr. Aufgefallen war mir auch sein unterwürfiges Verhalten gegenüber Boyroth.

»Und, was liegt an?«, wollte der Junge wissen.

An der Rückenlehne seines Mofas hing ein Fuchsschwanz, seine Vorderradgabel war ein gutes Stück länger als die von Boyroth, wirkte dadurch aber angeberisch und fehl am Platz.

»Gönggi will mir die neue LP von Can vorspielen«, sagte Boyroth und spuckte aufs Trottoir, »bei sich zu Hause.«

»Fußballspielen kannst du«, sagte der Junge, »aber das hier«, er zeigte auf mein Mofa, »ist eine lausige Scheißmaschine.«

»Nicht mehr lange, Fabio«, sagte Boyroth, zwängte sich an ihm vorbei und fuhr auf die Straße hinaus, ohne sich nach uns umzusehen.

»Er nimmt dich auseinander«, sagte Fabio, gab aber den Weg frei, damit ich Boyroth nachfahren konnte.

»Ich hab dich gewarnt, Neuer!«, rief er mir nach. »Er poliert dir die Eier!«

Die Wohnung von Boyroths Eltern sah aus wie die Wohnung meiner Eltern. Was hatte ich erwartet? Eine Villa? Ein Häuschen im Wald, ein Lager im Dschungel? Vielleicht, dass Boyroth bereits ausgezogen war und allein lebte. Ich musste mich beherrschen, um die Enttäuschung, die ich empfand, nicht ihm vorzuwerfen. Ich sah in ein Wohnzimmer hinein, in dem die Möbel standen wie bei uns, es blieb kaum Raum, sich zu bewegen: Couch, Sessel, Rauchtisch, Schrankwand mit Fernseher und einer Handvoll Bücher. Auf den ersten Blick schien sogar das Bild über der Couch das Gleiche zu sein. Aber auf unserem See kämpften sich zwei Ruderkähne durch die Wellen, hier nur einer. Im Gang, dunkel, ohne Fenster, wie bei uns, roch es nach Sauerkraut und Scheuermittel. An der Garderobe hingen ein Pullover, durch dessen Schultern das Holz des Bügels schimmerte, sowie die Diensthose der Briefträger mit einer Fahrradklammer in der Gesäßtasche. Boyroths Reich lag gegenüber Küche und Bad, Wand an Wand mit dem Wohnzimmer, genau wie das Zimmer, das ich mit meiner jüngeren Schwester Sylvia teilte. Das Abendlicht wurde durch die schräg gestellten Lamellen der Holzläden in Streifen zerschnitten, die sich über das ungemachte Bett und das Durcheinander aus Platten, Kleidern und Rockmagazinen auf dem Teppichboden legten. An den schwarzgestrichenen Wänden hingen Poster von Frank Zappa, Iggy Pop und Johan Cruyff und der blau-weiße Fanschal vom FCZ.

Boyroth war vorausgefahren, nach Fabio umgesehen hatte er sich kein einziges Mal, ganz im Gegensatz zu mir: Ich war mir sicher, dass er uns folgte, doch das tat er nicht. Beim Albisriederhaus war Boyroth von der Hauptstraße auf den Fußweg gebogen, der an Schrebergärten vorbei durch unbebaute Wiesen mit Obstbäumen nach Altstetten hinüberführte. Erst da hatte er Gas gegeben und mir vorgeführt, wie perfekt sein Mofa frisiert war, wie schnell und gleichzeitig ruhig der ausgebohrte Motor lief.

In Boyroths Zimmer roch es nach Gras, wie auf einem Fußballfeld, auf das man einläuft, gleich nachdem es der Platzwart gemäht hat. Er legte *Soon over Babaluma* auf, und wir setzten uns nebeneinander auf den Boden und hörten uns die erste Plattenseite an, ohne ein Wort zu sagen. Fuhr der Abendwind in die Lamellen, zitterten die Lichtstreifen, und es war, als säßen wir auf dem Grund eines Schwimmbeckens, einer neben dem andern, und betrachteten die Lichtreflexe, die über uns auf der Wasseroberfläche schaukelten. Im Moment, in dem sich knackend der Tonarm vom Vinyl hob und wir uns ansahen, zwei Träumer, die zur selben Zeit in die Welt zurückkehren, wurde die Tür geöffnet: Boyroths Mutter trug eine geblümte Schürze über einem formlosen Kleid; aus dem Dutt, der auf ihrem Hinterkopf saß, hatten sich Haarsträhnen gelöst, die sie verwegener aussehen ließen, als sie wohl war, wie ihr trauriges Gesicht verriet. Sie hielt mit beiden Händen ein Tablett mit Butterbroten, Äpfeln und zwei Glas Milch und lächelte mich an.

»Esst! Ihr müsst essen, gerade nach dem Training«, sagte sie.

Boyroth stand auf, nahm ihr das Tablett ab und strich ihr mit der flachen Hand über die Wange. Sie drückte kurz die Lider zu.

»Das ist Hanspeter. Er spielt seit heute in der Mannschaft.«

Ein Goldkettchen rutschte ihr aus dem Kragen des Kleides, als sie sich vorbeugte, um mir die Hand zu geben.

»Rauchst du?«, fragte sie mich, und ich schüttelte den Kopf.

»Lass gut sein, Mams.«

»Und wo ist Fabio?«, fragte sie.

»Nicht hier«, sagte Boyroth sanft.

Er nahm seine Mutter am Arm, zwinkerte mir zu und führte sie aus dem Zimmer.

»Danke, Mams«, sagte er und drückte die Tür hinter ihr ins Schloss.

Auch die zweite Plattenseite hörten wir uns schweigend an, das Tablett zwischen uns am Boden. Die Äpfel ließen wir liegen, aber die Butterbrote aßen wir alle, ich achtete darauf, mich immer erst nach Boyroth zu bedienen. Die Milch rührten wir nicht an, bis die Nadel in der Auslaufrille knisterte, wir tranken sie gleichzeitig und in einem Zug, als sei es so abgesprochen; als wir die Gläser absetzten, trafen sich unsere Blicke, und Boyroth stand auf.

»Bin gleich zurück«, sagte er und ging aus dem Zimmer.

Ich wartete einen Moment, dann öffnete ich das Fenster und stellte die Lamellen waagerecht. Mittlerweile war es dunkel, auf ihrem Balkon, schmal und klein wie unserer, stand ein Wäscheständer, an dem ein violettes Höschen und eine Strumpfhose hingen, sonst nichts, tropfnass, wie ich an der Farbe des Nylons erkannte. In den anderen Wohnblocks, ebenfalls dreistöckig und mit jeweils zwei Eingängen, brannten da und dort Lichter. Die schmalen Rasenflächen waren gemäht, die Büsche und Sträucher gestutzt. Der Blick aus meinem Zimmer glich dem, was ich hier sah, bis ins Detail; nur empfand ich das, was ich sonst als spießig und trostlos abtat, an diesem Abend als so behaglich, dass es mir einen Stich versetzte. Hinter einer Zeile Birken verlief ein Graben, in dem Wasser gluckste und der jetzt, in der Dämmerung, wie ein tiefer Schnitt wirkte. Dahinter lag das Schulhaus, wie mir Boyroth erklärt hatte.

»Willst du eine Plastiktüte?«, fragte er noch unter der Tür.

Er nahm die LP von Can vom Plattenteller, ohne auf meinen fragenden Blick zu reagieren, und schob sie ins Cover; die Schutzhülle aus Klarsichtpapier ließ er am Boden liegen. Dann drückte er mir die Platte in die Hand; bevor ich mich dafür bedanken konnte, stand er auf dem Gang, öffnete die Wohnung und trat ins Treppenhaus hinaus. Die Tür zum Wohnzimmer war jetzt zu, ich hörte Fernsehstimmen und das müde Lachen seiner Mutter.

Es war dunkel auf der Treppe, die Kugellampe auf ihrem Absatz im ersten Stock brannte nicht. Boyroth stand vor dem Haus und kickte Kiesel in den Rasen. Sein ungeduldiger Gesichtsausdruck machte mir Angst: Wollte er mich loswerden?

»Wird Zeit, dass ich hier wegkomme«, sagte er, »Scheißschweiz. Was machst du eigentlich? Gymi?«

»Ich und Gymnasium«, erwiderte ich verächtlich, »nicht mit meinen Noten. Bleisetzer. Und du?«

»Hab die Lehre als Maschinenschlosser geschmissen.«

»Und jetzt?«

»Bei der Post. Einjährige Anlehre. Zwölfhundert im Monat.«

Ich sah sie erst, als sie vor uns stand, ich hatte sie nicht gehört. Ihre Turnschuhe, sie trug keine Socken, waren ohne Schnürsenkel, der lange weite Rock mit aufgenähten Silber- und Goldplättchen hatte einen Schlitz auf der Seite, ich sah die Muskeln, die sich unter der gebräunten Haut ihrer schlanken Beine bewegten. Ich hatte noch nie so dichte, lange Haare gesehen, rötlich schimmerndes Kastanienbraun, sie reichten ihr bis zur Hüfte und waren auch durch das violette Tuch, das sie hineingeflochten hatte, nicht zu bändigen. Die Muscheln, sie trug sie an einem Lederbändchen um den Hals, klingelten, als sie den Gitarrenkoffer, über und über bedeckt mit Aufklebern wie MAKE LOVE, NOT WAR zwischen uns abstellte.

»Na, wenn das nicht mein kleines Schwesterlein ist«, sagte Boyroth und strahlte sie an.

»Und wer ist das?«

Ihre Stimme war dunkel belegt, fein wie Seidenpapier, Raureif. Ihr Blick, unruhig und gehetzt, trübte sich ein, als sie ihren Bruder ansah, als habe sich eine Gaze vor ihre Pupillen geschoben. Die Schatten unter den Augen gaben ihr ein schläfriges Aussehen. War sie etwa gerade eben aufgestanden? Der Schauer, der mir über den Nacken lief, war mir peinlich; bestimmt konnte sie ihn sehen.

»Das ist Gönggi«, sagte er, »spielt seit heute bei uns.«

»Hanspeter«, sagte ich, »ich heiße Hanspeter. Spielst du Gitarre?«

»Nein, Waldhorn«, sagte sie.

Sie warf den Kopf in den Nacken, während sie lachte, ich sah ihre Zahnfüllungen und den rosa Kaugummi, den sie im Mund hatte. Sie roch nach Patschuli und Bidi; ein Drucker an einer der Heidelberger-Maschinen rauchte die braunen indischen Zigarettchen in jeder Pause. Ich liebte ihren fremden Geruch.

»Und was machst du für Musik?«

Meine Stimme klang höher, als mir lieb war. Boyroths Schwester legte ihre rechte Hand auf den Gitarrenkoffer, ein Dutzend dünner knochenweißer Reifen klimperte an ihrem Arm, der mit dunklen, erstaunlich langen Haaren bedeckt war. Ein flaumiger Pelz, den ich gern berührt hätte.

»Versteht Gönggi was von Musik?«

»Und wie«, antwortete Boyroth, bevor ich etwas sagen konnte.

»Kennst du Melanie? Oder Joni Mitchell?«

»Janis Joplin ist mir lieber«, sagte ich.

Jetzt sah sie mich das erste Mal an. Ihr Silberblick war irritierend, als drückte ich meine Zunge gegen die Pole einer Batterie. Damals genügte der interessierte Blick einer Frau, ihr

Geruch, der Anblick der schweißfeuchten Mulde zwischen ihren Schlüsselbeinen, das Blitzen ihres Eckzahnes, schon war ich in sie verliebt.

»Träum weiter«, sagte sie vage, nahm den Gitarrenkoffer und ging rasch ins Haus.

»See you later, Alligator«, sagte Boyroth und klopfte mir auf den Rücken. »Sie heißt übrigens Yolanda.«

Im Licht meines Scheinwerfers funkelten Scherben, denen ich in weiten Schwüngen auswich, ohne vom Gas zu gehen. Die Felder auf der linken Seite des Weges waren schwarz und undurchdringlich wie der Wald, der rechter Hand in den Himmel wuchs. Die Nachtluft hatte jenen kalten Schneid, der mir nur im Sommer gefällt. Im Lichtzelt einer der seltenen Straßenlampen schwebte ein Mückenschwarm, eine große schwarze Wolke, die sich absenkte, kurz bevor ich sie erreichte. Ich machte die Augen zu und spürte die Mücken als haarfeines Netz, das sich um mich legte und das ich erst nach etlichen Metern wieder abwarf. Ich stemmte mich mit geschlossenen Augen aus dem Sattel und fuhr, auf den Pedalen stehend, blind weiter. Ich würde auch so auf der Straße bleiben. Der Tod war zwar die größte Angst, die wir in unserem Alter kannten, aber nicht der eigene, denn der war unmöglich. Drei, vier Jahre lang würden wir noch unsterblich bleiben, aber das wussten wir damals natürlich nicht, wir gingen ja davon aus, dass dies für immer so bliebe. Die Freiheit existiert, begriff ich, während ich blind durch die Nacht fuhr und den Mund aufriss, um endlich zu schreien vor Freude darüber, am Leben zu sein.

Die Fliesen der Küche waren eiskalt, ich hatte die Schuhe gleich hinter der Wohnungstür ausgezogen. Die Wohnung war dunkel, meine Eltern und meine Schwester lagen wohl bereits im Bett. Ich legte die LP auf den Küchentisch neben Vaters Frühstücksgeschirr, das wie jede Nacht bereitstand. Er musste über eine halbe Stunde vor mir aus dem Haus, Mutter stand erst für mich auf, sie beharrte trotz meiner Proteste darauf, mir Morgen für Morgen das Frühstück zuzubereiten. Der Gepäckträger meines Mofas hatte dem Cover zwei tiefe Dellen aufgedrückt; ich sah mich über die abgebildete Gebirgslandschaft fliegen, die außerirdisch und doch verstörend vertraut wirkte. Im achtstöckigen Wohnblock gegenüber brannte noch in vielen Wohnungen Licht, doch das Fenster im Parterre links war dunkel, dort machte eine Hausfrau ab und zu halbnackt Gymnastik, wie ich durch das angelehnte Fenster unseres Bades beobachtete, über das betonierte Plätzchen mit den Teppichstangen hinweg, wenn ich mit offener Hose in der Wanne stand und mir einen herunterholte.

Ich öffnete den Kühlschrank und ging in die Hocke, Eishauch auf dem Gesicht. Im Türfach standen eine Tetrapackung Milch, Mineralwasser, eine Dose Kondensmilch und ein Fläschchen Nagellack. Im oberen Fach lag geschnittener Fleischkäse neben der Butter und der selbstgemachten Stachelbeermarmelade. Ich nahm die Wurst heraus, wickelte sie aus dem Fettpapier und hatte die erste Scheibe schon im Mund, da fiel mir Boyroth ein, »Wer da nicht zum Vegetarier wird, gehört geschlachtet«, und legte sie wieder zurück. Kaum hatte ich die Tür des Eisschranks zugeworfen, schaltete sich schütternd das Kühlaggregat ein. »Spinnst du eigentlich?«, sagte ich laut, nahm den Fleischkäse wieder heraus und stopfte mir schnell eine Scheibe nach der anderen in den Mund. Ich hörte erst auf zu essen, als nichts mehr übrig war. Das Fettpapier stopfte ich in den Abfall, so klein zusammengefaltet wie möglich; mein Vater würde die Wurst am Morgen vermissen. Danach trank ich kaltes Leitungswasser, bis mir die Kehle wehtat.

Im dunklen Wohnzimmer stand Mutters Nähmaschine auf dem Esstisch, daneben lagen aufgeschlagene Zeitschriften mit Schnittmusterbeilagen und das handliche Zahnrad, mit dem sie die Linien auf den knisternden Bögen nachperforierte. Sie nähte sich alle paar Wochen ein neues Kleid oder Kostüm, aber da meine Eltern nie ausgingen, konnte sie sie nur tragen, wenn wir ab und zu sonntags in einem der Landgasthöfe zu Mittag aßen, denen mein Vater als Verkaufschauffeur die Eier lieferte.

Mutter stand am gekippten Fenster und rauchte. Als sie sich nach vorn neigte, um den Rauch mit gespitzten Lippen ins Freie zu blasen, knarrten ihre Keilabsätze aus Kork.

»Hast du geduscht?«, fragte sie, ohne sich umzudrehen.

»Ist Paps schon im Bett?«

»Ob du geduscht hast?«

Jetzt drehte sie sich doch um. Sie machte die Zigarette im vollen Ascher auf dem Couchtischchen aus, die Filter der Kippen trugen den Halbmond ihres roten Lippenstifts, und griff sich mit spitzen Fingern in die auftoupierten Haare. Der Rauch brannte mir in den Augen.

»Logisch hab ich geduscht. Nackt. Genau wie die andern.«

»Und wie wars?«

»Erst warm, dann kalt.«

»Das Training, du Dussel.«

Sie setzte sich an die Nähmaschine, ohne sie einzuschalten, sah mich lächelnd an und wollte sich die nächste Zigarette anstecken, ließ es aber bleiben, weil sie meine Missbilligung bemerkte. Sie wusste, wieviel es mich gekostet hatte, als Neuling in eine bereits bestehende Mannschaft einzutreten. »Ich

47

könnte das nie«, hatte sie mir gestanden, nachdem ich das ausgefüllte Anmeldeformular des FC Blue Stars zurückgeschickt hatte.

Ich erzählte ihr vom Training, beschrieb das Umkleidelokal, einige der Spieler und Trainer Läubli, einen Kopf kleiner als ich. Boyroth verschwieg ich, Yolanda und Fabio auch. Mutter wirkte müde. Der Lack an ihrem rechten Daumennagel war gesprungen, ihr Atem roch nach Schokolade; es lag immer eine angebrochene Tafel auf ihrem Nachttischchen. Sie stand auf, trat erneut ans Fenster und blickte hinaus.

»Da draußen lauert das Heimweh auf dich«, sagte sie, »da kannst du dich warm anziehen wie du willst.«

Noch vor wenigen Monaten hätte ich angenommen, ihr geheimnisvoller Satz beziehe sich darauf, dass sie nach dem Krieg als siebzehnjährige Frau aus Österreich in die Schweiz gekommen war, um einem Metzgermeister in Zug den Haushalt zu führen. Doch an diesem Abend wusste ich, sie meinte etwas viel Grundlegenderes, Dunkleres. Vielleicht das Heimweh nach der Frau, die sie auch hätte werden können, ohne Kinder, ohne Familie. Das Heimweh nach dem Leben, das sie dann geführt hätte. Ohne uns.

»Leg dich schlafen, Hansi, komm, ich bin müde.«

3

Die hinterste Toilette war auch diesmal frei; ich schloss mich in die Kabine ein, öffnete das Fenster und lehnte mich so weit hinaus, dass ich den Sims des Fensters im angrenzenden Quertrakt erreichte, um dort den nächsten Buchstaben abzulegen.

Ich hatte am Freitagnachmittag der ersten Woche meiner Berufslehre angefangen, mit den spiegelverkehrten Bleibuchstaben einer 6-Punkt-Schrift einen Satz auf dem Sims auszulegen. Seither fügte ich jeden Freitag eine Letter hinzu, Caslon, meine Lieblingsschrift, und prüfte regelmäßig nach, ob jemand die Botschaft entdeckt hatte. Entdeckt, abgeändert oder vom Sims gefegt. Die Toilette lag wie die Bleisetzerei im vierten Stock des Westflügels der Druckanstalt, direkt neben dem Saal mit den Buchdruckmaschinen. Das Fenster, auf dessen rußschwarzem Sims ich die Bleibuchstaben aneinanderreihte, war weiß übermalt, ließ sich nicht öffnen und ging auf den langen Korridor, der die Filmsatzabteilung mit der Kantine verband. Bisher hatte niemand die Buchstaben angerührt; hatte sie überhaupt jemand bemerkt?

Am Freitag in der ersten Juliwoche war ich beim zweiten I des Wortes WAITING angelangt. Der Satz, den ich auslegen wollte, war banal, traf meine Verfassung aber auf den Punkt: I'M JUST WAITING FOR A BETTER TIME. Ich hatte ihn in einem *Rolling Stone* aus dem November des Jahres 1969 gefunden, das zusammen mit anderen Rockmagazinen in der Kartonschachtel lag, die ich meiner älteren Schwester Veronika vor einigen Wochen aus der Elternwohnung zum bemalten VW-Bus hinausgetragen hatte, der ihre Sachen in die Wohnung am anderen Ende der Stadt brachte, in die sie mit ihrem Freund zusammenzog. Das Interview mit Bob Dylan, aus dem der Satz stammte, war mehrere Seiten lang, ich hatte versucht, ihn mit Hilfe eines Wörterbuches zu übersetzen, aber schon in der zweiten Spalte aufgegeben.

Eine Weile stellte ich mir vor, in der ganzen Stadt spiegelverkehrte Sätze und Songzeilen auf Fenstersimsen auszulegen, Botschaften, von niemandem gelesen, Zeilen, von Wind und Regen umgestellt, verändert. Dann schloss ich das Fenster und machte mit der Arbeit weiter, die Freitagnachmittag zu den Pflichten der Lehrlinge des ersten Jahres gehörte und die ich liebte, weil ich dann alleine war: Putzen. Wenn ich die Arbeitsflächen der Gassen, in denen die Setzer standen und in denen die verschiedenen Schriftkästen lagerten, gereinigt und den Inhalt aller Papierkörbe der Setzerei in den Blechkarren geschüttet hatte, fuhr ich den Karren mit dem Transportlift in den Keller. Dort, im Papierlager mit all seinen Räumen, Sälen und Gängen war es einfach, für eine Weile unterzutauchen. In einem Keller zum Beispiel wurden alte Ausgaben der Kunstzeitschrift DU aufbewahrt, die im Haus gedruckt wurde; da dieses Kellergewölbe erstaunlicherweise nicht abgeschlossen war, konnte ich mich in aller Ruhe durch Nummern der fünfziger und sechziger Jahre blättern. Aber am besten gefiel mir der Teil des Lagers, in dem die mächtigen Papierrollen für die Tiefdruckrotation standen, jene Druckmaschine, die sich über die ganze Länge des Haupttraktes erstreckte und vor der jeden Tag Kunden aus Japan und Amerika standen und staunten.

Zwischen den mannshohen Papierrollen versteckte ich mich, in der Reihe an der Wand, und erholte mich von den Demütigungen des Lehrlingsalltags. Die Rollen schirmten mich auch davor ab, beim Nichtstun erwischt zu tun. Dabei tat ich durchaus etwas: Ich las. Kerouac. Camus. Ginsberg. Kafka. Castaneda. Oft saß ich auch einfach nur zwischen den Rollen und wartete auf den Feierabend und damit das Wochenende. Warten gehörte zur Jugend, daran hatte ich mich gewöhnt. Akzeptiert aber hatte ich es offensichtlich nicht: Woher sonst kam die Unruhe, die mich mehrmals am Tag anfiel und in mir summte, als stehe ich unter Strom? Ich hatte Phantasie, das wusste ich; aber ich wusste auch, sie hatte noch nicht die Macht, Dinge, Menschen oder gar die Welt zu verändern. Sie hatte nur die Kraft, eine Unzufriedenheit in mich zu pflanzen, die ich noch nicht nutzen konnte. Und so saß ich zwischen den Papierrollen, träumte mich an andere Orte, erinnerte mich aber vor allem an die vergangenen Tage, als würde ich erst so wirklich erfahren, was ich erlebt hatte. Wird Leben etwa nur gelebt, hatte ich mich damals zum ersten Mal gefragt, um Erinnerung zu werden? In meinem ersten Spiel für die Blue Stars, drei Tage nach dem Probetraining, war ich erst in der 75. Minute eingewechselt worden, und es war mir egal gewesen. Dass Boyroth mich wie einen Fremden behandelte, war mir nicht egal gewesen. Ein Nicken in der Garderobe, ein knappes Lob auf dem Platz nach einer gelungenen Flanke, eine erhobene Hand, als wir uns nach dem 0:4 verlorenen Match vor dem Letzigrund auf unseren Mofas kreuzten, aber sonst kein Wort, kein Lachen. Fabio, als Schatten an Boyroths Seite, hatte geglüht vor Stolz und Genugtuung und mich behandelt, als sei ich Luft. Eine Woche später spielten wir auswärts gegen den FC Ballspielclub, und da Lobsang, unser defensiver Mittelfeldspieler aus Tibet, sich auf der Baustelle die Hand gebrochen hatte, stellte mich Trainer Läubli von Anfang an auf. Ich hätte das 1:0 auch selber machen können, aber Boyroth stand links von mir frei, und ich spielte ihn an. Er holte den Ball aus dem Netz, lief zu mir, legte mir die Hand auf die Schulter, »Mir macht man keine Geschenke«, und drückte mir den Ball in den Arm. Der Satz versetzte mir noch eine Woche später einen Stich, in meinem Lager zwischen den Papierrollen, Leonard Cohens Buch vor mir. Die Broschur, in Frankfurt bei Zweitausendeins bestellt, mit Cohens Romanen *Das Lieblingsspiel* und *Schöne Verlierer* sowie einer Auswahl seiner Gedichte, war meine Bibel, die ich nicht mehr aus der Hand gab. Boyroths Schwester hatte ich ebenfalls gesehen, Yolanda, an einem der Tage, an denen ich mit der Straßenbahn zur Arbeit fuhr, weil es regnete. Sie saß in einem zitronengelben R4, gesprenkelt von Rost. Der Typ neben ihr am Steuer hatte Haare wie Jimi Hendrix, war dreißig oder noch älter. Yolanda hatte einen Hund auf dem Schoß, er hielt seinen Kopf aus dem offenen Fenster, ein Ohr war vom Fahrtwind nach hinten geklappt, das andere stand steif nach oben wie der Löffel eines Hasen. Auf die Motorhaube war eine Sonnenblume gemalt, verzittert wie von einem Kind und gerade darum voller Poesie. Yolanda hatte mich nicht gesehen, zum Glück, ich war auf dem Weg zur Arbeit, pünktlich, pflichtbewusst, sie hatte eine Zigarette im Mund und trug eine Sonnenbrille mit winzigen herzförmigen Gläsern, obwohl es doch regnete. Ich sah Yolanda noch vor mir, als ich längst in meiner Setzergasse stand und mich daranmachte, vierhundert Zeilen glatten Linotypemaschinensatz in der 11-Punkt-Garamond mit 1 Punkt zu durchschießen, zu umbrechen, auszubinden und schließlich auf der Abziehpresse für die Korrektoren in ihrem gläsernen Kabäuschen abzuziehen. Ich tat meine Pflicht, brav, während Yolanda in einem R4 saß, rauchte, Musik hörte, einem Hund das Fell kraulte, neben einem Kerl mit Hendrixbusch, der sie später bestimmt küsste und womöglich anfasste. Oder womöglich küsste und bestimmt anfasste. Wenn ich den Maschinensatz verarbeitet hatte, würden meine Finger, soviel wusste ich, mit einem schmierigen Film bedeckt sein, der sich mit Kernseife abwaschen ließ, deren Geruch mich aber für Tage verfolgte, weshalb ich mir wieder und wieder die Hände waschen würde.

Am Freitag in der ersten Juliwoche kroch ich wie jeden Freitag zehn Minuten vor Arbeitsschluss aus meinem Versteck zwischen den Papierrollen; ich hatte herausgefunden, dass die zehn Minuten Zeit reichten, um den Karren in unsere Etage zurückzufahren und meinen Arbeitsplatz in Gasse L wie LICHTENBERG aufzuräumen. Vor den Fenstern stand Sommer, es stank, die Hitze war groß, nach toten Tieren.

Bevor die Sirene ertönte, die uns ins Wochenende entließ, nahm ich eine leere Zündholzschachtel aus meiner Schublade und ging in Gasse G wie GOETHE, in der die verschiedenen Schnitte und Grade der Caslon aufbewahrt wurden; ich entschied mich für die halbfette 14 Punkt. Welche Buchstaben ich in die Zündholzschachtel füllen musste, war mir klar. Die Zeile, die ich heute Nacht auf dem Fenstersims der Männertoilette des Jugendhauses in Schlieren auslegen würde, hatte ich in *Mr. Green Genes* von Frank Zappa gefunden: EAT YOUR SHOES!

Ich hörte mir *Songs from a Room* von Leonard Cohen an, vor ein paar Tagen bei Bro-Records gegen *Fireball* von Deep Purple eingetauscht, darum entging mir die Türklingel.

Boyroth stand im Zimmer, bevor ich den Plattenspieler ausschalten konnte. Meine Mutter, einen Schritt hinter ihm, strich verlegen ihr Kleid glatt, die Augen niedergeschlagen: Boyroth hatte auch sie verzaubert. Sie lächelte, selig entrückt, Farbe im Gesicht, an etwas erinnert, das sie zu lange schon vergessen hatte. Besuchten mich sonst Freunde, war ihr Blick misstrauisch, als sei nichts Gutes von ihnen zu erwarten. Ich stellte ihr Boyroth vor, dann machte ich die Tür vor ihrer Nase zu.

»Also das hörst du, wenn ich nicht dabei bin.«

Er setzte sich auf mein Bett und nahm die Cohen-Hülle in die Hand. Ich hatte es natürlich gewusst: Es gab Musik, die war tabu, sozusagen verboten. The Sweet. The Slade. Bachmann Turner Overdrive. Supertramp. Gary Glitter. Cat Stevens. Und Leonard Cohen.

»Die Live-Platte von ihm ist besser«, sagte er und stand auf. »Ich spiel sie dir das nächste Mal vor, bei mir. Teilst du das Zimmer?«

»Mit meiner Schwester«, sagte ich und gab mir Mühe, kein allzu erstauntes Gesicht zu machen.

»Älter?«

»Zwei Jahre jünger.«

»Hat sie schon Titten?«

Ich hätte ihn fast geschlagen. Er nahm den Teddy von ihrem Bett, den letzten, von dem sie sich nicht trennen konnte, und schüttelte ihn, spöttisch grinsend, hin und her.

»Das war ein Witz, Mann! Entspann dich!«

»Ich bin entspannt!«

»Wen hast du eigentlich lieber, deine Mutter oder deinen Vater?«

Das Entsetzen in meinem Gesicht brachte ihn zum Lachen. Er warf den Teddy achtlos auf das Bett meiner Schwester, nahm ihn dann aber noch einmal in die Hand und setzte ihn sorgsam hin, breitbeinig an das Kissen gelehnt. Er tätschelte ihm gar den Kopf.

»Und du?«, fragte ich.

»Meine Mutter natürlich«, sagte er sofort, »genau wie du. Bereit?«

»Für was?«

»Wir schauen uns das Finale an!«

»Hier? Mit meinen Eltern?«

»In der Penalty-Bar. Wehe, du hilfst den Holländern! Und danach fahren wir nach Urdorf, los!«

Das Licht sprang von Wand zu Wand, gegen den Uhrzeigersinn rundum, als drehte ich meine Kreise im Innern eines Leuchtturms. Wo war das Meer? Es ging mir gut wie in einem Traum, einem lichten Traum voll Sonne und lauem Wind, der mich in diese, dann in jene Richtung drängte. Der Stein in meiner Brust war warm, warm und butterweich, ein Lehmbatzen. Meine Stiefel aus rehbraunem Wildleder standen komischerweise unter dem Fenster neben Boyroths spitzen schwarzen Stiefeletten, die auch Mick Jagger auf meinem Lieblingsfoto der Rolling Stones trug. Das Fenster ging auf einen Lichtschacht, der Club in Urdorf lag in einem Luftschutzbunker, tief unter dem Boden. Wie waren unsere Schuhe dorthin gekommen? Und wo waren meine Socken? The Grateful Dead hatten mir bisher nichts bedeutet, jetzt tanzte ich seit über drei Stunden zu ihnen, barfuß. *Dead-Head-Night.* Der DJ spielte ausschließlich Grateful Dead, Boyroth und ich waren mit Abstand die Jüngsten, ich hatte noch nie so viele langhaarige Männer zwischen dreißig und vierzig gesehen. Frauen waren nur drei hier, ebenfalls älter als wir, es war egal. Bevor wir in den Club hinuntergestiegen waren, hatte Boyroth mich aufgefordert, den WM-Final nicht zu erwähnen, die Jungs hassten Fußball. Nach dem 2:1-Siegestor von Gerd Müller kurz vor der Pause war Boyroth jubelnd durch die Penalty-Bar gerannt, ohne sich um die Pfiffe der anderen Gäste zu kümmern, die alle den Holländern halfen. Ich war noch nie in einem Club gewesen, in dem man sich nicht verstecken musste, um in Ruhe einen Joint zu rauchen. Das Gras, von dem uns der Mann mitrauchen ließ, den Boyroth Sioux nannte und den er umarmte, nachdem er uns an der Kasse durchgewinkt hatte, das Gras war so stark, dass ich mich gleich nach dem ersten Zug hinsetzen musste, hingestreckt vom »weichen Huftritt des Großen Gütigen Büffels«, wie Sioux lachend meinte. »Haschisch«, sagte er, eine Sorgenfalte auf der Stirn, »Haschisch ist nichts für uns. Marihuana bringt's, Gras von unseren Freunden aus Kalifornien«, dann musste ich mich hinlegen.

Die Zeile von Frank Zappa hatte ich gleich am Anfang ausgelegt, später wäre ich kaum mehr dazu fähig gewesen, auf der Ablagefläche unter dem Spiegel der Männertoilette, und darum sogar zu lesen, für jeden zu sehen. Sie lag immer noch da. Nur hatte jemand die Bleibuchstaben etwas weiter auseinandergerückt, als lasse sich Zappas Aufforderung so besser lesen: EAT YOUR SHOES.

Und dann sah ich Fabio, allein, verzweifelt, überzählig. Bei dreien ist immer einer zu viel, das war mir seit der ersten Klasse bewusst. Und ihm, zeigte sein Gesichtsausdruck, auch. Er stand an der Kasse und suchte Boyroths Blick, denn man ließ ihn nicht rein. Er wusste, ich hatte ihn bemerkt, aber von mir wollte er sich nicht helfen lassen – was suchte ich überhaupt hier? Boyroth hatte Fabio auch gesehen, sein wissender, spöttischer Blick streifte mich, bevor er nach hinten trat, aus Fabios Sicht; er hob beschwichtigend die Hand, als könnte es mir tatsächlich einfallen, Fabio zu helfen. Der lehnte sich verzweifelt nach vorn und suchte meine Aufmerksamkeit jetzt doch, mit aufgerissenen Augen und mahlendem Kiefer. Meine Verachtung für sein Bettelgesicht ließ ihn erstarren. Fabio verschwand im finsteren Treppenschacht. Für immer nicht, nein, das wäre zu viel verlangt gewesen, aber zumindest für den Moment, für heute Nacht.

Ich hörte, wie meine Schwester ihre Armbanduhr aufzog, die sie zu Weihnachten bekommen hatte. Die Vorhänge standen offen, die Lamellen der Läden schräg: Das Licht, das ins Zimmer fiel, ließ die Knopfaugen ihres Teddys glitzern. Die Mückenstiche auf meinen Unterarmen juckten, wir waren über Feldwege zurückgefahren, durch Wolken von Insekten, ich bestrich die geschwollenen Stiche mit Spucke, was aber nichts half. Meine Schwester saß aufrecht im Bett, das Weiß ihrer Augen unwirklich hell wie Perlmutt.

»Kannst du auch nicht schlafen?«, fragte sie leise.

»Mir dreht sich alles im Kreis, ich trau mich gar nicht, die Augen zuzumachen.«

»Dann lass sie offen.«

»Und wie soll ich schlafen?«

Meine Schwester gab keine Antwort und legte sich wieder hin. Es half nicht, etwas zu fixieren, zum Beispiel meine Jeans, die über dem Stuhl hingen, das Zimmer drehte sich dennoch weiter. Leise klappernd sprangen die beleuchteten Ziffern meines Weckers um: 4:23. Meine Schwester lachte verhalten, ließ einen Arm aus dem Bett hängen.

»Er hat ganz schön getobt. Mutter konnte ihn fast nicht beruhigen. Wann bist du denn nach Hause gekommen?«

Mir fiel der letzte Sonntagsausflug mit den Eltern ein, den ich noch mitgemacht hatte, in unserem silbernen Opel Kadett; ich hatte Vater gebeten, das Radio anzumachen, er sah mich im Rückspiegel an und schüttelte den Kopf: »Ich hör lieber dem Automotor zu.«

»Wann jetzt?«, fragte meine Schwester ungeduldig.

»Zu spät. Und du?«

»Na um Viertel vor zwölf. Wie versprochen.«

»Und wo warst du? Im Zwinglihaus?«

Bis vor zwei Jahren war ich samstags auch in die Disco im Kirchgemeindehaus gegangen. Die Glocken des Kirchenturms, die hell die Zeit schlugen, waren selbst bei Black Sabbath zu hören.

»Bei Harry. Aber sie denken, ich war im Zwingli. Mit Sille.«

»Und? Habt ihr es jetzt gemacht?«

»Wir haben den Final gekuckt!«

»Ob ihr es gemacht habt, will ich wissen!«

»Das geht dich gar nichts an!«

»Ihr habt es gemacht!«, sagte ich triumphierend und viel zu laut.

»Pscht, du Idiot! Seine Eltern sind früher zurückgekommen.«

»Scheiße.«

»Das hat Harry auch gesagt. Schlaf jetzt.«

»Mit offenen Augen?«

Sie lachte und strampelte ihre Beine frei, im Zwielicht sahen sie aus wie eingeölt. Ich roch ihr Haarshampoo, Pfirsich.

»Müller hat die dicksten Beine, die ich je gesehen habe«, sagte sie, »und Beckenbauer sieht aus wie ein General. Aber der Holländer, der sie alle ausgedrippelt hat, der gefällt mir. Wie heißt der noch mal?«

»Cruyff«, sagte ich, »Johan Cruyff.«

Aber da war Sylvia auch schon eingeschlafen, ihr gleichmäßiger Atem wurde ab und zu von einem kleinen Schnurcheln gestört, wahrscheinlich hatten sie bei Harry wieder Martini Bianco getrunken, weil er endlich mit meiner Schwester schlafen wollte. Nachts denken die Toten alles, was sie je gedacht haben, noch einmal, war das Letzte, was mir durch den Kopf ging, dann schlief ich ein.

4

Der Alte, er war mindestens siebzig, saß schon den ganzen Nachmittag vor seiner Garage, eine Figur aus Stein. Er hatte sich kein einziges Mal von der Stelle gerührt, nur eine Villiger nach der anderen gepafft und Rauchkringel in die Luft geblasen, die vor unserem halb zugekippten Tor vorbeischwebten und einen würzigen Duft in die Garage brachten, in der wir seit Stunden an meinem Mofa herumschraubten. Er thronte auf einem Sessel, von dem das Leder abplatzte wie die Haut von einer zu stark gekochten Kartoffel. Um die Mücken, die über ihm standen, als sei er schon tot, kümmerte er sich nicht.

»Der hat bestimmt keine Werkzeuge«, behauptete Fabio.

»Und ob«, sagte Boyroth und zeigte mit der Rohrzange über den Wendeplatz am Rand der Wohnsiedlung auf den Alten.

Boyroths Vater hatte die Garage gemietet, aber er benutzte sie fast nie, nicht einmal für seinen VW Käfer, den er lieber an der Straße vor dem Haus parkte. Die Werkzeuge hingen an einem Brett, auf das mit dickem schwarzem Filzstift ihre Umrisse aufgemalt waren; der Betonboden und die Werkbank sahen aus, als seien sie grade eben poliert worden.

»Nie im Leben hat der Werkzeuge«, sagte Fabio.

»Gerber hat jedes Werkzeug, das es gibt. Aber ich kann ihn nicht fragen.«

»Und warum nicht?«, fragte Fabio.

»Darum«, sagte Boyroth und legte die Zange auf die Werkbank.

»Gönggi soll ihn fragen.«

Fabios Stimme ging mir auch sonst auf die Nerven. Entweder sie warb und schmeichelte, wie bei Boyroth oder bei Trainer Läubli, oder sie ordnete an und beleidigte, wie bei mir.

»Für dich heiße ich immer noch Hanspeter, du Tropenkopf.«

»Dich kennt Gerber noch nicht«, sagte Boyroth und legte mir die Hand auf die Schulter.

»Hat er wirklich Werkzeuge?«, fragte ich.

»Jede Menge«, sagte Fabio.

»Welche Größe brauchen wir? Einen 16er?«

Boyroth nickte, ging vor dem Kassettengerät in die Hocke und drehte die Kassette um. Er hatte sie speziell für diesen Nachmittag bespielt, »Töffmusik«, wie er sagte, Steppenwolf, Ten Years After, Allman Brothers, Led Zeppelin. Boyroth schwang das Garagentor für mich nach oben; die Hitze, die in die Garage drang, legte sich wie ein heißes nasses Tuch um mich, und ich ging rasch über den Platz auf den Alten zu. Der Asphalt schien zu kochen, bestimmt hinterließen meine Stiefel Abdrücke. Über dem Feldweg mit der Grasnarbe, der zwischen den Feldern hindurch nach Albisrieden führte, wo ich wohnte, flirrte die Luft. Ich blieb ein gutes Stück vor dem Alten stehen, und er sah mich misstrauisch an.

»Und?«, blaffte er und stieß Rauch aus.

Sein weißes Unterhemd war voller Flecken und Brandlöcher. Die Haare auf seinen Schultern sahen aus wie Drahtwolle.

»Wir machen da was an meinem Mofa«, sagte ich und wusste plötzlich nicht mehr weiter, weil mich sein verschwommener Blick irritierte. Seine Augen waren leuchtend blau.

»Und?«, machte er noch einmal und spuckte die Villiger auf den Boden, dabei war sie noch gar nicht aufgeraucht.

»Und jetzt fehlt uns der richtige Schraubenschlüssel. Der 16er.«

Er hatte keine Schuhe an, seine Füße waren geschwollen und blau geädert, die Nägel gelb und eingewachsen. Er legte beide Hände auf die Knie und reckte herausfordernd das wulstige Kinn.

»Boyroth sagt, Sie ...«

»Wer?«

»Walti. Walter Roth. Er wohnt in der 92.«

»Dann gehörst du also auch zu den zwei Arschlöchern!«

Er leckte sich die Unterlippe, grunzte und machte Anstalten, sich zu erheben. Hinter ihm flog ein Spatz aus einem Busch, als habe ihn jemand in die Luft geschleudert. Ich drehte mich um und ging schnell weg. Das dreckige Lachen, das Gerber mir nachschickte, klang wie das Bellen eines Hundes, der sich größer machen will, als er ist.

»Verzieht euch«, rief er mir nach, »verzieht euch, ihr langhaarigen Schwuchteln, am besten nach Moskau, zu den Scheißrussen!«

Es war dunkel, bis wir die Vorderradgabel meines Mofas sicher montiert hatten: zehn Zentimeter länger als vorher, verchromt. Wir hatten zudem das untere Ende meines neuen tropfenförmigen und verchromten Tankes angehoben, nun saß er fast waagerecht auf dem Rahmen. Das nächste Mal wollten wir einen kürzeren Auspuff, einen niedrigeren, breiteren Lenker und eine Rückenlehne montieren. Danach würde sich Boyroth den ausgebohrten Kolben vornehmen: Er wollte ihn ersetzen durch einen, den er selbst frisiert hatte. Fabio hatte sich nur anfangs quergestellt; er begriff schnell, wie ernst es Boyroth war mit dem Umbau meines Mofas, und war zum unterwürfigen Handlanger geworden.

Ich nahm den gleichen Heimweg wie vor drei Wochen, als ich das erste Mal bei Boyroth gewesen war, durch die Felder, den Waldrand entlang. In den Kurven klapperte das vordere Schutzblech, wir hatten die Schrauben wohl nicht richtig angezogen. Weit weg, in der Senke des Limmattals, wurde das Schlagen eines Güterzuges laut, kurz darauf war nur noch mein Motor zu hören. Ich hatte bestimmt schon zwei Kilometer zurückgelegt, doch die Idee, die mir plötzlich kam, war zu gut, ich musste umdrehen. Ein Stück vor der Wohnsiedlung machte ich den Motor aus und rollte ohne Licht auf den Wendeplatz. Alles dunkel. Ich stellte das Mofa in den Schatten des Containers, auf den die Buchstaben Z und B gepinselt waren. Die Rückwände der aneinandergebauten Garagen grenzten an den Wald, ich musste mich durch Unterholz und Büsche kämpfen, bis ich vor dem Fenster stand, das zu Gerbers Garage in der Mitte der Zeile gehörte. Es war hoch in die Wand eingesetzt, aber ich erreichte den Sims trotzdem. Der alte Kotzbrocken würde den Satz, den ich für ihn auslegte, wahrscheinlich nie sehen, das Fenster starrte vor Dreck, aber mir reichte das Wissen, dass der Cohen-Satz in seinem Rücken lag, wenn er auf seinem Lederthron hockte, in der Sonne schmorte, Rauchringe paffte und die Welt und die Jugend verachtete, die ziemlich sicher länger lebte als er: A CURTAIN OF RAZOR BLADES.

Das Katzenauge am Zaunpfosten beim Übergang des Feldweges in das Asphaltsträßchen blitzte auf im Licht meines Scheinwerfers. Gleich darauf fuhr ich an den ersten Einfamilienhäusern aus den fünfziger Jahren vorbei, die vor der Stadt in den Wiesen liegen, als seien sie dort vergessen worden. Ich sah die Katze spät, sie lief vor mir von links nach rechts über die Straße und verschwand in einer Hecke. Ich verriss den Lenker, geriet aus dem Gleichgewicht und stürzte. Weit schlitterte ich nicht, ein paar Meter, mehr waren es nicht, mit aufheulendem Motor, aber das Geräusch des neuen Tankes, der über das Pflaster schrammte, erschreckte mich. War ich so schnell gefahren? Das Blinklicht auf dem Mast des Üetlibergturms stanzte rote Stecknadellöcher in den Nachthimmel, es war noch immer schwül. Ich lag vor einem Gartenzaun, von dem die Farbe abblätterte; das Gärtchen dahinter sah gepflegt aus, der Rasenfleck war wohl erst vor kurzem gemäht worden, ich roch das Gras. Wann war der Motor meines Mofas ausgegangen? Das Vorderrad drehte sich langsam weiter, es dauerte nicht mehr lange, dann stand es still, die Speichen blitzten im Licht der Straßenlampe hinter mir. Das rechte Bein und der rechte Arm taten mir weh, ein Schmerz, der mich an meine Kindheit erinnerte, an Stürze mit dem Roller, mit dem Fahrrad.

»Wehgetan?«

Ich entdeckte den Mann nur, weil ich angestrengt ins Dunkel des Gartens starrte, vor dem ich lag. Er saß an einem Tischchen an der Hausmauer, allein. Im Fenster unter dem Dach brannte Licht, vor der Treppe parkte ein eierschalenfarbener Mercedes mit Taxischild.

»Wehgetan?«, rief der Mann noch einmal.

»Nicht schlimm.«

Ich stand auf, packte den Lenker meines Mofas, zog es hoch und lehnte es gegen den Gartenzaun. Über die rechte Seite des Tankes liefen tiefe Kratzer, das vordere Schutzblech war verbogen, der rechte Seitenspiegel abgebrochen. Der Mann erhob sich und kam auf mich zu. Ich fand es damals fast unmöglich, das Alter von Erwachsenen zu schätzen, er war wohl zwischen vierzig und fünfzig. Klein, blass und dicklich, die rotblonden Haare aus dem weichen Gesicht nach hinten gekämmt, sah er aus wie ein Kind, das schnell alt geworden war. Sein Schnurrbärtchen war nichts als ein Hauch über der fleischigen Oberlippe. Er trug Flipflops, dunkle Anzughosen und ein kurzärmliges weißes Hemd.

»Schöne …«, er zögerte, »… Maschine.«

Ich nickte. Seine Stimme war leise und einschmeichelnd, zugleich aber bestimmt, als dulde sie keinen Widerspruch. Es kam mir vor, er wolle mich von etwas überzeugen oder zu etwas überreden, wie ein Verkäufer. Er trug ein klobiges Halskettchen aus Gold und einen Ring mit Siegel.

»Du blutest«, sagte er leichthin und hob das Kinn.

Das Blut tropfte auf den Boden, aber die Schürfwunde an meinem Arm sah schlimmer aus, als sie sich anfühlte; sie brannte, mehr nicht. Die Kieselsteinchen, die in der Haut steckten, erinnerten mich an früher.

»Das muss man auswaschen«, sagte er, »und desinfizieren.«

»Nicht so schlimm.«

»Trotzdem. Der Dreck muss raus. Und die Steinchen auch. Komm rein, ich helf dir.«

»Nicht nötig«, sagte ich, wischte einen Teil der Steinchen aus der Wunde und trat einen Schritt zurück, »ich wohn nicht weit von hier.«

»Wie du meinst.«

Er hob die Hände, blieb aber stehen und sah mich herausfordernd an. Auch seine Augenbrauen waren rotblond, fast sah es aus, als habe er gar keine und als seien seine kleinen wasserblauen Augen ganz ohne Schutz.

»Ich heiße übrigens Adrian«, sagte er, »aber du kannst mich Adi nennen. Machen alle.«

»Gönggi«, sagte ich.

Er bemühte sich, sich nichts anmerken zu lassen, doch mein Name, das verriet das Zucken seiner Mundwinkel, irritierte ihn. Er spitzte die Lippen und stieß fast tonlos Luft aus.

»Meinst du, das fährt noch?«

Er legte eine Hand auf den Sattel meines Mofas und sah mich an. Seine Hände waren klein und blass, Händchen, seine Fingernägel, sehr kurz geschnitten, hatten schimmernde helle Halbmonde.

»Todsicher«, sagte ich, ohne mich von der Stelle zu rühren.

»Bestens«, sagte er und nahm die Hand vom Sattel, »aber die Wunde würde ich trotzdem auswaschen, wenn ich du wäre.«

Er trat durch das Gartentor, blieb allerdings nach ein paar Schritten stehen, um zu sehen, ob ich ihm folgte. Ich zuckte mit der Achsel und ging ihm nach. Auf dem Blechtisch, an dem er gesessen hatte, standen eine unverkorkte Flasche Rotwein, fast leer, und ein Glas, fast voll, daneben lag eine aufgeschlagene Zeitschrift.

»Fahren Sie Taxi?«, fragte ich, als wir am Mercedes vorbeigingen.

»Duzen wir uns nicht?«

Er blieb stehen, breitete die Arme aus, als wolle er mich umarmen, ließ sie dann aber leise aufseufzend fallen.

»Fährst du Taxi?«

»Nur vorübergehend«, sagte er, ging die Außentreppe hoch, ohne sich weiter um mich zu kümmern, und betrat das Haus. Ich wartete einen Moment, dann ging ich ihm nach. Im Windfang hingen Jacken und Mäntel in mehreren Lagen übereinander, ein dicker Packen Kleider. Die Garderobe im Flur dagegen war leer bis auf ein dunkles Jackett und eine schilfgrüne Krawatte, an der Wand stand eine lange Reihe Herrenschuhe, sorgfältig geputzt und ausgerichtet. Ich trat hinter dem Mann in eine Küche, die aussah, als würde sie nicht benutzt, so sauber und ordentlich war sie. Auf dem Küchentisch lag ein Stapel Bücher, sonst war er leer. Ich hörte Schritte im oberen Stock, das Tappen eines Stockes; als eine Tür geöffnet wurde, erstarrte Adi, als habe man ihn bei etwas Verbotenem ertappt.

»Was ist denn da unten los, Adi?«

Die Altmännerstimme war zittrig, trotzdem klang sie scharf und vorwurfsvoll; die Stimme eines Offiziers, eines Vorgesetzten, der seine Macht auskostet, die Stimme eines Lehrers.

»Nichts«, rief Adi betont aufgekratzt, »leg dich wieder hin, Paps.«

Es war für einen Augenblick still, und ich stellte mir vor, wie der alte Mann auf dem Treppenabsatz stand, den Atem anhielt und angestrengt lauschte. Adi löste sich aus seiner Erstarrung, als eine Tür ins Schloss fiel, aber er entspannte sich erst wirklich, nachdem das Geräusch der Schritte und das Tappen des Stockes aufgehört hatten. Dass er den Kopf eingezogen hatte, fiel mir nur auf, weil er ihn vorsichtig hin und her rollte.

»Dann hol ich mal das Jod und Pflaster«, sagte er. »Setz dich hin, ich bin gleich zurück. Und zieh das T-Shirt aus. Bestimmt hast du dir auch den Oberkörper aufgeschürft.«

Er zog einen Stuhl unter dem Tisch hervor, klopfte mit der flachen Hand auf die Sitzfläche und ging rasch aus der Küche. Erst blieb ich stehen, dann setzte ich mich hin und ging den Stapel Bücher durch: Friedrich Dürrenmatts *Der Verdacht*, Alfred Anderschs *Die Rote*, Heinrich Bölls *Ansichten eines Clowns*, Hans Henny Jahnns *Das Holzschiff*, Virgina Woolfs *Orlando*, Walter Vogts *Schizogorsk*, Joseph Roths *Hiob* und Hans Erich Nossacks *Spätestens im November*. Abgesehen von Jahnns Roman hatte ich alle Bücher gelesen; ich öffnete den Leinenband und las die Widmung, die mit roter Tinte unter dem Schmutztitel stand: »Meinem herzallerliebsten Konrad. Möge es die Verirrung klären. Deine Marianne.« Ich hielt das offene Buch in der Hand, als Adi mit einer Blechschachtel zurückkam. Er stellte sie auf den Tisch und hob den Deckel ab.

»Das T-Shirt musst du aber schon ausziehen«, sagte er und nahm ein Fläschchen und eine Mullbinde aus der Schachtel.

»Nicht nötig«, sagte ich, klappte das Buch zu und legte es zurück auf den Stapel.

»Liest du?«, fragte er und öffnete das Fläschchen.

»Du doch auch, nicht?«

»Die gehören meinem Vater. Er war Lehrer. Die Schüler haben ihn gehasst. Abgrundtief gehasst. Jeder Einzelne.«

»Deutschlehrer?«

Er nickte, zog einen zweiten Stuhl unter dem Tisch vor und setzte sich dicht neben mich. Jetzt roch er nach Aftershave, auch die Hände hatte er gewaschen. Der Geruch der Seife erinnerte mich an das Haarshampoo meiner Schwester Sylvia.

»Hast du die hier gelesen?«

»Das oberste nicht«, sagte ich.

»Zeig her.«

Er nahm meinen Arm, drehte ihn vorsichtig um und beugte sich über die Schürfwunde. Der Anblick seiner Kopfhaut, die durch das schüttere Haar schimmerte, rosa und verletzlich, rührte mich. Der Wunsch, ihn tröstend auf den Scheitel zu küssen, erschreckte mich so sehr, dass ich ihm den Arm entzog und aufsprang.

»Ich muss jetzt gehen«, sagte ich.

»Erst, wenn die Wunde verarztet ist.«

»Aber nur der Arm.«

Er lächelte, schüttelte leicht den Kopf, stand auf, schob mich zum Spülbecken und drehte das Wasser auf, wobei er mit der linken Hand die Temperatur prüfte.

»So«, sagte er, »wasch dir die Steinchen raus.«

Er trat beiseite, und ich hielt den Arm unter den warmen Strahl, fuhr mit der linken Hand über die Schürfwunde und wischte die letzten Kieselsteine ins Spülbecken. Dann setzte ich mich wieder hin, und Adi trug Jod auf die Wunde auf und verband sie. Als er fertig war, sah er mich an und lächelte stolz.

»Danke«, sagte ich.

»Bitte. Und das hier nimmst du mit.«

Er nahm Hans Henny Jahnns Roman vom Stapel und drückte ihn mir in die Hand, bevor ich dagegen protestieren konnte.

»Das gehört doch deinem Vater!«

»Na und? Bring es zurück, wenn du es gelesen hast.«

Er begleitete mich bis zu meinem Mofa, das beim ersten Versuch ansprang. Bevor ich losfuhr, nahm er mir das Versprechen ab, ihm das Buch irgendwann zurückzubringen, dann reichten wir uns die Hand, und ich gab Gas. Ich schwebte, wie ich erstaunt feststellte, als ich durch die ausgestorbenen Straßen fuhr, von erleuchtetem Fenster zu erleuchtetem Fenster, ich schwebte. Der Himmel, ein finsteres Gewölbe, das sich auf die Stadt absenkte und sie berührte, schloss mich ein, zusammen mit den anderen, und es war mir nicht bloß egal, es gefiel mir sogar: Ich gehörte dazu.

Zu Hause sperrte ich mich im Bad ein, löste den Verband, den Adi mir angelegt hatte, und stopfte ihn in den Müll unter dem Lavabo. Danach steckte ich Jahnns Buch in eine Plastiktüte und schob sie unter mein Bett. Ich hatte nicht im Sinn, es zu lesen, zumindest nicht diese Ausgabe, vielleicht in ein paar Jahren. Zurückbringen würde ich das Buch erst, wenn Adi mich vergessen hatte.

Später stand ich am offenen Fenster; meine Schwester lag auf dem Bett und blätterte schweigend in einer Zeitschrift, ich hörte auf die tröstlichen Geräusche der Nacht, die Fernseh- und Radiostimmen aus anderen Wohnungen, das Kreischen der Straßenbahn in der Schienenschleife an der Endstation neben unserem Block, das Rauschen der Bäume und das leise Sirren von Reifen auf Asphalt, denn es hatte angefangen zu regnen. Jeden Tropfen konnte ich erkennen, erkennen und verfolgen, jeden einzelnen Tropfen, jeder ein Geschoss, das die Erde traf, wegspritzte und sich auflöste. Über uns kein Mond, kein Stern, nur dieser schwarze endlose Himmel.

5

Die Zeit stand still, das gehörte zur Jugend wie das Warten, vermutete ich. Dass ich mich Jahre später danach sehnen würde, dass die Zeit nicht vergeht und sich stattdessen vor mir ausbreitet wie ein endloser Raum, ahnte ich damals leider nicht, sonst hätte ich wahrscheinlich jede Stunde, jede Minute genossen und ausgekostet. So aber konnte ich es kaum erwarten, dass sie verging, die Zeit, und damit meine Jugend, wartete darauf, endlich erwachsen zu werden, ich Idiot.

Besonders langsam vergingen die Stunden in der Berufsschule. Ich war nicht der Einzige, der den Unterricht absaß, mit dem Schlaf kämpfte und aus den Fenstern in die wogenden Baumwipfel und das flaschengrün darunter vorbeiziehende Wasser der Limmat hinausträumte, die keine hundert Meter flussaufwärts mit der Sihl zusammenfloss. Nicht eines der Fächer interessierte mich, einzig den Französischunterricht schwänzte ich nie; die Jeans der Lehrerin saßen so eng, dass das Bild der tiefen Furche im Stoffdreieck und die Verheißung ihrer Vagina, die sich mir wie eine überreife Frucht darzubieten schien, vor mir stand, wenn ich auf der Schulhaustoilette hockte und wichste.

Andere Stunden der Berufsschule schwänzte ich oft; ich trieb mich in Buchläden und Plattenläden herum oder setzte mich am Bellevue auf die Steintreppe am Ufer der Limmat, die wir »Riviera« nannten, wo es immer etwas zu rauchen gab und wo schöne Mädchen herumhingen, in deren Nähe ich mich herumdrücken konnte.

Eine Freundin hatte ich nicht, immer noch nicht, dabei wünschte ich mir nichts sehnlicher. Aber dass sich das, was man sich über alles wünscht, nur umso mehr entzieht, wusste ich schon. Machte Glück eigentlich auch zugleich traurig, wenn man erwachsen war? Ich war schüchtern und verkrampft, was viel mit den Pickeln zu tun hatte, die sich an manchen Tagen wie ein Flächenbrand auf meinem Gesicht ausbreiteten, rot entzündet, prall gefüllt mit Eiter. Wenn ich an Yolanda dachte, und ich dachte sehr oft an sie, sah ich uns als Paar, glücklich und unbeschwert, denn wir hatten Boyroths Segen. In meiner Vorstellung hockte der Hund auf meinem Schoß, weil Yolanda unser Auto lenkte, eine Ente, und ich neben ihr saß, ihre Schenkel streichelte oder mit meiner Zunge über ihre nackten Arme strich. Wir waren immer unterwegs in diesen Tagträumen, wir kamen niemals irgendwo an, wozu auch?

Morgens stand ich nun früher auf und frühstückte zusammen mit meinem Vater. Darum stand auch Mutter früher auf, sie setzte sich aber nie zu uns an den Tisch und trank ihren Kaffee am Herd stehend, neben sich den Aschenbecher, in dem ihre erste Zigarette qualmte. Vater und ich saßen uns gegenüber, ohne zu reden. Das Schweigen versöhnte uns, die letzten Monate hatte jedes Gespräch zwischen uns in Streit geendet, in Beleidigungen und Geschrei. Nun schwiegen wir gemeinsam, und wer kann das schon? Zwei Arbeiter vor Arbeitsbeginn, schweigsam, versunken in die eigenen Gedanken und doch zusammen. Nie zuvor hatte ich mich erwachsener gefühlt und meinem Vater näher. Das Haus verließen wir nicht gemeinsam, er machte sich weiterhin vor mir auf den Weg. Bevor ich vom Tisch aufstand, Mutter rauchte mittlerweile ihre zweite Zigarette, startete unser Nachbar, der mit seiner Mutter in der Parterrewohnung nebenan wohnte, seine NORTON 750 unter unserem Küchenfenster. Das federnde Geräusch des Kickstarters, den er kraftvoll nach unten trat, und das jähe, jeden Morgen aufs Neue überraschende, erschreckende Aufbrüllen des Motors waren das Startzeichen für mich, vom Tisch aufzustehen. Der Motor der NORTON war gewaltig, eine Verheißung, ruckelnd bewegte sich der Löffel in meiner Kaffeetasse, im mürben Fensterkitt klirrte die Scheibe. Unser Nachbar konnte nie darauf verzichten, den Motor auf Touren zu bringen, ich hätte es genauso gemacht, bevor er losfuhr, eine Schneise des Lärms in den ruhigen Morgen treibend. Ich liebte das Röhren, das sich rasch entfernte, ich hätte es gern selber verursacht. Wacht auf, Idioten, es geht euch an den Kragen! Natürlich hatte ich mich auch schon auf die NORTON gesetzt, kurz genug, um sofort absteigen und falls nötig abhauen zu können, aber lange genug, um deutlich zu spüren, dass ich eines Tages wirklich eine solche Maschine fahren musste.

Ich hatte jetzt immer drei Zündholzschachteln mit Bleibuchstaben der halbfetten 14-Punkt-Caslon bei mir; die Sätze, die ich auslegte, hielt ich auf Zetteln fest, klein genug zusammengefaltet, dass sie in die Schachteln passten. Auf der Abtrennung zwischen den Männertoiletten der Gewerbeschule lag Cohens Aufforderung BRINGT DAS FEUER NÄHER, auf dem Mäuerchen hinter dem Unterstand an der Tramendstation vor unserem Haus Cohens Frage IST DER ZEPPELIN GESICHERT, auf dem Fenstersims des Schuppens hinter dem Jugendhaus in Schlieren DER HASS IST SO GUT ERLAUBT ALS DIE LIEBE von Georg Büchner, und unter der Sitzbank der Umkleidekabine des FC Blue Stars HÖRT IHR DAS KNACKEN DES EISES.

73

Trainer Läubli stellte mich fast nie von Anfang an auf, Boyroth spielte immer durch, Fabio auch. Wir verloren, wir gewannen. Teil einer Mannschaft zu sein gefiel mir besser, als ich erwartet hatte; mittlerweile stimmte ich, ohne nachzudenken, in das Hohngebrüll unter der Dusche ein, wenn wir gewonnen hatten, oder hockte wie die anderen mit hängendem Kopf auf den Bodenfliesen, auf denen der Schaum der verschiedenfarbigen Shampoos und Duschgels zusammenlief, hockte geknickt im prasselnden Wasser, das schneller kalt wurde, als uns lieb war.

Boyroth sah ich nur mittwochs, im Training, und natürlich an den Spieltagen am Wochenende. Bevor wir an diesen Samstagen mit den vollbepackten Fußballtaschen ins Stadion oder auf den Bahnhof fuhren, schraubten wir an unseren Mofas herum, dann war Fabio dabei; wenn wir abends nach den Spielen nach Schlieren oder Urdorf fuhren, fehlte er fast immer, und ich war froh darüber. Meine Kollegen in der Druckerei und in der Berufsschule wussten nichts von Boyroth, es war, als hätte ich einen unsichtbaren Kreidestrich um ihn gezogen, eine Grenze. Ich hielt Boyroth von ihnen fern, eifersüchtig darauf bedacht, seine Zuneigung und Freundschaft mit keinem teilen zu müssen, abgesehen von Fabio. Selbstverständlich hatte Boyroth andere Freunde, davon ging ich aus, die er mir aber ebenfalls vorenthielt.

6

Meine Schwester lag bäuchlings auf dem Bett und las die *Bravo*. Zwischen ihren Zehen steckten Wattebäuschchen, sie hatte sich die Nägel lackiert und bewegte die angewinkelten Beine auf und ab. Der Starschnitt von David Cassidy über ihrem Bett war beinahe fertig, einzig ein Stück der rechten Hüfte fehlte noch und der linke Fuß.

»Gefällt dir Suzie Quatro?«

»Bin ich Bankangestellter?«, gab ich zurück.

Sylvia lachte, ohne sich umzusehen, und blätterte rasch weiter, heftig, als wolle sie die Zeitschrift zerreißen.

»Gary Glitter ist blöd«, sagte sie.

Sie hatte sich an meine Musik gewöhnt – nachdem sie akzeptiert hatte, dass wir *meine* Musik hörten, wann immer wir beide in unserem gemeinsamen Zimmer waren.

»Bist du verliebt in eine?«, fragte sie.

»Und du?«

»Blödmann! Harry kauft ein Auto und wir …«

»Dazu muss er erst mal achtzehn werden«, unterbrach ich sie.

»Logisch. Dauert ja nicht mehr lang.«

»Bis dann seid ihr nicht mehr zusammen.«

»Wetten!«

Es war drückend heiß, wir hatten nicht nur die Läden geschlossen, sondern auch die Vorhänge, und es war dunkel im Zimmer.

»Du siehst doch gar nichts«, sagte ich.

Sie schwieg einen Augenblick, dann warf sie das zugeklappte Heft auf den Boden.

»Wie ist es eigentlich, wenn man ... wenn man bumst?«

Das Wort klang ordinär aus ihrem Mund, ordinär und falsch.

»Geil«, sagte ich vage.

»Und sonst?«

»Treibt es doch endlich«, sagte ich, »du und dein Scheißharry.«

Ich trat ans Fenster und machte es zu. Der Abdruck meiner Hand auf dem Glas hielt sich ein paar Sekunden, bevor er verschwand. Dann holte ich meine Sporttasche und fuhr zum Training.

Sie hielten uns keinen Kilometer vom Letzigrund entfernt an, ich sah den Streifenwagen erst, als er schon dicht hinter Fabio war, der zuhinterst fuhr. Ich dachte kurz daran, einfach weiterzufahren, in einen Fußweg einzubiegen und sie abzuhängen. Aber dann hielt Boyroth auf dem Trottoir an.

Die Polizisten stiegen aus und kamen auf uns zu, sie machten Gesichter, wie sie Polizisten immer machen: als wüssten sie alles, dürften es aber keinem erzählen. Wir waren nicht nur zu schnell gefahren, unsere Vorderradgabeln waren zu lang, die ausgebohrten Auspuffe zu kurz und zu laut.

»Ganz schön schnell, die Dinger«, sagte der jüngere Beamte, dem ein Schnurrbart wie ein Bürstchen auf der Oberlippe saß, den Daumen lässig im Schaft des Gummiknüppels eingehängt, der an seinem Ledergurt baumelte.

»Selber umgebaut?«, fragte der Ältere.

Sein Blick war weicher als der seines Kollegen, nachgiebiger, das sah auch Boyroth sofort; er wendete sich ihm zu, stieg von seinem Mofa und drückte ihm den Lenker in die Hand.

»Alles selber gemacht, ja«, sagte er, »frisiert haben wir sie auch ohne Hilfe. War gar nicht so einfach.«

»Wo kommt ihr her?«, wollte der Jüngere barsch wissen.

»Vom Training«, sagte Boyroth.

»Und ihr zwei anderen seid stumm oder was?«

Der Jüngere wurde laut, aber da ihm der Ältere einen strafenden Blick zuwarf, räusperte er sich und senkte sogar den Kopf.

»Fußball«, sagte Fabio.

»Wir spielen bei den Blue Stars«, ergänzte ich.

»Kickt dort nicht dein Junge?«, sagte der Ältere zum Jüngeren und setzte sich auf den Sattel von Boyroths Mofa.

»Red Stars«, antwortete er trotzig und wippte auf den Fußsohlen.

»Die sind besser als wir«, log Boyroth, »leider.«

»Ich bin auch gefahren«, sagte der andere, drehte am Gasgriff und ließ sich gegen die Rückenlehne sinken, »als ich jünger war.«

»Was für eine?«, fragte Boyroth.

»BSA. Eine 500er. Mit Seitenwagen.«

Der Blick des Mannes verlor sich in der Ferne. Er hatte die Füße fest auf dem Boden abgestellt und fing an, Boyroths Mofa vor und zurück zu bewegen.

»Die englischen Maschinen sind die besten«, sagte Boyroth.

»Und wie schnell läuft die hier?«

»Zu schnell«, sagte Boyroth sofort, bevor einer von uns antworten konnte.

Der ältere Polizist lachte, der jüngere nicht. Die Spannung zwischen den beiden Beamten war greifbar, sie machte mich nervös und Fabio auch. Nur Boyroth blieb gelassen. Er spürte natürlich, dass er es nicht übertreiben durfte und jetzt den Mund halten musste. Die Motorhaube des Streifenwagens, ein bulliger Volvo, knackte leise in der Nachmittagssonne. Der Jüngere wollte etwas sagen, aber in diesem Augenblick fuhr eine Straßenbahn vorbei, und er wartete ab.

»Also«, sagte er schließlich, »ihr …«

»Ihr lasst euch nicht noch mal erwischen«, fiel ihm der Ältere ins Wort, stieg vom Sattel und hielt den Lenker so lange fest, bis Boyroth ihn ergriffen hatte.

»Danke«, sagte Boyroth.

»Und jetzt verpisst euch«, sagte der Jüngere, drehte sich um und ging steifbeinig auf den Streifenwagen zu.

Yolanda stand direkt hinter der Wohnungstür im Gang, Boyroth schubste mich vor sich her und direkt in sie hinein, die Hände auf meinen Schultern wie ein Masseur, jetzt umarmte ich sie also doch, es war nicht zu vermeiden, ich wäre sonst hingefallen.

»Der Janis-Joplin-Fan, schau an«, sagte sie, ohne mich loszulassen.

Meine rechte Hand lag unterhalb ihrer Achselhöhle, ich fühlte ihre Rippen, meine linke Hand auf ihrem Rücken berührte den Verschluss ihres BHs, wie ich nach einer Schrecksekunde merkte. Ich ließ die Hand nach unten gleiten, und eine Bewegung ging durch ihren Oberkörper, die mich an Weizenfelder denken ließ, durch die der Wind streicht. Der Flaum auf ihrer Achsel stellte sich auf, eine zarte Gänsehaut. Ihr

Atem roch nach Minze, wie gerne hätte ich sie geküsst, ihre Haare berührten meine Wange.

»Lass Gönggi los«, Boyroth lachte, »der gehört mir.«

Für einen Augenblick presste sie sich stärker an mich, ich spürte ihre Brüste, ihre Schenkel, dann gab sie mich frei. Kein Wort hatte ich herausgebracht. Übersät mit Pickeln, wie ich war.

Fabio drängte mich zur Seite und drückte sich an sie. Yolanda sah mich an, während sie sich die Umarmung gefallen ließ. Galt ihr nachsichtiges Lächeln mir oder Fabio? Sie trug hellblaue Jeans mit aufgenähten bunten Flicken, offene Schuhe mit Korkabsätzen und eine Batikbluse, darauf das stilisierte Gesicht von Bob Marley.

»Lasst euch bloß nicht verderben, Jungs«, machte sie, schon war sie aus der Tür.

»Du gefällst ihr«, sagte Boyroth zu mir, als wir in seinem Zimmer auf dem Boden hockten.

»Wem?«, fragte ich wie der letzte Idiot.

»Der Queen von England!«

Boyroth nahm die Plastiktüte von Bro-Records, die am Bett lehnte, und zog eine Langspielplatte heraus.

»Ich gefalle Yolanda, nicht der Halbschlaue da. Ich! Weil sie nämlich Geschmack hat!«, meinte Fabio.

Boyroth ging nicht auf sein Geschwätz ein und legte *The Inner Mounting Flame* vom Mahavishnu Orchestra auf.

»Scheißbullen«, schimpfte Fabio, »das waren ja vielleicht zwei Idioten!«

»Das war höchstens *ein* Idiot«, gab Boyroth zurück, »der andere hat uns gerettet, du Schlaumeier!«

Er hob den Tonkopf aus seiner Halterung, aber ich stand auf, bevor er ihn auf der Platte absetzte.

»Bin gleich wieder da«, sagte ich und öffnete die Tür.

»Das Bubi hat die schwächste Blase von ganz Mitteuropa«, spottete Fabio und sah sich nach Boyroth um, der ihn aber nicht beachtete.

Das Bad in der Wohnung von Boyroths Eltern sah genau aus wie das in unserer: gerade so breit, dass die Wanne hineinpasste, über der bedrohlich der Warmwasserboiler hing, daneben das hoch in die Wand eingefügte Fenster. Selbst die ehemals weißen Fliesen hatten im Lauf der Jahre den Gelbstich bekommen wie unsere.

Der Wäschekorb aus billigem Bastgeflecht war unter das Lavabo gezwängt, auch wie bei uns; ich klappte ihn auf ohne schlechtes Gewissen und durchwühlte ihn nach Unterwäsche von Yolanda. Ich fand vier Höschen, drei violette und ein rotes, alle winzig klein, mit Säumchen aus Spitze, und einen BH aus Baumwolle, ausgeleiert wie die Unterhosen, die ich zum Fußball trug, grau. Der Duft der Höschen war atemberaubend, ich riss die Augen auf, um ein Stöhnen zu unterdrücken. Würde ich ihr oder vielmehr ihrem Körper je näher kommen? Nun hatte ich ihren Geruch in der Nase, jedes Mal, wenn ich einatmete. Mit geschlossenen Augen stand ich in dem Badezimmer und atmete ganz vorsichtig ein, die Nase gebläht wie ein Pferd die Nüstern. Ich entschied mich für einen der drei violetten Slips, den mit den winzigen, hellen Flecken, wie Fettspritzer sahen sie aus, und dem intensivsten, dem würzigsten Geruch. Ich stopfte ihn in die Tasche meiner Jeans und setzte mich einen Moment auf die Toilette, um mich zu beruhigen. Yolanda würde das Höschen vermissen, hoffentlich nicht zu früh, um sein Verschwinden mit mir in Zusammenhang zu bringen. Was würde Boyroth von mir halten, ging mir

80

durch den Kopf, wenn er wüsste, was in meiner Hosentasche steckte, was würde er mit mir machen? Ich trat aus dem Bad und stand Boyroths Vater gegenüber. Er hielt eine Zeitung in der Hand und trug Schlappen. Der unscheinbare, stille Mann hatte mich immer gegrüßt, aber unterhalten hatten wir uns nie. Auch heute nickte er mir freundlich zu und verschwand wortlos in der Küche.

Der Blick, den Boyroth mir zuwarf, als ich sein Zimmer betrat, irritierte mich. Wusste er, dass es der Slip seiner Schwester war, der meine Hosentasche ausbeulte? Er hatte wirklich auf mich gewartet und die LP noch nicht angespielt.

»Wird langsam Zeit, dass wir uns richtige Maschinen anschaffen«, sagte Fabio laut, kaum hatte ich die Tür hinter mir zugedrückt.

»Ohne Führerschein?«, fragte ich und setzte mich auf den Boden.

»Scheiß auf den Führerschein, Milchbubi.«

Fabio sah nicht mich an, sondern Boyroth, der sich aber über den Plattenspieler beugte.

»Scheiß auf den Führerschein«, sagte Fabio noch einmal und haute mit der flachen Hand auf den Teppich.

»Scheiß drauf, genau«, sagte Boyroth, senkte die Nadel auf die Platte und setzte sich zwischen uns.

Meine Mutter saß auf dem Balkon in der letzten Abendsonne, der Ascher am Boden war bis auf eine halbgerauchte Kippe leer. Nicht einmal die Hälfte der Felder im Kreuzworträtsel auf dem Tisch vor ihr war ausgefüllt, der Kugelschreiber lag neben dem Rätselheft.

»Wo ist Paps?«

»Kommt später heute.«

»Und Sylvia?«

»Macht Hausaufgaben.«

Die Sonnenbrille, die sie aufhatte, trug sie auch auf meinem Lieblingsfoto von uns beiden: Wir lehnten nebeneinander am grauen Borgward, den Vater vor Jahren gefahren hatte, Mutter lachte offen und herzlich in die Kamera, ich schüchtern. Wir berührten uns nicht, es wirkte sogar, als halte sie ihre Hand von mir fern, sie trug cremefarbene Lederhandschuhe, man erkannte aber sofort, wir gehörten zusammen, Mutter und Sohn. In den tropfenförmigen Gläsern ihrer Sonnenbrille war Vater gespiegelt, zweifach. Er stand mit erhobenen Armen vor uns, die Kamera vor dem Gesicht. Den Himmel hinter uns kreuzte ein Flugzeug, ein Werbebanner hinter sich herziehend: OMO WÄSCHT WEISSER.

»Warst du bei ihm, bei diesem Roth?«

Ich nickte und setzte mich auf den Balkonboden, auf dem an der Hausmauer und unter dem Geländer Moos wuchs, das sich kaum ablösen ließ. Was sie wohl sagen würde, wenn sie wüsste, was ich aus dem Wäschekorb in Boyroths Bad gestohlen hatte?

»Gute Freunde sind wichtig«, sagte Mutter, »eigentlich sind sie das Wichtigste.«

»Und wo sind sie, deine wichtigen Freunde?«, fragte ich.

»Gute Frage. Zurückgeblieben. Dort, wo ich weggegangen bin.«

»Man kann also auch ohne sie leben?«

Ich erkannte Mitleid in ihrem Blick, dann lächelte sie mir zu und machte eine Handbewegung, als vertreibe sie eine aufdringliche Fliege. Sie hatte keine Lust zu streiten; ich würde es nicht schaffen, sie zu provozieren.

»Fahrt ihr dieses Jahr nach Österreich?«, lenkte ich ein.

»Du kommst ja sowieso nicht mit«, sagte sie leise und klappte das Rätselheft mit einer Entschlossenheit zu, als schließe sie damit ein Kapitel.

»Wenn du mich gefragt hättest, wär ich ja vielleicht mitgefahren.« Sie machte ein Gesicht, als sei sie bereit, eine Lüge zu glauben, weil sie ihr gut in den Kram passt, und nahm den Kugelschreiber in die Hand.

»Möchtest du eigentlich lieber dort wohnen, in Österreich, wo du herkommst?«

»Nie im Leben«, sagte sie und stand abrupt auf.

Unter der Balkontür drehte sie sich um: »Nie im Leben«, wiederholte sie und trat in unsere Wohnung.

7

Es gab so viele fremde Wörter zu lernen, so viele neue Begriffe. WINKELHAKEN. FROSCH. SCHIFF. DURCHSCHUSS. BLINDMATERIAL. Die Schriftsetzer unterhielten sich nicht nur in einer Sprache, die bloß Eingeweihte verstanden, sie maßen in einem Zwölfer- und nicht in einem Zehnersystem, mit Typometern statt Maßstäben, in Cicero und Punkt statt in Zentimetern und Millimetern. Am Ende der Lehrzeit warfen sie die Ausgebildeten ins Wasser, um sie mit dieser GAUTSCHE zu Jüngern Gutenbergs zu taufen. AKZIDENZ. DELEATUR. SPATIONIEREN. TIEGEL. Ich liebte diese neue Sprache, war stolz, zu einem Künstler der Schwarzen Kunst zu werden.

An der Berufsschule hatte der Lehrer für Typographie einen Satz von Georg Christoph Lichtenberg an die Wandtafel geschrieben, der mich so beeindruckte, dass ich ihn aus der 16-Punkt-Garamond absetzte und auf der Abziehpresse einen Abzug auf Büttenpapier davon machte, um ihn in meiner Gasse aufzuhängen: MEHR ALS DAS GOLD HAT DAS BLEI DIE WELT GEÄNDERT. UND MEHR ALS DAS IN DER FLINTE JENES IM SETZKASTEN.

Die vier Schriftsetzer, alle kurz vor der Pensionierung, die neben uns Lehrlingen in der Bleisatzabteilung arbeiteten, waren wortkarg und reserviert, jeder hatte seinen Spleen. Der eine spielte jeden Tag nach der Mittagspause ein paar Minuten auf seiner Geige, wilde Kadenzen, die er mit Ausrufen begleitete, ohne sich um unsere Blicke zu kümmern; danach trank er in einem Zug eine Flasche Bier leer, von denen jeden Montag fünf im Kühlschrank unseres Lehrlingsraumes standen. Ein anderer sammelte Kakteen auf den Ablagen seiner Gasse T wie TSCHICHOLD, auf die er mit sanfter Stimme einredete, sogar wenn der Abteilungsleiter neben ihm stand, der geduldig wartete, bis das »Gespräch« beendet war. Der Dritte arbeitete sommers wie winters barfuß, so kam er morgens in die Setzerei, so ging er abends nach Hause, barfuß; seine Füße, darüber staunte nicht nur ich, waren immer sauber, wie geschrubbt, kleine zarte Babyfüße, wer weiß, wie er sie pflegte. Der Vierte, von allen Tabellenkurt genannt, weil keiner schneller und geschickter Tabellen setzte, er wusste alles über Insekten; nichts flog an ihm vorbei, ohne dass er es benannte. Da stand er, über den Kasten mit der 11-Punkt-Bembo gebeugt, hob plötzlich den Kopf und sagte laut: »›Anax imperator‹, sehr selten, gibt es hier eigentlich gar nicht, leben in der Nähe von Gewässern, schlagen dreißig Mal mit den Flügeln in der Sekunde, das Weibchen ist grün und braun, das Männ…« Sobald einer der anderen ausgelernten Setzer »Ruhe« rief, verstummte Tabellenkurt sofort und arbeitete weiter. Wandelnde Lexiken waren alle vier, sie brauchten weder den Duden noch andere Nachschlagewerke, in denen wir Stifte immer wieder Hilfe suchten.

Der Mann, der abwechselnd an der Mono- oder an der Linotype saß, war mir unheimlich; er redete, kaum kam man in seine Nähe, auf einen ein, blitzschnell und undeutlich, ich verstand ihn nicht, nickte bloß zu allem, was er sagte, und verzog mich so schnell wie möglich. Dabei liebte ich die beiden Maschinen, an denen er setzte. Besonders gern drückte ich mich hinter der Linotype herum, die ungeheuer kompliziert wirkte und dabei bestechend einleuchtend, ja simpel funktionierte.

Der sich drehende Spindel, an dem die Gussmatrizen schwebten, bis sie über ihrem Fach hingen und abgelegt wurden, übte
magische Anziehungskraft auf mich aus; da stand ich und ver-
gaß die Zeit, das Zischen im Ohr, das es gab, wenn das heiße
Blei durch die Matrizen schoss, nachdem der Setzer sie zu
einer Zeile gefügt und mit dem Schlitten zum Gussmund ab-
geschickt hatte.

Am liebsten aber war mir die Stille in der Setzerei. Staub-
säulen standen im Sonnenlicht, kaum bewegt, man hörte, wie
die Zeit verging, vor allem, wenn man aus dem Lärm des Ma-
schinensaals durch die Tür mit den schweren Plastikflappen in
die Setzerei trat wie in eine andere Welt, die Welt der Ruhe und
Konzentration. Ich liebte diese Stille, auch wenn sie mich besonders deutlich an das schale Gefühl erinnerte, auf etwas Un-
bestimmtes zu warten. Und zwar nicht mit der Gelassenheit,
die ich nach außen hin zur Schau trug, sondern brennend vor
Ungeduld. Wartete ich etwa wirklich bloß darauf, endlich mit
einem Mädchen zu schlafen? Oder war da mehr?

8

Wir waren die Letzten, das Wasser war schon lange nicht mehr warm. Der Schaum über dem Abfluss schillerte im kalten Licht und hatte eine andere Form, jedes Mal, wenn ich hinsah. Wir saßen weit voneinander entfernt am Boden, zwischen uns Dampf und die Wassergardinen der aufgedrehten Duschen.

»Warst du schon mal in Bern?«, fragte Boyroth.

Er fuhr sich blitzschnell mit ausgestrecktem Zeigefinger über die Oberlippe, zweimal, dann schüttelte er die Hand, als müsse er einen üblen Geruch wegwedeln.

»Jeder war schon mal in Bern.«

»Im Gaskessel. So heißt dort das Jugendhaus.«

Langsam wurde mir kalt. In der Garderobe ließen sie Piet hochleben, unseren Mittelstürmer aus Holland, der heute nicht nur das erste Mal nackt und nicht in seiner hellblauen Badehose geduscht, sondern auch den Ausgleich geschossen hatte.

»Wir fahren gleich nachher los«, sagte Boyroth.

»Mit dem Mofa?«

»Autostopp, Spinner. Und nimm den Schlafsack mit. Wir schlafen draußen. Auf einer Wiese in der Nähe vom Gaskessel. Direkt an der Aare. Ich hol dich ab.«

Ich stand auf und drehte eine Dusche nach der anderen ab, dann ging ich zu Boyroth hinüber und streckte ihm die Hand entgegen, um ihn auf die Beine zu ziehen.

Wir standen seit zwei Stunden an der Autobahnausfahrt. Es war einfach gewesen, nach Olten zu kommen, jetzt kamen wir nicht mehr weg. Und nun fing es auch noch an zu regnen. Sofort roch der Asphalt nach Herbst, glänzte dunkel wie das Gefieder der Krähe, die im Wiesenstreifen hockte und uns mit offenem Schnabel neugierig betrachtete. Schon zogen die vorbeirasenden Autos Wasserschleier hinter sich her, die Reifen zischten, sangen. Der Schauer dauerte nicht lang, trotzdem waren wir nass bis auf die Haut; es gab nichts, wo wir uns unterstellen konnten. Nach dem Regen brach noch einmal Sonne durch die Wolken; Kraft hatte sie keine mehr, aber sie legte ein Zauberlicht auf die Brückenpfeiler, die Zu- und Abfahrten und Lagerhallen an der Autobahn, Samt auf Beton, Puder auf Stahl, und sie trocknete uns. Die Welt sah mit einem Mal aus, als sei sie mit feinstem Schmirgelpapier bearbeitet worden, sanft geschliffen, von Kanten, Ecken und jeder Hässlichkeit befreit – aber das lag vielleicht auch an den zwei Joints, die wir geraucht hatten, seit wir in Olten standen und nicht mehr weiterkamen.

Der Peugeot 304, der schließlich ein Stück vor uns anhielt, das linke Bremslicht war kaputt, hing tief auf der Hinterachse und hatte ein französisches Kennzeichen. Der krausköpfige Mann am Steuer war mindestens tausend Jahre älter als die Rothaarige neben ihm, die die Hintertür aufstieß. Ich stieg ein und rutschte hinter den Fahrer. Der Boden des Wagens war mit alten Zeitungen bedeckt, *Le Monde*, mit flachgedrückten leeren Zigarettenpäckchen, Gauloise Bleu, und mit Kleidern und Schuhen.

»Wohin wollt ihr?«, fragte der Mann mit starkem Akzent, sah aber nicht uns an, sondern die Frau.

»Wohin fahrt ihr denn?«, fragte Boyroth.

»Paris«, antwortete die Frau.

Ihrer Stimme hätte ich alles geglaubt. Sie trug keinen BH, ihr Hals war faltig. Auf den Schultern des Mannes lagen Schuppen und ein rotes Haar.

»Klingt gut«, sagte Boyroth grinsend.

Er zog seine Lederjacke aus, sie roch nach feuchten Socken, legte den Arm um mich und drückte mich an sich, bis ich aufjapsend nach Luft schnappte und ihn wegstieß.

»Deine ID hast du ja hoffentlich dabei?«, fragte er leise.

»Schon. Aber kein Geld. Fast keins.«

»Geld? Ich hab Geld. Warst du schon mal in Paris?«

Ich schüttelte den Kopf. Die Frau steckte sich zwei Zigaretten in den Mund und zündete sie mit einem dieser kurzen Streichhölzer an, wie es sie in Italien gibt. Eine schob sie dem Mann zwischen die Lippen, an der anderen zog sie mit geschlossenen Augen; er legte ihr die Hand auf den Schenkel, drückte ihn, sie stieß aufseufzend Rauch aus, und er zog die Hand zurück.

»Paris ist besser als Bern«, sagte Boyroth.

»Viel besser«, sagte ich und ließ mich endlich nach hinten sinken.

Das Hotel war schäbig, aber billig, und vor allem bekamen wir ein Zimmer, obschon es nach drei Uhr morgens war. Der Kraushaarige hatte es empfohlen und uns direkt vor dem Eingang ausgeladen. Gewartet, bis der Nachtportier an die Tür kam, hatte er nicht. Das Interesse, das seine rothaarige Partnerin für Boyroth zeigte, war sogar mir zu viel geworden, vor allem beim Nachtessen im Garten eines Restaurants am Rand von Nancy unter einem verwachsenen, alten Baum, dessen Äste sich fast bis auf den Tisch neigten, an dem wir saßen.

Und an dem die Frau mit Boyroth flirtete, als wolle sie ihrem Mann etwas heimzahlen.

Der Zimmerboden, Bohlen wie auf einem Schiff, war erschreckend schräg, die Blümchentapete voller Risse. Neben dem Fenster hatte sich eine Papierbahn gelöst und wie eine Art zweiter Schirm über das Nachttischlämpchen gelegt. Die Betten standen nebeneinander wie Ehebetten, aber wir rückten sie nicht auseinander. Ich war noch nie so spontan gereist, ohne Vorbereitung, ohne Gepäck. Ich war ohnehin noch fast nie gereist. Was sagte es über das Hotel aus, dass der Nachtportier nicht nach unserem Gepäck gefragt hatte? Wir setzten uns einen Moment auf die Betten, Boyroth auf das linke am Fenster, ich auf das an der Tür. Das, was auf meinem Kissen lag, erkannte ich nicht sofort als Zehennagel. Nebenan lachte eine Frau, es klang, als habe sie Schmerzen. Dann war es, abgesehen von den Autos, still. Sehr still. Schluchzte die Frau im Nebenzimmer, oder war das die Wasserspülung? Gab es denn noch einen Stock über uns?

»Du hast noch nie mit einer Frau geschlafen«, stellte Boyroth fest und sah mich mit ernstem Gesicht an.

Wir hatten nie wirklich darüber geredet, ich hatte mich bedeckt gehalten, genau wie er. War ich so leicht zu durchschauen? Aber das war er ja auch: Für mich war klar, *er* hatte bereits mit einer Frau geschlafen. Mit mehreren. *Mindestens, wenn nicht noch mehr,* ging mir durch den Kopf, und ich musste lächeln.

»Na und?«, machte ich, so ruhig ich eben konnte.

»Das wird sich ändern. Noch heute Nacht.«

Ich fühlte mich ratlos und unsicher. Auch das bemerkte er zweifellos. Neben der Tür hing eine Fotografie des Eiffelturms, in Farben, die es in Wirklichkeit nicht gibt, unscharf dazu. Der Holzrahmen hing schief und war mit Kerben übersät, als sei jemand mit dem Messer auf ihn los.

»In Paris gibt es die besten Nutten der Welt.«

»Sagt wer?«, fragte ich.

»Sage ich. Ready?«

Fast hätte ich ihm von seiner Schwester erzählt, ich konnte mich gerade noch zurückhalten: »Ich möchte verliebt sein in die erste Frau, mit der ich schlafe. Richtig verliebt. Ich bin verliebt. Richtig verliebt. In deine Schwester. Und darum soll, nein muss Yolanda das erste Mädchen sein, mit dem ich Liebe mache.« Yolanda. Keine Nutte. Auch keine Pariser Nutte. Ich hatte, die Erleichterung ließ mich leise aufstöhnen, ja gar kein Geld, ich war gerettet.

»Das kostet aber Geld«, sagte ich.

»Allerdings. Ich hab Geld. Ready?«, fragte er noch einmal, sprang auf die Beine und ging zur Tür.

Ob ich bereit war? Ich war bereit, seit ich dreizehn war. Oder noch länger. Es war nicht der richtige Zeitpunkt, um darüber nachzudenken, ob Yolanda schon mit einem geschlafen hatte. Die Frage war ja wohl sowieso eher, mit wie vielen sie es bereits gemacht hatte. Einmal abgesehen vom Kerl mit der Hendrixfrisur.

»Ready«, rief ich und trat hinter Boyroth auf den Korridor hinaus, der in einer eigenartigen Kurve zum Stiegenhaus hinführte.

Einen Lift gab es zwar, aber er war außer Betrieb. Nach dem vierten von sechs Treppenabsätzen fiel uns ein, dass wir zwar Geld hatten, aber kein französisches.

»Ich glaube nicht, dass sich eine Pariser Nutte für Schweizer Franken ficken lässt«, sagte Boyroth und blieb stehen, »leider.«

Und so drehten wir denn um und stiegen nebeneinander die Treppe hoch. Ich war nicht nur müde, ich war erleichtert und von einer Last befreit, die ich allerdings schon wieder spürte, als wir im Bett lagen und ich schläfrig und doch hellwach zusah, wie der Widerschein der Scheinwerfer vorbeifahrender Autos über die Wände und unsere Bettdecken sprang.

»Morgen«, sagte Boyroth in die Dunkelheit, ich hatte gedacht, er schlafe bereits, »morgen ist auch noch ein Tag. Dann bist du endlich dran.«

»Und du?«

Darauf gab er keine Antwort mehr. War er eingeschlafen? Oder lag er wie ich wach und starrte in die Dunkelheit? Es dauerte, bis sein Atem über mehrere Minuten lang ruhig und regelmäßig war und ich sicher war, er schlief. Dann stand ich auf, schlüpfte in die Jeans und trat so leise wie möglich auf den Korridor hinaus. Auf dem obersten Treppenabsatz war ein Fenster in der Wand, dessen Sims ich gerade noch erreichte. Ich fing an, Leonard Cohens Frage WIE LANGE DAUERT'S NOCH BIS ZUR FOLTERUNG auszulegen, doch dann entschied ich mich um, mitten im Satz, und legte stattdessen eine Zeile aus, die ich ebenfalls in Cohens Roman *Schöne Verlierer* gefunden hatte: SÜNDIGEN WILL GELERNT SEIN.

»Das kannst du laut sagen«, sagte ich in den leeren Treppenschacht hinunter und legte mich schlafen. Mittlerweile schnarchte er, mein bester Freund, schrill und laut, als spiele er es bloß. Aber da es nicht aufhörte und Minute um Minute weiterging, war es wohl doch echt.

In einer Wechselstube im Gare de l'Est tauschte Boyroth Schweizer Franken gegen französische Francs ein, danach frühstückten wir in einem Bistro, unser Tischchen stand direkt am Wasser, wohl einem Nebenkanal der Seine. Ich suchte fieberhaft nach Ausreden und Gründen, um dem Unvermeidlichen, nach dem ich mich doch seit Jahren sehnte, aus dem Weg zu gehen. Aber es fiel mir nichts ein, was mich nicht als Feigling dastehen ließ. Hatte Boyroth immer so viel Geld bei sich? War die Reise nach Paris etwa geplant gewesen? Ich verkniff mir die Fragen, sie kamen mir spießig vor. Schließlich machten wir uns auf den Weg; die Stadt war noch nicht wirklich wach, wir waren früh, doch dann kamen wir in das Viertel, in dem ich mich befreien sollte, vom Druck, der sich angestaut hatte über die Jahre im Körper des Jungen, der ängstlich darauf brannte, zum Mann zu werden.

Sie waren überall, ich traute meinen Augen nicht. Und ich traute mich kaum, hinzusehen. All die Frauen, die sich anboten. Und all die Männer, die auf der Suche waren. Ich war nicht der einzige Getriebene, was hatte ich auch erwartet, und der Einzige, der sich fürchtete, war ich auch nicht. Die Prozession der Männer war lang, und sie war geduldig, trotz aller Ungeduld, die sie antrieb und in Gang hielt. Was nicht passte, war das Licht der Sonne, es war zu hell und leuchtete die Straßen, durch die wir zogen, aus wie den Drehort eines Films. Schatten von Tauben wischten über die Hauswände, knapp über unseren Köpfen, ihr Geschrei klang vorwurfsvoll; duckten sich nur die Männer, die sich schämten? Ich kam mir vor wie in der Kirche, nicht nur, weil Sonntag war, auch wegen der andächtigen Stille und der ernsthaften Konzentration, die Gier und Geilheit auf den Männergesichtern überdeckte. Dabei waren wir doch hier, um zu vögeln. Nur schon das Wort trieb mir Angstschweiß auf die Stirn. Ein Hund drückte eine Wurst aufs Trottoir, eine Männergruppe, die lautstark Vorzüge und Nachteile der Frauen besprach, an denen sie vorbeiging, verscheuchte das Tier. Ich wäre nicht mit einer anderen Prostituierten mitgegangen, wenn Boyroth nicht dabei gewesen wäre und mir das Geld gepumpt hätte, aber ich wäre länger durch die Straßen und Gassen gezogen, unfähig, mich zu entscheiden, weil das ja bedeutete, dass ich den Schritt wagte. »Die da«, wusste Boyroth, »die ist es. Alt genug, um einem Anfänger wie dir zu zeigen, wie es geht, ohne dich allzu sehr zu erschrecken, aber mit einem jungen Körper.« Claudette – ich wusste schon damals, sie hieß nicht wirklich so – war zwischen dreißig und vierzig und hatte keine Ähnlichkeit mit Yolanda oder mit irgendeinem Mädchen, das ich kannte. Auf der Treppe, vor mir das Gesäß im engen Minikleid, diese beiden Halbkugeln, die sich bewegten, als zerrieben sie etwas in ihrer Mitte, geduldig, aber unerbittlich, die Beine in schwarzen Strümpfen, die die Besenreiser auf den Waden und die blauen Adern in den Kniekehlen nicht ganz verdeckten, auf der Treppe, die kein Ende nehmen wollte, wäre ich fast umgedreht. Aber ich ging weiter, mit feuchten Händen und einem Puls, den ich im ganzen Körper und bis in die Stirn fühlte, vor mir das mahlende Gesäß, diesen Arsch, den ich bald anfassen durfte, im Ohr das Zischeln der hauchfeinen Strümpfe, wenn sich die Oberschenkel aneinanderrieben, ging ich tapfer weiter, Stufe um Stufe, hinauf bis in ihr Kämmerchen unterm Dach.

Zehn Minuten später gehörte ich dazu.

Zu den Abermillionen von Männern, die mit einer Frau geschlafen haben und die sich vor lauter Gier bereits nach dem nächsten Mal sehnen. War es schön gewesen? Diese Frage stellte ich mir gar nicht. Ich hatte es endlich getan! Meine Finger rochen nach ihrer Möse, ich würde sie nie mehr waschen. Claudette hatte mich sogar geküsst, mit Zunge. Boyroth wartete unten auf der Straße auf mich. Er wollte nichts wissen, er ließ mich in Ruhe, meine Freude teilte er trotzdem. Zu Hause, nahm ich mir vor, würde ich sofort Yolandas Höschen verschwinden lassen. Es war falsch gewesen, es einzustecken; falsch und peinlich.

Wir fuhren zum Eiffelturm, hinauf wollten wir beide nicht, später aßen wir einen miserablen Coq au Vin in einem Touristenlokal am Montmartre. Zurück in die Schweiz fuhren wir mit dem Zug, ich genoss jede Minute der langen Reise, schnupperte unablässig an meinen Fingern, Claudettes Geruch brachte Bilder zurück. Ich schwebte, ein wissendes Grinsen im gelösten Gesicht, jetzt musste ich unbedingt loswerden, wie es gewesen war. Jedes Detail beschrieb ich Boyroth, der mir lächelnd zuhörte wie ein Vater dem Sohn. Beschrieb ihr Zimmerchen, in dem es so stark nach süßem Parfum roch, dass ich fürchtete, mir werde übel, beschrieb die Lampe mit der roten Glühbirne und den Sessel, auf den ich meine Kleider legte, sorgfältig gefaltet, als helfe mir Ordnung über das hinweg, was mich erwartete. Beschrieb die Matratze, die breit war und weich wie die Blätterhaufen, in die ich mich als Kind so gerne gelegt hatte, genau mit diesen Worten beschrieb ich die Matratze: weich wie ein Blätterhaufen. Natürlich erzählte ich Boyroth von Claudettes nassen Zungenküssen, die mich erstaunt, ja erschreckt hatten, immerhin hatten alle behauptet, Prostituierte küssten ihre Freier nie, um keinen Preis, und jetzt konnte sie nicht aufhören, mich zu küssen, tief, voller Leidenschaft. Ihre Warzen beschrieb ich, die in meinem Mund zu Kirschkernen wuchsen, ihre Warzenhöfe mit den winzigen Erhebungen, die ich erst für Pickel hielt. Auch die Spuren auf ihrem weichen Bauch beschrieb ich, die aussahen, als sei jemand mit den Krallen über sie hergefallen, mit Tatzen,

Spuren, die aber weder Kratzer noch Narben, sondern eher Furchen waren. Ich erlebte die zehn Minuten noch einmal, indem ich sie für Boyroth beschrieb, Sekunde für Sekunde, Anblick für Anblick. Ihre ausrasierten Achselhöhlen, die nach Oleander dufteten, ihre harten Fersen, den abgeplatzten roten Lack auf dem großen Zeh ihres linken Fußes, ihre Lippen, den Geschmack ihres Lippenstifts, ihr drahtiges, rotes Schamhaar, ihre Vagina, die lange trocken blieb und verschlossen, sich aber irgendwann öffnete unter meinen ungeduldigen Lippen, sich öffnete und groß und weich und so heiß und nass wurde, dass ich erschrak. Ihr Arschloch, diese kleine, an den Rändern braune Blume, die zuckte und sich öffnete und schloss, sobald meine Zunge darüberstrich, ihre Schenkel, die sich anspannten, ihre Beine, die mich in die Schere nahmen und wieder freigaben, die schwarzen Nylonstrümpfe, die sich kühl anfühlten, anders als ihre warme, ihre heiße Haut, das Knistern ihrer hochtoupierten Haare, die Äderchen auf dem Spann ihrer Füße, ihre Finger, die mich führten, ihre scharfen Fingernägel, ihren Rücken, der sich bog, sich dehnte, ihren schweißfeuchten Nacken, ihren Arsch mit den Abdrücken meiner Finger, die gleich wieder verblassten, ihre Kniescheiben, die wie Früchte in meinen Mund passten, ihr Stöhnen, als fügte ich ihr Schmerz zu, Schmerz, den sie genoss, ihr Gesicht, ihre Falten und ihre gütigen Augen, sie waren gütig, es ließ sich nicht anders in Worte fassen, und endlich ihr Lächeln, als ich kam und so laut schrie, als müsse die halbe Welt erfahren, dass ich angekommen, nun also endlich doch angekommen war.

Boyroth hörte mir zu, ohne mich einmal zu unterbrechen, ohne eine Frage zu stellen. Er ließ mich erzählen, ließ mich schwärmen, denn nun war ich auch ein Eingeweihter. Ich gehörte dazu, war unterwegs mit meinem besten Freund, der natürlich ebenfalls eingeweiht ist, was sollte uns schon passieren?

»Dann muss ich es vielleicht auch endlich machen«, sagte er, stand auf und verschwand Richtung Toilette, »eine Frau ficken.«

9

Fast hätte ich gejubelt, so groß war die Erleichterung darüber, dass das Taxi nicht in der Einfahrt stand. Adi war unterwegs, ich würde das Buch von Jahnn, das seinem Vater gehörte, einfach in den Milchkasten legen und unbemerkt verschwinden. Ich hielt vor dem Gartentor an und schaltete den Motor aus; bevor ich vom Sattel steigen konnte, wurde das Fenster des Dachzimmers aufgestoßen, und ein alter Mann beugte sich ins Freie.

»He, du da, ich kenn dich«, rief er und winkte mir zu. »Du musst mir helfen.«

Er trug einen gestreiften Pyjama, seine weißen Haare waren zerzaust. Er winkte jetzt mit beiden Händen. Und so stieg ich vom Mofa, stieß das Tor auf und ging auf das Haus zu. Das Buch, es lag in einer Plastiktüte, ließ ich, wo es war: auf dem Gepäckträger. Der alte Mann lehnte sich mittlerweile weit aus dem Fenster.

»Jetzt ist er gestorben«, sagte er und verwarf die rechte Hand.

»Wer?«

Meine Stimme war zu leise; ich blieb genau unter ihm stehen, befürchtete aber plötzlich, er könne einen Batzen Spucke auf mich tropfen lassen, und trat einen Schritt nach hinten.

»Wir treffen uns in der Küche«, sagte er und zog sich ins Zimmer zurück.

In der Küche roch es nach verbrannter Milch, ein Pfännchen stand in der Spüle, der Tisch war bis auf eine Tasse und ein Taschenbuch leer. Ich nahm es in die Hand, Wolfgang Koeppens *Das Treibhaus*, legte es aber wieder zurück, weil ich Schritte auf der Treppe hörte. Adrians Vater war fast einen Kopf kleiner als ich. Er trug Schlappen aus braunem Kord und hatte sich offenbar gekämmt.

»Adrian fährt«, sagte er forsch und reichte mir die Hand, »ich bin der Herr Siegrist. Konrad Siegrist. Und du bist der Junge mit dem, mit dem ...«

Er verstummte, entzog mir die Hand und sah rasch zur Seite, den Kopf gesenkt, als erwarte er Schelte.

»Der Junge mit dem Dingsda«, sagte er.

»Hanspeter«, sagte ich, »der Junge mit dem Mofa. Wer ist gestorben?«

»Erich Kästner. Hast du etwas gelesen von ihm?«

»*Der 35. Mai* war mein Lieblingsbuch«, sagte ich, »früher.«

»Ein großes Buch. Ich verehre Kästner. Und du bist also der Junge, der weiß, wie man richtigen Kaffee macht?«

Wollte er mich auf den Arm nehmen? Er hatte ein Pflaster auf dem Handrücken, bemerkte ich erst jetzt. Wir standen uns gegenüber, wortlos, bis sein Augenlid anfing zu zucken und er sich hinsetzte und die Tasse zu sich hinzog, um interessiert hineinzusehen.

»Suppe«, sagte er, »Suppe essen die im Krankenhaus auch.«

Was wollte der Alte von mir, er machte mir Angst. Kaffee? Suppe? Er hatte den Pyjama falsch zugeknöpft und nestelte ungeduldig am Revers herum. In seinen Mundwinkeln klebte Speichel; atmete er aus, gab es Bläschen, die leise platzten.

»Die hätten ihn behalten, meinen Jungen. Ganz bestimmt. Weil er böse war. Sagen sie.«

»Wer hätte ihn behalten?«

»Die von der, na ja, die Dingsda halt!«

Er schoss auf, die Tasse in der Hand, und warf mir einen giftigen Blick zu. Auf seiner Oberlippe standen Schweißtröpfchen. Durfte ich einfach abhauen und den alten Mann sich allein überlassen, er war ja nicht mein Vater. Um aus der Küche zu kommen, musste ich allerdings an ihm vorbei, das traute ich mich nicht. Er hatte angefangen, die rechte Hand zu schütteln wie jemand, der sich die Finger verbrannt hat.

»Blöd bin ich nicht«, sagte er.

»Das hat auch niemand behauptet.«

»Ha! Das sieht der Oberchef aber anders.«

Ich fragte ihn, ob er sich nicht ins Bett legen wolle, und bot ihm an, ihn nach oben zu begleiten, aber er schüttelte den Kopf und setzte sich wieder an den Küchentisch.

»Hat ihn ja nur geküsst oder so. Ist doch nichts dabei. Oder? Ein Kuss ist ein Kuss. Hat sie immer gesagt, meine, na, meine frühere … Dingsda.«

Er sah mich fragend an, und ich nickte. Ein Auto bremste ab, ich hörte Reifen auf dem Plattenweg vor dem Haus. Schon erschien das gelbe Taxischild vor dem Küchenfenster und erlosch.

»Nichts zu machen. Aussortiert. Es hat mich sehr gefreut, mich mit Ihnen zu unterhalten.«

»Mich auch«, sagte ich.

Als die Haustür aufging, erhob er sich schnell und trat aus der Küche. Vater und Sohn standen sich im Flur gegenüber, nickten sich zu, sagten aber kein Wort. Adrian blickte mich lächelnd an, dann stieg der alte Mann die Treppe hoch, blieb nach wenigen Stufen stehen und drehte sich um.

»Kästner ist gestorben«, sagte er.

»Ich hab's im Radio gehört«, sagte Adi mit geduldiger Stimme.

Sein Vater zögerte, hob beide Hände mit gespreizten Fingern vor die Brust, als halte er ein kostbares Gefäß, schüttelte den Kopf und ging nach oben. Adrian trat in die Küche, als wolle er mir den Weg versperren. Er roch ganz leicht nach Schweiß.

»Schön, dich zu sehen, Cowboy«, sagte er und kam noch einen Schritt näher.

»Wie bist du denn hier reingekommen?«, fragte er, nachdem im oberen Stock eine Tür ins Schloss gefallen war.

»Dein Vater«, sagte ich.

»Was, mein Vater?«

Er nahm eine Flasche Pepita aus dem Kühlschrank.

Ich erzählte ihm, wie er am Fenster seines Zimmers gestanden und verzweifelt gewinkt hatte. Die Haare zerzaust, im Pyjama.

Adrian trank aus der Flasche, während er zuhörte, dann schraubte er sie zu und wollte sie zurück in den Kühlschrank stellen, überlegte es sich plötzlich anders und hielt sie mir hin. Ich trank, ohne ihn aus den Augen zu lassen. Die Schnürsenkel seiner Schuhe waren gelöst.

»Deine Schuhe«, sagte ich und deutete auf seine Füße.

»Ich fahr immer barfuß. Kaffee?«

Ich nickte und setzte mich an den Küchentisch. Adrian nahm die italienische Espressokanne vom Fenstersims, schraubte sie auseinander und schüttelte die festgebackene Kaffeemasse in den Ausguss. Aus dem oberen Stock des

Hauses war Musik zu hören, leise wie in einem Traum, Piano und Geige.

»Hast du das Buch mitgebracht?«, fragte er und drehte sich um, in jeder Hand einen Teil der Kanne.

»Welches Buch?«

Er sah mich an, ging aber nicht auf meine Frage ein, sondern zwinkerte, als hätten wir gemeinsam einen Scherz ausgeheckt.

»Vergessen«, log ich und starrte ihn, ohne zu blinzeln, an.

»Vergessen? Du böser, böser Junge du!«

Er machte ein Gesicht, als wundere er sich selbst über den Tonfall, den er angeschlagen hatte. Er stellte die Teile der Espressokanne hin, lachte schrill auf und hielt sich theatralisch die Hand vor den Mund.

»Macht nichts«, sagte er leise, als rede er mit sich selbst oder mit einem Kind, das Trost braucht, »du bist hier, das ist schließlich die Hauptsache, oder nicht?«

Er trat vor mich und legte mir die Hand auf die Wange, zart und doch bestimmt. Die Hand war warm und weich, die Hand einer Frau. Viel hätte nicht gefehlt und ich hätte mich ergeben, hätte meinen Kopf in die Hand sinken lassen wie in ein Gefäß, eine Schale, die mich trug, schützte und trug. Dann zog ich meinen Kopf zurück und schlug seine Hand weg, als müsse ich einen unangenehmen Geruch verscheuchen.

»Du willst es doch auch«, sagte er heiser, hob erneut die Hand, wartete aber auf das Zeichen von mir, ich sei einverstanden.

»Fick dich«, sagte ich.

Ich stand so langsam auf, wie ich konnte und ohne ihn aus den Augen zu lassen. Dann ging ich.

Ich brauchte meine ganze Kraft, um die Plastiktüte mit dem Buch in den Abfalleimer an der Tramendstation zu stopfen, so voll war er; ich hörte, wie der Buchrücken brach, trotzdem konnte ich nicht aufhören, die Tüte tiefer und noch tiefer in den Müll zu pressen, grunzend vor Anstrengung.

10

Wir bauten das Zelt am Rand des Wäldchens auf, wo die Wiese, die an die Sihl grenzte, nur vierzig Meter breit war. Die Bäume waren groß, majestätisch und wohl uralt. Der Boden, von dicken Wurzeln durchzogen, war knochentrocken und hart. Im Gestrüpp lag ein einzelner Schuh, schwarz, ohne Schnürsenkel, ein Männerschuh. Das Zelt gehörte Gerhard, der die Setzerlehre mit mir angefangen hatte und in der Gasse neben mir arbeitete; es war tabakbraun, und als wir es entrollten, rieselten Tannennadeln heraus, Grashalme. Ich hatte nichts von dem Festival gehört, und auch Boyroth wusste nur davon, weil seine Schwester Yolanda hier zu ihrem ersten Auftritt kam. Wir kannten nicht eine der Bands, die auftreten sollten; das Festival war gratis und von den Behörden nicht bewilligt.

Unser Zelt war ein lichter Dom, auf dessen Wände die Sonne tanzende Scherenschnitte warf. Wir legten uns eine Weile hinein, trotz der Hitze, und Boyroth las aus dem *Penthouse* vor, den er an einem Kiosk gekauft hatte, zusammen mit zwei Flaschen Cola, Tabak und Schokoriegeln.

»Vanessa, Miss August, 23. Ihre Lieblingsband heißt The Moody Blues, ihre Hobbys sind Lesen und Reiten, außerdem repariert sie gern defekte Vibratoren und …«

»Blödsinn«, unterbrach ich ihn.

»Außerdem repariert sie gern defekte Vibratoren und spielt mit ihrer Boa constrictor, die Alice heißt und 112 Zentimeter lang ist. Wie dick die Schlange ist, steht hier leider nicht. Vanessa isst gern Pizza und Eis mit heißer Schokolade …«

»Coupé Dänemark, genau wie meine Mutter.«

»… und liebt ihre Eltern und ihren Zwerghasen.«

»Hat sie nicht eine Schlange?«

Wir waren früh, an der Bühne wurde noch gehämmert und gesägt, auch Zelte standen noch nicht viele. Wir zogen Schuhe und Socken aus und wateten ans andere Flussufer, um uns in den Schatten zu legen; wir wirbelten Bodenschlamm auf, der das Wasser – es reichte uns bis unter die Knie – eintrübte. Hinter uns wuchs die Schulter des Uetliberges in den wolkenlosen Himmel, nach dem ersten Joint schien sich der Wald, jedes Mal, wenn ich wieder hinsah, bewegt zu haben, umgruppiert. Baumknäuel in allen denkbaren Grüntönen, die sich fortwährend verschoben, dicht wie Urwald. Ich machte die Augen zu. Als ich sie wieder aufmachte, streifte Sonne durch die Stämme am Hang hinter uns und zeigte schonungslos, wie licht der Wald war. Vor der fertiggezimmerten Bühne stand jetzt Zelt an Zelt, bald darauf trat die erste Band auf. Wir hörten eine Weile zu, dann wateten wir ans andere Ufer zurück. Im Zelt war es stickig, zudem stank es nach Plastik; wir setzten uns an die Feuerstelle gleich hinter unserem Lager, wo wir auch unsere Mofas abgestellt hatten. Bis zu Yolandas Auftritt dauerte es noch fast eine Stunde; Boyroth war nervös, er regte sich darüber auf, dass sie wieder einmal spät dran war. Er blickte alle paar Minuten auf die Uhr, stand auf und setzte sich sofort wieder hin.

»Möchtest du gerne alt werden?«, fragte er.

»Was heißt alt?«

»Alt. So wie unsere Eltern.«

»Mein Vater ist 44. Das ist nicht alt. Warum fragst du?«

»Ich hab irgendwo gelesen, dass alles, was wichtig ist und zählt, passiert, bevor man sechs Jahre alt ist.«

Das Auto, das in diesem Moment auf dem Waldsträßchen auf uns zukam und vor der Feuerstelle anhielt, kannte ich. Hendrix hatte die Haare geschnitten, er sah aus wie mein früherer Algebralehrer Stettler, den ich verachtete. Yolanda stieß die Tür auf und stürzte in die Arme ihres Bruders. Erst hielt sie die Augen geschlossen, an Boyroth geschmiegt, aber dann öffnete sie sie und sah mich lange an, ernst und traurig, in den Armen ihres Bruders, als wolle sie mir durch diesen Blick etwas zu verstehen geben. Oder bildete ich mir das nur ein? Was wusste ich schon von Frauen? Natürlich dachte ich an ihr Höschen. Ich hatte es, eingewickelt in eine Plastiktüte, in einen Abfalleimer am Hauptbahnhof geworfen. Sie löste sich aus der Umarmung und gab mir förmlich die Hand. Weil sich der Hund weigerte, auszusteigen, nachdem Hendrix die Rückklappe des R4 geöffnet hatte, musste Yolanda ihn aus dem Wagen heben und auf den Waldboden stellen.

»Hendrix mag keine Festivals«, sagte Hendrix, nickte Boyroth zu und reichte mir die Hand, »Marco. Und du musst Hanspeter sein.«

Marcos Zähne waren schneeweiß, er trug ein T-Shirt von Genesis, eine Band, die ich nicht ausstehen konnte, und roch nach Zahnpasta. Boyroth nahm Yolandas Gitarrenkoffer vom Rücksitz und schob ihn in unser Zelt. Erst setzten wir uns an die Feuerstelle, aber dann wollte Yolanda die Band hören, und wir legten uns in die Wiese, nicht zu weit von unserem Zelt entfernt. Die Band, Keyboard, Bass und Schlagzeug, nannte sich Atom Heart Father und spielte, wie ihr Name verriet, Musik, die von A bis Z bei Pink Floyd geklaut war. Nach dem dritten oder vierten Joint hätte mir die Band vielleicht gefallen, wer weiß.

Die Leute, die vor ihren Zelten in der Sonne lagen, kümmerten sich genauso wenig um die Musiker auf der Bühne wie wir. Das Wetter war zu schön, um sich zu ärgern. Hendrix, der Hund, fing an zu heulen und sich mit angelegten Ohren umzusehen, als ahne er eine Katastrophe, für die wir Menschen blind waren, darum zogen wir uns zu unserem Zelt zurück. Yolanda wollte sich sowieso noch ein wenig »einsingen und einspielen«, wie sie sagte.

»Nimm das Ding hier bloß nicht zu ernst«, meinte Marco und zeigte seine Zähne, »sind doch alles *wanker*.«

Er erzählte von der Band Kashmir, in der er Orgel spielte, die so ziemlich wie Led Zeppelin klinge und schon für ein paar ziemlich berühmte *acts* Vorband gewesen sei. Led Zeppelin mit Orgel, dachte ich angewidert, froh darüber, dass Marco sich aufspielte; es wird Yolanda in meine Arme treiben, du frisierter Affe!

Als es so weit war, begleiteten wir Yolanda zur Bühne. Mittlerweile waren vielleicht dreihundert Leute auf der Wiese zwischen Wald und Fluss. Boyroth trug den Gitarrenkoffer, Marco hielt ihre Hand, hörte aber nicht damit auf, sich über das Festival lustig zu machen. Yolanda war aufgeregt, das sah jeder. Erst fummelte sie lange am Mikrofonständer herum, später warf sie ihn um. Nach den ersten zwei Songs wurde das Licht unmerklich weich, behutsam rauschte Wind in Baumkronen, es kam der Abend. War Yolanda gut? Eigentlich nicht, sie klang sehr nach Melanie, ihre Melancholie hatte etwas Verzweifeltes, Angestrengtes und Unechtes, was bestimmt auch an ihrer Nervosität lag. Ich fand sie dennoch großartig. Ich fing sogar Streit an mit einem Kerl, älter als ich, tätowiert, der irgendwann nach vorn rief: »Wir sind hier nicht bei den Pfadfindern!« Hätte sich Boyroth nicht eingemischt, wäre er auf mich losgegangen. Marco saß neben uns, ohne etwas dazu zu sagen, ohne sich für seine Freundin zu wehren. Die Arroganz, mit der er seinen Blick über die Zuschauer schweifen ließ, brachte mich zum Kochen. Wenn er auf die Bühne sah, war kein Stolz in seinen Augen, sondern Herablassung und Missgunst. Er wollte dort oben an ihrer Stelle sitzen, hinter seiner Orgel. Dass Hendrix seinen Hundekopf auf meine Oberschenkel gebettet hatte und zufrieden im Schlaf schmatzte, nahm ich natürlich als Zeichen.

Es dämmerte, als Yolanda nach einer halben Stunde von der Bühne stieg. Der Applaus war zurückhaltend, doch das war er bei den Pink-Floyd-Nachahmern auch gewesen. Ich klatschte so lange, bis Marco mich strafend ansah. Boyroth und ich gratulierten Yolanda zu ihrem Auftritt, wir nahmen sie in die Mitte; Marco ging hinter uns her und fing sofort an, über ihre Schulter auf sie einzureden und aufzulisten, was sie beim nächsten Mal alles anders, besser machen musste. Es dauerte erstaunlich lange, bis ihr der Kragen platzte. Wir standen bereits vor unserem Zelt, als sie sich endlich umdrehte:

»Halt endlich den Mund, du Arschloch!«

Den Lacher, der mir herausrutschte, konnte man auch als Huster oder erstauntes Aufjapsen verstehen. Marco blieb stehen und starrte sie verdattert an.

»Ich will dir doch nur helfen«, sagte er trotzig.

»Ich brauch deine Unterstützung«, sagte Yolanda entschieden und stellte den Gitarrenkoffer zwischen sich und Marco, »aber auf deine sogenannte Hilfe scheiße ich.«

Er machte den Mund auf, sagte aber nichts. Seine Augen wurden schmal, sein Gesicht starr. Dann drehte er sich abrupt um und stieg in seinen R4. Er startete den Motor und schaltete die Scheinwerfer ein; sie lagen greifbar wie helle Röhren in der Dämmerung, ein Zaubertrick, und brannten zwei Löcher in unser Zelt. Es krachte, als Marco den Rückwärtsgang ins Getriebe würgte, aber da sein Hund neben uns sitzen blieb, ohne ihn auch nur anzusehen, musste er noch einmal auskuppeln und aussteigen. Er hob Hendrix hoch, der japste und kräftig strampelte, sich schließlich aber doch ins Auto tragen und auf den Beifahrersitz setzen ließ. Wir krochen ins Zelt, bevor Marco wegfuhr. Und er fuhr weg, wie ich ein paar Minuten später feststellte, weil mich Yolanda darum gebeten hatte.

Längst war die Sonne hinter den Hügelzug gesunken, und obwohl es kein bisschen kühl wurde, machten wir ein Feuer. Boyroth holte Käsesandwiches an einem Stand, den sie bei der Bühne aufgebaut hatten, und eine Flasche Rotwein für seine Schwester. Wir tranken die Cola, die wir im Flusswasser kühl hielten. Eine Band, die auftrat, klang wie Amon Düül, eine andere wie Led Zeppelin. Vögel mit gestutzten Flügeln, Raubtiere ohne Zähne. Irgendwann hörte ich auf zuzuhören; die Musik war ein Geräusch im Hintergrund, das das Krachen und Spratzeln unseres Feuers störte. Yolanda redete nicht von Marco, kein Wort, sie redete überhaupt wenig. Sie saß zwischen uns, trank Rotwein aus der Flasche und gab die Joints, die ihr Bruder ihr reichte, nach zwei Zügen an mich weiter. Sie rauchte konzentriert. Bevor sie den Rauch ausstieß, warf sie den Kopf zurück wie jemand, der etwas schlucken muss, das er gar nicht schlucken will. Meine Aufregung, neben ihr zu sitzen, ohne Marco, wurde von einer Ruhe abgelöst, die ich nicht verstand und erst nach einiger Zeit zulassen konnte. Mein Atem wurde langsam, ich hatte das eigenartige Gefühl, in mir drin zu sein, angekommen in meinem eigenen Körper, hier, neben dem Mädchen, in das ich verliebt war. Und das so gut roch, dass ich immer wieder tief Luft holen musste, um ihren Duft wie eine Droge in mich einzusaugen, ein Gift. Wir brauchten nicht zu reden. Es genügte, nebeneinander an diesem Feuer zu sitzen, unter raschelnden Baumkronen, in dieser Nacht, die so viele Leute in unserem Alter mit uns teilten. Diese neuerlangte Gelassenheit einzig dem Gras zuzuschreiben, das wir rauchten, diesen Fehler machte ich nicht. Ich war ruhig und gelassen, weil ich neben Yolanda saß.

Nach Mitternacht kamen zwei Motorräder durch den Wald auf uns zu, auf der Bühne war es ruhig geworden, wir hörten die schweren Zweitaktmotoren schon von weitem.

»Harleys«, sagte Boyroth und stand auf.

Es waren tatsächlich Harleys, die die zwei Rocker vor dem Feuer abstellten. Sie hatten drei Kasten Bier dabei und einen Eisblock, den sie in Stücke schlugen und auf die Kasten legten. Dann setzten sie sich zu uns ans Feuer. Der eine hatte seine Haare zu einem dünnen Zopf geflochten, der ihm bis zur Hüfte reichte. Der andere war kahl rasiert, hatte aber einen Bart, lang und dicht wie eine Märchenfigur. Beide trugen Ohrringe, Silberringe an jedem Finger und Jeansjacken ohne Ärmel mit dem Schriftzug der Hells Angels.

»Gehören die euch?«, fragte der mit dem Zöpfchen und zeigte mit der Bierflasche auf unsere Mofas.

»Und die da«, gab Boyroth zurück, »sind die euch, oder habt ihr sie bloß ausgeliehen?«

Der Bärtige sah ihn erstaunt an, bevor er laut meckernd lachte und uns zuprostete: »Gar nicht schlecht, die Maschinchen«, sagte er, »fahren die auch, ohne zu trampeln?«

»Kommt ihr allein in den Sattel, oder muss euch jemand helfen«, sagte Boyroth ungerührt, »in eurem Alter?«

Jetzt lachten beide. Als sie sich beruhigt hatten, stand der mit dem Zopf auf und verschwand im Wald. Nach ein paar Minuten kam er zurück, eine Ladung Holz auf den Armen, die er neben der Feuerstelle zu Boden fallen ließ.

»Ich darf doch«, sagte er, bevor er vorsichtig einige der Äste in die Flammen legte.

Er hatte jetzt das Gesicht eines Kindes, das unbedingt alles richtig machen will. Die neuen Äste fingen Feuer, er strahlte und blickte sich stolz nach seinem Kumpel um, der ihm lächelnd zusah.

»Zum Glück sind wir bei der Feuerwehr«, rief er, »was, Jungs, bei dem Fackel, den Hunter hier aufbaut!«

Die Rocker tranken ein Bier nach dem anderen, den Joint, den Boyroth ihnen anbot, lehnten sie genauso ab wie Yolandas Rotwein. In einem Zelt ganz in der Nähe spielte ein Kassettengerät immer und immer wieder *Sympathy for the Devil* von den Stones, dazu klopfte jemand unermüdlich auf Bongos. Es war jetzt dunkel, auch am anderen Flussufer brannten Feuer. Leute spielten Gitarre, ich hörte Flöten, eine Geige, weit entfernt ein Saxophon. Yolanda hatte die Arme um die angezogenen Knie verschränkt; den Kopf auf die Arme gelegt, sah sie mich neugierig an.

»Wie in einem Traum, nicht«, sagte sie.

Ich nickte. Sie rückte ein Stück näher, und ließ den Kopf an meine Schulter sinken. Ich wartete ab, unsicher, ob sie so sitzen blieb oder ob dies bloß eine Geste war, geboren aus dem Moment der Nähe. Dann legte ich den Arm um Yolanda, vorsichtig zwar, aber er lag da, mein Arm, auf ihrer Schulter; sie murrte, als protestiere sie, und schmiegte sich noch dichter an mich.

»Zum Glück spielt das Arschloch die Stones«, sagte der mit dem Zöpfchen.

»Und nicht die Beatles oder die Beach Boys«, ergänzte der Bärtige, »sonst wäre er jetzt nämlich tot.«

Ich hatte den Song aus dem Nachbarzelt gar nicht mehr gehört, er war Teil des Geräuschteppichs dieser Nacht geworden, gewoben aus Stimmen, Gelächter, Musikfetzen, Hundegebell, ausgelassenen Schreien und dem Krachen der Äste, die in den Flammen zerbarsten. Jetzt, da der Hells Angels *Sympathy for the Devil* ansprach, hörte ich den Song auch wieder. Und er ging mir genauso auf die Nerven wie das Bongogetrommel.

»Du kennst die Stones?«, sagte Boyroth. »Ich hätte gewettet, ihr hört nur Bach und Beethoven.«

»Wir reden eigentlich nicht mit einem, der aussieht wie ein Peter-Alexander-Fan und Cola trinkt. Aber bei dir machen wir ausnahmsweise eine Ausnahme.«

So ging es weiter, Sprüche und Provokationen flogen hin und her, die Hells Angels boten Boyroth immer wieder von ihrem Bier an, das er stur ablehnte. Irgendwann setzte er sich zu ihnen hinüber und unterhielt sich mit ihnen über Motorräder. Yolanda lag immer noch in meinem Arm, wir hatten kein Wort geredet, sie hatte die Rotweinflasche, halb leer, zur Seite gestellt. Ist sie eingeschlafen?, dachte ich, da fragte sie: »Du wohnst doch noch zu Hause?«

»Ja. Aber nicht mehr lange. Wieso?«

»Nur so.«

»Und du?«

»Bei Marco. Halb. Im Kreis 4. An der Langstraße.«

Nicht einmal sein Name änderte die Stimmung zwischen uns. Wir blieben sitzen, ohne uns zu rühren. Der Bärtige stand auf und ging weg, gleich darauf wurde das Kassettengerät mit dem Rolling-Stones-Song ausgeschaltet. Seine Stimme war nicht laut geworden, ich hatte sie gar nicht gehört. Er lächelte nachsichtig, als er sich wieder ans Feuer setzte.

»Man muss nur reden mit den Leuten«, sagte er.

»Bist du auch so müde?«, fragte Yolanda.

»Schlaf doch hier.«

Ich bereute den bettelnden Unterton in meiner Stimme sofort. Ich spürte, sie sah mich an, aber ich hielt die Augen gesenkt.

»Bei uns, in unserem Zelt.«

Yolanda sagte nichts. Sie nahm meine Hand, zog mich hoch und ging mit mir zum Zelt hinüber. Boyroth sah uns nach, das spürte ich, und bevor ich hinter seiner Schwester ins Zelt schlüpfte, trafen sich unsere Blicke. Er lächelte, und ich glaube, er nickte leicht, als erteile er mir die Erlaubnis.

Geschrei weckte mich, Boyroths Geschrei. Yolandas Wange berührte meine Brust, ihre Hand meinen Bauch. Sie schlief. Ihr Mund stand leicht offen, wie zu einem lautlosen Schrei. Meinen Schlafsack, mit geöffnetem Reißverschluss als Decke gebraucht, hatten wir an den Zelteingang hinuntergestrampelt. Ich stützte mich vorsichtig auf den Ellbogen und strich mit der freien rechten Hand über ihren Oberkörper, ohne sie zu berühren, wie man über eine brennende Kerze fährt, angezogen von der Gefahr, sich die Finger zu verbrennen. Ich berührte Yolanda nicht und spürte ihre Haut doch, wanderte mit der Hand nach unten, ließ sie zitternd über ihrem Schritt schweben.

Der Morgen dämmerte, auf der einen Wand des Zeltes waren die Umrisse von Bäumen zu erkennen, die der Wind, der

113

durch den halbgeöffneten Eingang wehte, in eine Schaukel-
bewegung versetzte. Jetzt hörte ich, *was* Boyroth schrie und
dass es auch das Gebrüll eines anderes Mannes gewesen war,
das mich geweckt hatte.

»Ich bin aus Beton, ihr verfickten Arschlöcher!«, schrie
Boyroth.

»Ich bin aus Granit, ihr verfickten Arschlöcher!« schrie der
andere.

Ich rührte mich, um aufzustehen und nachzusehen, da erwachte Yolanda. Sie gähnte, hob den Kopf, blickte sich erstaunt um und ließ den Kopf wieder auf meine Brust sinken.

»Gut geschlafen?«, fragte ich.

»Wer schreit denn da?«

»Dein Bruder. Und die Rocker. Glaub ich.«

»Spinner«, sagte sie und strich mir mit dem Zeigefinger
über die Lippen. »Siehst du bitte nach, was da los ist?«

Ich wollte ihr einen Kuss auf den Mund geben, aber sie
drehte den Kopf zur Seite, und ich stand auf und kroch ins
Freie. Die Wiese war taunass, der Fluss glänzte im ersten
Licht, als sei er mit lauter Münzen gefüllt. Da und dort lag
oder saß jemand vor einem Zelt, einer ging quer über die
Wiese hinter einem Hund her, der alle paar Meter ausgelassen
in die Höhe sprang, einen Ast zwischen den Zähnen.

Boyroth und der Bärtige standen mit nackten Oberkörpern
neben der Feuerstelle; als ich näher kam, sah ich den anderen
Rocker auf dem Boden liegen, er schlief, nackt bis auf die Unterhosen. Seine Kleider hingen in den Zweigen, einer seiner
Bikerstiefel lag auf dem Sattel meines Mofas, der zweite stand
auf dem Waldweg. Der Boden war mit leeren Bierflaschen und
Scherben übersät. Boyroths Rücken, gezeichnet von Striemen
und Schnitten, bedeckt mit Dreck und Asche, war feuerrot.

Der Rücken des Bärtigen war noch schlimmer zugerichtet, Blut lief darüber, eine feine rote Fahne, weil ein Schnitt blutete. Das Feuer war bis auf die Glut heruntergebrannt, und sie hatten ein paar der Steine, die die Feuerstelle begrenzten, weggeräumt. Sie bemerkten mich nicht einmal, als ich vor ihnen stand und sie anredete.

»Ich bin aus Granit, ihr verfickten Arschlöcher!«, schrie der Bärtige, haute Boyroth die Faust auf die Brust und ließ sich rücklings in die Glut fallen.

Er wälzte sich in der glühenden Asche, brüllend vor Schmerzen, sprang auf die Beine, streckte triumphierend die Arme in die Luft und riss Boyroth an sich. Der ließ sich die Umklammerung nicht lange gefallen.

»Und ich bin aus Beton, ihr verfickten Arschlöcher!«, schrie er, schlug dem Bärtigen die Faust auf den Brustkasten und ließ sich ebenfalls rücklings in die Glut fallen.

Ich trat zwischen die zwei, sobald Boyroth wieder auf den Beinen war und seinen Siegesschrei ausgestoßen hatte. Sein Blick war irr, er stank nach Schweiß. Erkannte er mich? Er schob mich zur Seite und riss den Rocker an seine Brust. Ich hatte hier nichts verloren. Um mich zu beruhigen, blieb ich vor dem Zelt stehen und nahm die friedliche Szene auf der Wiese am Fluss in mich auf. Erst dann kroch ich zu Yolanda zurück ins Zelt. Sie war wieder eingeschlafen; als ich mich neben sie legte, erwachte sie.

»Und? Was ist da draußen los?«

»Kinderkram«, sagte ich.

»Das klingt aber gar nicht so.«

Sie sah mich prüfend an, ich zuckte mit der Achsel, und wir legten uns hin. Draußen war es jetzt fast hell. Irgendwo spielte jemand auf einer Gitarre, immer wieder die gleichen Akkorde, den Anfang eines Songs von James Taylor, dessen Titel mir nicht einfiel. Das Geschrei der beiden hörte plötzlich auf.

»Warst du schon mal in Norwegen?«, fragte ich.

»In Norwegen nicht, nein. Aber in Dänemark.«

»Kommst du mit mir in die Ferien? Nach Norwegen?«

»Marco und ich fahren nach Südfrankreich. Drei Wochen.«

Nun veränderte sein Name alles. Yolanda blieb zwar in meinem Arm liegen, doch sie rückte innerlich weg von mir, und es war, als werde es kühler im Zelt. Sie fühlte sich mit einem Mal knochig an und verkrampft, hart wie ein Junge, mit dem man kämpft.

»Marco ist mein Freund«, sagte sie leise.

»Das hab ich auch begriffen«, sagte ich, machte mich los und kroch schnell aus dem Zelt.

11

Der Hund, der vor der offenstehenden Haustür auf der Fußmatte hockte, stank nach Dosenfutter und Haarspray. Ich griff ihm ins Nackenfell, und er ließ sich zu Boden fallen, alle viere von sich gestreckt, hechelnd.

»Das macht er bei jedem Mann!«

Die Frau, die die Kellertreppe hochkam, trug einen leeren Wäschekorb unter dem Arm, hatte eine brennende Zigarette zwischen den geschminkten Lippen und zwinkerte mir zu. Ihr Morgenrock, rosa mit Steppnähten, war so weit geschlitzt, dass ich die Dellen der Orangenhaut auf ihrem nackten Oberschenkel sehen konnte. Ihre Zehen, sie bewegte sie, zeichneten sich durch den Stoff ihrer hochhackigen Pantoffeln ab; ich musste mich zwingen, den Blick von ihnen zu lösen.

»Vergiss es, Erika. Gönggi hat heute Morgen schon zwei von euch getröstet«, sagte Boyroth.

Er warf in rasendem Tempo Umschläge in die Briefkästen des Wohnblocks, ohne hinzusehen, weil er die Frau anlachte, dabei waren es bestimmt fünfzig Kästen, Reihe um Reihe, die er vor sich hatte.

»Ach, der Walti«, sagte sie, »komm, Elvis, wir werden hier nicht gebraucht.«

Der Hund sprang auf, wand sich zwischen ihren Beinen hindurch und lief die Treppe hoch. Das Goldkettchen an der rechten Fessel der Frau glänzte in der Morgensonne, als sie sich umdrehte und dem Hund wortlos nachging. Die Absätze ihrer Pantoffeln knallten wütend auf den Stiegen wie Hämmerchen, ich sah den Saum ihres Höschens unter dem Plüschmantel.

»Das Loch von der ist so heiß, da verbrennst du dir den Riemen.«

»Woher willst du das denn wissen?«

»Bin ich das erste Mal hier, Gönggi. Da, nimm!«

Er drückte mir einen Packen Briefe in die Hand und ging auf das Nachbarhaus zu.

»Ich mach die Zweihundertelf. Nachher bau ich uns ein Gerät, so macht die Arbeit ja nicht richtig Spaß.«

Kurz nach Mittag waren wir mit seiner Tour fertig, zwei Stunden früher als sonst, wenn er sie alleine machte. Wir brachten Boyroths Dienstmofa ins Postamt zurück, dann fuhren wir zu ihm und hörten uns die Occasions-LPs an, die er sich im Verlauf der Woche gekauft hatte: Quicksilver Messenger Service, Weather Report, Larry Coryell. An diesem Abend spielten wir im Hardturm gegen die Grasshoppers, als Vorspiel unserer ersten Mannschaft, auf dem Hauptplatz im Stadion, darum war ich viel zu aufgeregt, um mich zu entspannen. Ich hampelte herum, bis Boyroth das Haschisch aus seiner Hosentasche klaubte und anfing, den Tabak von zwei Zigaretten auf ein Blatt Papier zu bröseln.

»Ich weiß jetzt nicht, ob das die beste Idee ist, vor dem Match.«

»Entspann dich, Gönggi. Wir werden spielen wie die Brasilianer. Vertrau mir. Und jetzt hör dir diese verdammte Gitarre an!«

Mit Rückennummern spielten wir sonst nicht. Der Stadionsprecher las unsere Namen und die dazugehörigen Nummern, bei meinem Namen stockte er. Boyroth sah mich an, schüttelte in Zeitlupe den Kopf und grinste. Es gibt Fußballspiele, die dauern lange, endlos lange, manchmal für beide Mannschaften, aber meist nur für die, die verliert. GC nahm uns auseinander, wir hätten uns gewünscht, der Match wäre nach der ersten halben Stunde vorbei gewesen. Spürte ich die zwei Joints, die wir geraucht hatten? Leider nicht. Weder spielte ich wie ein Brasilianer, noch war ich entspannt wie ein Jamaikaner. Nach dem 9:0 fingen die Zuschauer an zu lachen. Ich mied den Blick in die Ränge, hielt mich vom Spielfeldrand fern, so oft es möglich war. Pfiffe hätte ich ertragen, das Lachen nicht. In unserer Mannschaft lachte nur einer, Boyroth hatte Spaß. Er spielte so gut, dass mich das Angebot, das ihm der GC-Trainer nach dem Match machte, nicht erstaunte. Dass er es ablehnte, hatte ich erwartet. Kurz vor Schluss setzte er einen Freistoß aus zwanzig Metern ins Lattenkreuz; während ihn die Zuschauer feierten, blieb er mitten auf dem Platz stehen und machte eine tiefe Verbeugung, die bestimmt nicht nur ich als puren Hohn verstand. Boyroth richtete sich erst auf, als Trainer Läubli ihm zuschrie, mit dem Unsinn aufzuhören. Die Zuschauer johlten.

Das Mädchen hatte hennarote Haare, kurz wie eine Bürste, und eine Oberlippe, die aussah, als platze sie auf wie eine reife Frucht, so prall war sie. Sie machte sich den ganzen Abend an Boyroth heran, scheu lächelnd, unaufdringlich, wie auf Zehenspitzen, als meine sie es gar nicht ernst. Ihr Patschuliduft hing zwischen uns, als Verheißung unsicherer und gleichwohl ungestümer Zärtlichkeit in einem Mädchenzimmer unterm

Dach, mit Batiktüchern, Yogitee und Musik von Cat Stevens. Ich hätte mich sofort von ihr verführen lassen, trotz Yolanda, hätte sie in dieses Zimmer getragen, wo immer es sich fand, in welchem Stockwerk es auch lag. Aber mich beachtete sie höchstens als Boyroths Begleiter, der nicht einmal als Umweg taugte, ans eigentliche Ziel zu kommen.

Um Mitternacht verlor sie die Geduld doch, trank innerhalb kürzester Zeit eine Flasche Bier und hing quengelnd an seinem Arm. Was sie sagte, wieder und wieder, als stimme ihn das vielleicht um, verstanden wir nicht, sie bekam den Schluckauf und zog Boyroth, eine zweite Bierflasche in der Hand, entschlossen und durch nichts aufzuhalten aus dem Jugendhaus in den Garten hinaus. Dort stand ein breites, ausrangiertes Sofa, auf das sie zielstrebig zusteuerte. Jemand hatte Feuer gemacht, in den Bäumen hing eine leere Hängematte, die das Mädchen zum Glück nicht bemerkte. Sie ließ sich aufs Sofa fallen, Boyroth wehrte sich nicht, als sie ihn mitriss. Sie nahm einen großen Schluck aus der Bierflasche und wollte sie Boyroth in die Hand drücken, der sie aber abwehrte.

»Trinkst du kein Bier?«, fragte sie erstaunt.

»Alkohol macht blöd«, sagte er knapp.

Ich wendete mich ab und wollte im Haus verschwinden, aber er hielt mich am Arm zurück und zog mich neben sich.

»Muss der immer dabei sein«, motzte sie und legte beide Arme um Boyroth.

»Muss er, ja«, antwortete er und löste ihre Arme von seinem Hals.

Ich stand trotzdem auf und ging ein paar Meter in die Dunkelheit hinein, bis an den Maschenzaun, der das Grundstück begrenzte; es war noch immer sehr warm, fast schwül, und ich fragte mich, wer auf die hirnrissige Idee gekommen war, in

Absender:

Ihre Meinung ist uns wichtig und interessiert sicher auch die Kollegen und Kolleginnen in anderen Buchhandlungen. Dürfen wir Ihre Stimme deshalb zu Werbezwecken veröffentlichen? (ggf. streichen)

Aufbau Verlag
Werbung
Lindenstraße 20–25
10969 Berlin

Bitte
ausreichend
frankieren

Schön gelesen?

Meine Meinung zum Leseexemplar:

(Autor, Titel)

aufbau verlag

einer solchen Nacht ein Feuer zu machen. Gleichzeitig gefiel mir das Knistern der Holzscheiter und die Glut, die roten Schimmer auf die Gesichter legte. Eine Schubkarre lehnte am Zaun, ich kippte sie und legte auf dem rostzerfressenen Wannenboden eine Zeile aus, die ich in Leonard Cohens Roman *Das Lieblingsspiel* gefunden und schon nach dem ersten Lesen auswendig gekonnt hatte: DER LÖWE WIRD IMMER AN DEN KLEIDERN DER SCHLAFENDEN ZIGEUNERIN SCHNÜFFELN. Danach ging ich zum Sofa zurück und setzte mich neben Boyroth und das Mädchen. Ihr Kopf lag an seiner Brust, nach einer Weile streifte sie ihre Lederschlappen mit den niedrigen, pyramidenförmigen Holzabsätzchen ab; bevor sie die Füße unter sich zog, sah ich die Narbe auf ihrem linken Rist, hell und zart, mindestens fünf Zentimeter lang. Ich hätte sie gern gefragt, wie sie zu der Narbe gekommen war, aber da sie endlich den Mund hielt, ließ ich es. Gleich darauf war sie eingeschlafen, sie schnarchte sogar, leise wie ein Kind, die Hände gefaltet, als bete sie, lag ihr Kopf in Boyroths Achselhöhle, er gehörte dort hin. Wir blieben lange so sitzen, starrten in die Glut und schwiegen. Es roch nach gebratenem Fleisch, fiel mir irgendwann auf. Vor dem Feuer lagen Haselnussstecken, an denen hatten sie die Würste gebraten. Ich hielt den Mund und fragte mich, ob Boyroth die Stecken ebenfalls bemerkte.

»Scheißkerle«, sagte er voller Verachtung, als könne er meine Gedanken lesen, »was soll man von Menschen erwarten, die Tiere fressen!«

»Nichts«, sagte ich schläfrig.

»Nichts, genau. Oder nur das Schlimmste! Aber auch Fleischfresser beißen irgendwann ins Gras.«

Gegen halb zwei standen wir auf. Die Nacht war ruhig, das Feuer heruntergebrannt. In der Hängematte lagen zwei und knutschten, und auch sonst sah ich nur Paare im Garten, die sich mit weit geöffneten Mündern küssten oder leise miteinander redeten. Boyroth bettete das schlafende Mädchen sorgfältig aufs Sofa, er deckte sie sogar zu, mit einer Decke, die er im Jugendhaus für sie holte.

»Jetzt gehen wir schwimmen«, sagte er, als wir auf unseren Mofas stadteinwärts fuhren. »Warst du schon mal im Letzibad?«

Ich hasste das Bad. Ins tiefe Sportbecken gestoßen, untergegangen, Wasser geschluckt. Ich hatte keine Lust, ihm von den Schwimmstunden in dem Bad zu erzählen; über den Schwimmlehrer wollte ich schon gar nicht reden, diesen Sadisten, der daran schuld war, dass ich panische Angst hatte vor Wasser und noch immer nicht schwimmen konnte.

»Ich geh da nicht rein.«

»Das Letzi hat einen Zehnmeterturm.«

»Ist doch schon seit Stunden geschlossen.«

»Merkt doch keiner.«

»Ohne mich.«

»Weißt du, wer der Architekt des Bades ist?«

»Max Frisch, ich weiß. Aber das hilft auch nicht.«

Mittlerweile fuhren wir auf dem Letzigraben auf den Haupteingang des Bades zu; vor ein paar Jahren war ich jeden Dienstag mit meiner Klasse in Zweierkolonne darauf zumarschiert, sogar bei Regen, geplagt von dunklen Ahnungen, auf dem Weg zur eigenen Hinrichtung. Boyroth fuhr am Eingang vorbei, bog in die Edelweißstraße ein und hielt vor einem Zaun an, hinter dem zwei der Garderobenhäuschen mit abgeschrägtem Flachdach standen, die wie Ferienpavillons aussahen und die ich trotzdem hasste, weil es hinter den Wänden aus Waschbeton immer nach feuchten Badetüchern, ungewaschenen Füßen und jenem Angstschweiß roch, den jeder kennt, der etwas nicht kann, was er, wie alle anderen, können muss. Wie oft hatte ich mich in Umkleidekabinen eingeschlossen?

»Ich kann nicht schwimmen«, sagte ich und hielt neben ihm an.

Wir lagen nackt auf der Sportwiese und rangen nach Luft. Fast hätten wir uns berührt, so dicht lagen wir nebeneinander. Die Fenster der Wohnblocks, die an das Letzi-Bad grenzten, waren dunkel. Schwimmen war einfach, wie Radfahren, ich hatte es geahnt, der Mensch geht nicht unter im Wasser, es sei denn, er will es. Boyroth hatte es mir beigebracht, er hatte keine halbe Stunde gebraucht, aber die letzte Angst vor dem Wasser nahm auch er mir nicht. Er war vom höchsten Turm gesprungen, zehn Meter in die Tiefe, schreiend vor Begeisterung, ich hatte die Bombe vom Einmeterbrett gewagt.

»Da verschlafen sie ihr Leben, die Idioten. Genau wie wir. Aber damit ist jetzt Schluss.«

»Jetzt kann ich schwimmen, Wahn…«, die jähe Gewissheit, die mir im Sportbecken Glücksschauer über den Rücken gejagt hatte, die Gewissheit, dass mich das Wasser trug und der andere Beckenrand näher kam, weil ich darauf zuschwamm, nahm mir momentlang erneut den Atem, »…sinn.«

»Bald kannst du fliegen, Gönggi. Und ich auch. Scheißmücken!«

Er schlug mit beiden Händen um sich, setzte sich einen Moment auf, legte sich aber gleich wieder hin.

»Weil wir nämlich Motorräder kaufen. Richtige Motorräder.«

»Wir?«

»Fabio und ich.«

Ich spürte, Boyroth sah mich an, aber ich blieb auf dem Rücken liegen, ohne ihm den Kopf zuzuwenden. Das Windchen, das über die Wiese strich, rührte die Bäume hinter uns nicht, mir bereitete es Gänsehaut am ganzen Körper. Jetzt roch ich das Chlor im Wasser des Sportbeckens und das Sonnenöl, mit dem sich die Badegäste all die Jahre über eingerieben hatten und das längst in die Latten der Liegeroste eingedrungen war wie ein Holzschutzmittel. Ich atmete mit offenem Mund, damit er es nicht hörte. Scheißfabio. Schwere Motorräder, und ich hatte nichts davon gewusst, hatte es noch nicht einmal geahnt. Die Frage hätte ich mir gern verkniffen, aber ich musste sie stellen:

»Und ich?«

»Du fährst bei mir mit.«

»Warum bin ich nicht dabei?«

»Bist du doch! Spinn nicht rum hier.«

»Und wenn ich auch eins will?«

Jetzt überschlug sich meine Stimme, ich setzte mich auf, die Beine an der Brust. Boyroth blieb liegen, nicht einmal die Augen öffnete er.

»Du hast doch gar nicht das Geld dafür.«

Er machte die Augen auf und hob beruhigend die Hand, ich legte mich wieder hin. Das Gras war noch feucht von meinem Körper, unangenehm, wie wenn man in eine nasse Badehose schlüpft. Ich legte mich an einer anderen Stelle wieder hin, rückte ein Stück weg von ihm.

»Was heißt überhaupt richtige Motorräder?«

»Richtige Maschinen halt. Kein Kinderkack mehr.«

»Ach komm! Sag schon.«

»Eine Laverda 1000.«

»Und Fabio?«

»Eine 500er Honda.«

»Einen Reiskocher?«

»Reiskocher, von wegen. Von Egli getunt. Hat fast soviel PS wie meine Laverda. Und die breiteren Schlappen.«

»Wann?«

»Morgen.«

Er setzte sich auf, ich blieb liegen. Bei geschlossenen Augen konnte ich das Kreischen der Badegäste hören, das Klatschen, wenn ihre erhitzten Körper im Wasser aufschlugen. Und wenn ich mich konzentrierte, hörte ich sogar das Geräusch der aufblasbaren Bälle, die übers Wasser hüpften, und das Hecheln der Blasbälge, mit denen die Männer die Luftmatratzen der Frauen aufpumpten. In unserer Nähe war das Gras noch niedergedrückt, dabei war das Bad schon seit Stunden geschlossen. Wo das Licht der Straßenbeleuchtung auf die Liegewiese fiel, war sie wie mit Kreide bestäubt.

»Hier«, sagte er, »Hand her, ich hab was für dich.«

Ich zögerte, hielt ihm die flache rechte Hand aber schließlich doch hin, und er legte eine Münze darauf. Während er mir die Arm- und Beinbewegungen beigebracht hatte, hatte er plötzlich auf den Boden des Sportbeckens gezeigt. Dort lag eine Münze, die auf dem Grund hin- und herzuschaukeln schien, weil wir das Wasser in Unruhe versetzten. Er fand, ich sollte das Geldstück heraufholen, sobald ich eine ganze Länge schwimmen konnte, doch später hatten wir die Münze vergessen.

»Du hast sie heraufgeholt«, sagte ich.

»Damit du dich immer an den Tag erinnerst, an dem ich dir das Schwimmen beigebracht hab. Aus welchem Jahr ist sie?«

Das Zwanzig-Rappenstück fühlte sich komischerweise dünner an als üblich. Es roch nach Chlor.

»1965«, las ich ab.

»Guter Jahrgang. Hast du mit ihr geschlafen?«

»Mit wem?«, fragte ich.

»Mit meiner Schwester, du Trottel. Im Zelt auf der Allmend.«

»Nein. Hab ich nicht«

»Wirklich nicht?«

»Nein, wirklich nicht! Aber ich hätte gern.«

»Du hast ja eine Nutte gefickt. Auch nicht schlecht. Hast du ihr davon erzählt, meiner kleinen Schwester?«

»Arschloch!«

»Yolanda ist nichts für dich. Glaub mir.«

»Schwachsinn!«

»Vergiss sie!«

Es war ihm ernst; seine Stimme klang scharf. Für einen Augenblick dachte ich daran, die Münze in die Dunkelheit zu werfen, doch dann ließ ich es bleiben. Boyroth lag neben mir, ohne sich zu rühren, nur sein Brustkorb hob und senkte sich, genau wie meiner. Nach langem Schweigen erhob er sich plötzlich auf die Knie, kroch zu unseren Kleidern hinüber und nahm etwas aus seiner Jeans. Dass es sein Taschenmesser war, sah ich erst, als er es mir mit offener Klinge unter die Nase hielt.

»Schon mal einen Blutsbruder gehabt?«, fragte er und stand auf.

»Das ist doch lächerlich«, sagte ich und setzte mich hin.

»Du hast doch bloß Angst«, sagte er, »dich selber zu schneiden.«

»Schwachsinn!«

»Dann willst du also nicht mein Blutsbruder sein?«

»Gib schon her«, sagte ich, stand nun ebenfalls auf und nahm ihm das Messer aus der Hand.

Aber ich brachte es nicht fertig, mich zu schneiden und mir wehzutun. Jedes Mal, wenn ich mit der Klinge in die Nähe meiner offenen Hand kam, schloss ich sie instinktiv zur Faust. Das Problem war nicht der Schmerz, das wusste ich, sondern die Angst davor.

»Tu einfach so, als sei es nicht deine Hand! Indianer kennen keinen Schmerz.«

Er entwand mir das Messer, öffnete die linke Hand, setzte die Klinge an und fuhr, ohne zu zögern, mit der Klinge quer darüber. Dass er sich tatsächlich geschnitten hatte, sah ich am Zucken seines Augenlids. Der Schnitt selbst sah zunächst aus wie ein Bleistiftstrich. Aber dann war da plötzlich Blut, der Schnitt ging auf und wurde eine Wunde. Ich brauchte drei weitere Anläufe, bis ich mich überwinden konnte. Der Schnitt tat kaum weh, aber das Blut, das herausquoll und das ich warm in der geballten Faust spürte, wollte ich trotzdem nicht sehen.

»Blutsbruder«, sagte Boyroth dramatisch.

Dann gaben wir uns die blutenden linken Hände, drückten zu und umarmten uns gleichzeitig.

»Blutsbruder«, sagte ich, es schauderte ihn, so dicht war mein Mund an seinem Ohr.

»Ich schwitze schon wieder«, sagte er und ließ mich los.

»Dann geh schwimmen.«

»Und du?«

»Ich auch.«

Boyroth war vor mir auf den Beinen, aber im Wasser war ich zuerst. Bevor ich untertauchte, riss ich die Augen auf und sah einen Nachthimmel über mir, an den ich mich immer erinnern würde, das wusste ich: kobaltblau, ohne eine Wolke, ohne einen Stern, dafür aber bodenlos, als sei er ein Loch, ein Abgrund. Dann schlug ich im Wasser auf und machte die Augen zu. Meine Zehen berührten den Beckenboden, ich spreizte die Finger, bewegte die Arme auf und nieder wie Schwingen, die mich tragen sollten. Als ich die Augen öffnete, immer noch unter Wasser, war Boyroth neben mir, nackt, glänzend wie ein großer schmaler Fisch. Er lachte, sein Daumen zeigte nach oben, er packte meinen Arm, und wir schossen miteinander nach oben, tauchten auf und schnappten nach Luft.

»Das Leben ist scheiße«, schrie er, »aber wir lieben es trotzdem!«

Wir hielten nebeneinander vor der Ampel, die auf Rot stand, dabei waren jetzt, kurz vor drei in der Früh, kaum Autos unterwegs. Ein Taxi schob sich auf der Spur neben uns, ganz langsam, als wolle es unbemerkt bleiben. Ich drehte mich nur nach dem Mercedes um, weil der Fahrer die Scheibe nach unten gleiten ließ.

»Na, wenn das nicht mein verletzter Cowboy ist.«

Adis Stimme klang anzüglich und falsch, als spiele er sich selber etwas vor, an das er nicht wirklich glaubte. Ich nickte vage, sah dann aber wieder nach vorn. Adi hörte klassische Musik, Klavier und Geige; der Geruch des Duftbaumes, der am Rückspiegel hing, stieg mir in die Nase. Ich hasste den Duft.

»Wann kommst du denn wieder mal bei mir vorbei?«

Er ließ den linken Arm aus dem Wagen baumeln und schwenkte ihn hin und her; auch seine Stimme klang nervös.

»Kennst du den?«, fragte Boyroth.

Ich schüttelte den Kopf, drehte am Gasgriff und dachte daran, einfach loszufahren.

»Und ob er mich kennt! Nicht, Gönggi?«

Adis Stimme klang wütend, nicht enttäuscht. Er zog den Arm in den Wagen zurück und machte die Musik aus.

»Kennst du die Schwuchtel?«, fragte Boyroth so laut, dass Adi ihn bestimmt verstand.

»Spinnst du?«

»Na aber hallo! Und was ist mit dem Buch?«

Jetzt überschlug sich Adis Stimme, er krächzte, kläglich und wehleidig. Sein Blick sprang zwischen Boyroth und mir hin und her. Hatte er etwa Angst, vor mir?

»Halt die Fresse, schwuler Sack!«, sagte Boyroth ruhig und machte Anstalten, vom Mofa zu steigen.

Der Blick, den mir Adi zuwarf, bevor er bei Rot über die Kreuzung fuhr, machte mich traurig, nicht wütend, was schlimmer war. Ich kannte den verzweifelten, bettelnden Blick von mir. *Wer sich mit mir einlässt, muss es nötig haben.*

12

Die Maschinen waren wunderschön, strotzend vor Kraft und bullig, gefährlich. Sie rochen nach Maschinenöl und Benzin und auch etwas nach den Wildlederlappen, mit denen wir Tank, Rahmen und Schutzbleche ablederten. Die Motoren hatten noch geknackt, als ich dazugekommen war, eine halbe Stunde nachdem Boyroth und Fabio die Motorräder in die Garage gefahren hatten, geknackt, als könnten sie sich nicht damit abfinden, nun stillstehen zu müssen. Auf der Werkbank lagen zwei Helme nebeneinander, altmodische, schwarze Halbschalen mit Lederriemen.

»Und wenn sie euch erwischt hätten?«

Die Stimme der Vernunft: Ich konnte nicht anders, ich fühlte mich ausgeschlossen und an den Rand geschoben.

»Der schon wieder!«, stöhnte Fabio.

»Haben sie aber nicht«, sagte Boyroth.

»Wie habt ihr sie überhaupt gekauft, ohne Führerscheine und ohne Versicherung?«

»Ist doch scheißegal! Wir haben sie, das zählt«, sagte Fabio ungeduldig.

Boyroth ging neben seiner Laverda in die Hocke, um Dreckbatzen aus dem Profil des Vorderreifens zu kratzen.

»Eine neben der anderen«, ergänzte Fabio.

Boyroth hatte in einer Motorradbeiz, in der Wände und Tresen mit amerikanischen Nummernschildern aus Kunststoff dekoriert waren, zwei Schilder besorgt. Es war nicht einfach gewesen, den Wirt zu überreden und weiße statt blaue oder rote Schilder zu finden, die nicht auf den ersten Blick auffielen.

»Nebraska oder Montana?«, fragte Boyroth.

Fabio entschied sich für Montana, und wir bohrten Löcher in die Kennzeichen und schraubten sie fest. Schräg gegenüber hockte der alte Gerber auf seinem Sessel, paffte Rauchkringel mit seiner Villiger und stierte ins Leere. Er hatte gesehen, wie Boyroth und Fabio die Maschinen in die Garage von Boyroths Vater gefahren hatten.

»Und Gerber?«

Ich konnte es nicht lassen. Machte ich mir Sorgen? Oder wollte ich ihren Triumph stören? Fabio sah mich voller Verachtung an und setzte sich in den Sattel seiner Honda.

»Gerber ist tot, wenn er die Fresse aufmacht«, sagte Boyroth ruhig.

Zwei Falter flogen durch das offene Fenster, das Tor hatten wir trotz der Hitze geschlossen, und flatterten durch die Garage.

»Fahrt ihr sie heute noch mal?«

»Sobald sich der Alte verzogen hat«, antwortete Boyroth.

Er pützelte am Chrom des Scheinwerfers herum und strich dann mit dem Zeigefinger über das schwarze Leder der Sitzbank, zart und sehr langsam, dabei sah er mich gespannt an.

»Und ich?«, fragte ich.

Die Falter gerieten fast gleichzeitig an die Neonröhre unter der Decke, erst knackte es, dann gab es ein brutzelndes Geräusch.

»Du fährst natürlich bei mir mit, Gönggi. Frag nicht so saublöd!«

»Ohne Helm?«

»Der junge Mann hat einfach keine Geduld«, sagte Boyroth, »genau wie ich.«

Er öffnete den Reißverschluss seiner Sporttasche, die in der Ecke stand, griff mit beiden Händen hinein und reichte mir einen Helm, eine schwarze, altmodische Halbschale, genau wie die Helme, die sie trugen.

Auf freiem Feld, ohne den Schutz von Bäumen oder Häusern, war es kühl, fast kalt. Führte die Straße durch Wald oder ein Dorf, wurde es sofort wärmer. Es roch alle paar tausend Meter anders: Gülle, gegrilltes Fleisch, Benzin, gemähtes Gras, Gummi, frisch gepflügte Erde. Die Motoren waren unglaublich laut, wunderbar. Wir zogen eine deutliche Spur durch die Nacht, waren aber, wenn man uns hörte, längst wieder weg. Oder noch gar nicht da. Ein Motorrad ist wie gemacht für zwei, sofern sie sich verstehen und blind aufeinander verlassen können. Wir kippten gemeinsam nach links, kippten nach rechts, rutschten zusammen nach vorn, wenn Boyroth bremste, dass die Helme gegeneinander klickten und kein Blatt zwischen uns gepasst hätte, fielen gleichzeitig in die nächste Kurve und rutschten zusammen nach hinten und ein Stück auseinander, wenn er beschleunigte. Den Ruck, den es gab, wenn er die Gänge wechselte, spürte ich im ganzen Körper; auch das empörte Aufschnappen des Motors, wenn er ihn stark drosselte und gleichzeitig in die Bremsen griff, ging mir durch und durch. Ich wollte weiterfahren, einfach immer nur weiterfahren, obwohl ich fror und irgendwann sogar mit den Zähnen klapperte.

Fabio fuhr dicht hinter uns her, gefährlich dicht, er überholte uns kein einziges Mal. Boyroth gab die Route vor. Wir fuhren durchs Reppischtal, vorbei am Türlersee, dann hinüber ins Säuliamt bis nach Zug, dort drehten wir um, kamen erneut am Türlersee vorbei, um schließlich über den Albispass zurück in die Stadt zu fahren. Wir waren etwas länger als eine Stunde unterwegs und kehrten vor Mitternacht zurück. Als wir auf den Wendeplatz bogen, schalteten wir die Motoren ab und fuhren im Leerlauf und ohne Licht in die Garage ein wie Diebe.

Sobald ich das Tor hinter uns zugeschoben hatte, brachen wir in Indianergeheul aus, wir konnten nicht anders. Wir lagen uns zu dritt in den Armen und schrien uns die Seele aus dem Leib. Ich zitterte, Boyroths Gesicht war von toten Mücken gesprenkelt, Fabio hatte sich ein Tuch vorgebunden. Die Motoren strahlten Hitze ab, so heiß waren sie, und die Motorräder rochen anders, wie ein Pferd anders riecht, wenn es im Freien war und Auslauf hatte. Wir rieben die Schutzbleche und die Felgen mit den Wildlederlappen ab, polierten beide Lampenschirme und die Fassungen von Fabios Blinkern, Boyroths Laverda hatte gar keine.

Fabio beeilte sich, er musste nach Hause; als er weg war, setzte ich mich mit Boyroth vor der Garage auf den Boden, die Rücken ans geschlossene Tor gelehnt. Grillen lärmten. Die Fahrt hatte ihn ebenfalls aufgewühlt, das sah ich ihm an. Ich spürte das Vibrieren des Motors als Summen in den Oberschenkeln; auch das Ziehen im Magen, wenn wir uns besonders tief in Kurven gelegt hatten, war da, sobald ich die Augen schloss. Wie im Fahrstuhl, wenn er absackt und man für einen Lidschlag glaubt, frei zu fallen.

»Fährst du eigentlich auch in die Ferien?«, fragte ich.

»In die Ferien? Wie meine Eltern? Spinnst du? Du etwa?«

Er lachte und schnippte ein Kieselsteinchen in die Dunkelheit; der Widerschein der Stadt stand als heller Glast am Himmel.

»Du etwa?«, wiederholte er.

»Nach Norwegen. Mit Interrail. Kommst du mit?«

»Interrail! Wie all die andern. Nie!«

Die Verachtung in seiner Stimme verletzte mich. Ich wäre am liebsten aufgestanden und weggegangen.

»Du kannst ja mein Schwesterchen fragen. Vielleicht kommt sie mit dir zum Norweger. Falls sie nicht mit ihrem Heino wegfährt. Zum Beispiel nach Frankreich.«

»Du bist manchmal wirklich das letzte Arschloch!«

Boyroth blickte mich erstaunt an, hob die Hand, ließ sie aber gleich wieder sinken und räusperte sich.

»Wann fährst du?«

»Montag.«

»In drei Tagen? Und du fragst mich erst jetzt, ob ich mitkomme?«

Ich hielt den Mund und blieb sitzen. Es roch nach Feuer, weit entfernt hupte ein Auto. Ich reiste allein nach Husum an der Nordsee, wo ich zwei, drei Tage blieb, so der Plan, um über Kopenhagen, Malmö und Göteborg nach Norwegen weiterzufahren. Dort wollte ich mich am 11. August in Oslo vor dem Munch-Museum um 14 Uhr mit Gerhard und Paul treffen, zwei anderen Setzerlehrlingen aus der Druckerei. Danach würden wir gemeinsam weiterreisen, wahrscheinlich in den Norden, bis Tromsø oder sogar Narvik, vielleicht aber auch an die Fjorde im Westen, nach Bergen.

»Wir fahren morgen zu unseren Verwandten an den Bodensee«, sagte Boyroth.

»Wann kommst du zurück?«

»Sonntagabend.«

»Du bist das ganze Wochenende weg?«

Ich hätte nicht erwartet, dass Boyroth sich erklärte, aber er erzählte mir, sein Onkel liege mit gebrochenem Becken im Spital und seine Tante brauche Hilfe im Obstgarten. Ich ließ ihn reden, danach saßen wir schweigend nebeneinander auf dem warmen Asphalt und sahen in die Sommernacht hinaus.

Kurz vor eins ging ich. Boyroth stand ebenfalls auf, aber wir gaben uns nicht die Hand, das taten wir nie. Und umarmt haben wir uns auch nicht. Wir gingen auseinander wie immer, mit einem Nicken, die Augen leicht zusammengekniffen, als erwarteten wir eine Bemerkung zum Abschied, die schlagfertig zu beantworten ist, dabei sagten wir nie etwas, wenn wir uns trennten, nie.

13

Bis vor ein paar Monaten hatten wir jeden Samstagabend so verbracht: Vater und Mutter in den Kunstledersesseln, die sich drehen und kippen ließen, meine Schwester und ich auf dem Kordsofa, ein Kissen als Trennschutz zwischen uns, vor der Kiste. Doch das war lange nicht mehr vorgekommen, und Mutter freute sich so darüber, uns Kinder wieder einmal an einem Samstagabend vor dem Grundig-Fernseher zu haben, dass sie nicht nur Pepsi, Paprika-Chips und eine Packung Mohrenköpfe auftischte, sondern auch die Linzertorte, die eigentlich für Sonntag gedacht gewesen war.

Es war mir peinlich, von Freunden oder Kollegen zusammen mit meinen Eltern gesehen zu werden; ich wollte nicht, dass man mich mit ihnen in Zusammenhang brachte. Ich war ich selbst, redete ich mir ein, hatte nichts mit ihnen zu tun. In unserem Wohnzimmer, wo uns keiner sehen konnte, war es in Ordnung, wieder einmal einen Abend mit ihnen zu verbringen. Wohl fühlte ich mich nicht, aber das hätte ich mir auch nicht eingestanden, wenn es so gewesen wäre.

Während sich die Eltern die Tagesschau ansahen, hatte ich mit meiner Schwester am Fenster unseres Zimmers einen dünnen, hart gerollten Joint geraucht; ohne die heitere Leichtigkeit, die sich Zug um Zug in mir ausbreitete, hätte ich Rudi Carrells Spielshow *Am laufenden Band* nicht überstanden. Den Begrüßungssong, Moderator Carrell ging singend über das laufende Förderband, sang ich Wort für Wort mit, *Wir schaffen täglich am laufenden Band, fühlen uns kläglich am laufenden Band und sind dann abends total abgespannt, das ist nichts Neues für dich und für mich,* bis Vater sich umdrehte, die Füße wie ein alter Mann auf dem Kunstlederwürfel hoch gelagert, um mich strafend anzusehen. Hätte er mich zurechtgewiesen, wenn Mutter nicht ihre Hand auf seinen Arm gelegt hätte? Vater atmete zufrieden aus wie jemand, der nach langer Reise zu Hause angekommen ist, betrachtete ihre Hand und drückte sie zärtlich. Die letzte Strophe sang meine Schwester mit, laut und falsch, aber die Eltern lachten trotzdem. Das Gesicht des Vaters, eben noch verschlossen und vorwurfsvoll, wurde weich und jung, wie immer, wenn er meine Schwester ansah: *Man kann doch auch lachen am laufenden Band und Witze machen am laufenden Band,* sang sie mit Carrell und warf die Hände in die Luft. Ihre langen Haare rochen nach Marihuana und Apfelshampoo, und sie kicherte so schrill und übertrieben, dass ich mich einmal mehr wunderte, weshalb unsere Eltern nicht merkten, was los war mit ihren Kindern. Vor einigen Wochen hatte ich mich Samstagnacht zugeraucht zu ihnen vor den Fernseher gesetzt und den Hans-Moser-Film, den sie sich ansahen, mit abstrusen Bemerkungen kommentiert, die beim besten Willen keinen Sinn ergaben; mein Vater hatte sich zwar beschwert, aber auf die Idee, dass ich auf Drogen sein könnte, war er nicht gekommen.

Als die Tochter einer Kandidatenfamilie eine Frage falsch beantwortete, fielen sich Vater und Sohn einer anderen Familie um den Hals. Mein Vater und ich umarmten uns nie; ich konnte mich jedenfalls nicht an eine einzige Umarmung erinnern. Als ich ein kleiner Junge gewesen war, hatte er mich bestimmt in den Arm genommen. Oder nicht? Wollte ich überhaupt, dass mein Vater mich umarmte? Das Gras, das wir geraucht hatten, führte meine Gedanken im Kreis. Es war besser, nicht nachzudenken und einfach bloß Rudi Carrell und seinen Kandidaten zuzuschauen. Als Reinhard Mey besserwisserisch lächelnd mit seiner Gitarre aus den Kulissen trat, stand ich auf. Ich hatte keine Lust auf das Gespräch über Musik, in das Vater mich unweigerlich verwickeln würde.

»Noch so ein langhaariger Affe, der nicht singen kann«, rief er mir nach.

Ich blieb unter der Tür stehen, um ihm zu sagen, ich könne Mey nicht ausstehen, weil er ein Klugscheißer sei, der mich an meine Berufsschullehrer erinnere, entschied mich aber zu schweigen. Vater würde mir sowieso nicht zuhören, er korrigierte alles, was ich sagte. Ein neutrales und entspanntes Gespräch, in dem ich weder ungeduldig noch wütend oder traurig wurde und er auch, gab es fast nie. Er führte keine Gespräche mit mir, sondern Verhöre, die fast immer dazu führten, dass wir uns anschrien. Meine Meinung war für ihn nichts als ein störender Lärm, den er abwehrte, indem er noch lauter redete. Da stand ich, und er saß, der Junge vor dem Alten, und hielt den Mund, was mir sonst fast nie gelang, weil es mich rasend machte, dass er alles besser wusste. Er weiß alles, du weißt nichts. Er hatte einen harschen Zug um den Mund, wie immer, wenn er sich im Recht fühlte. Ich schüttelte den Kopf, schloss mich ins Bad, beugte mich im Dunkeln über das Waschbecken und drehte das Wasser so stark auf, bis ich Reinhard Meys nörgelige Stimme nicht mehr hören konnte.

Sonntagmittag packte ich meinen Tramperrucksack noch einmal neu, zum dritten Mal an diesem Tag, am Boden des Wohnzimmers hockend, während meine Schwester auf dem Sofa lag und mir aus der *Bravo* die Hitparade vorlas. Ich korrigierte jeden einzelnen Bandnamen und Songtitel, obwohl ich genau wusste, dass sie sie absichtlich falsch aussprach. Eine Weile nervte sie mich, indem sie den Sommerhit *Tchip Tchip* von Cash and Carry summte, den ich nicht ausstehen konnte; sie hörte nur damit auf, weil ich anfing, mit abgerissenen Zehennägeln nach ihr zu werfen. Wie wichtig ein richtig gepackter Rucksack war, hatte ich bei Jack Kerouac gelesen und auch im *Outdoor Survival*, am Anfang des Sommers auf dem Flohmarkt am Bürkliplatz gekauft. Ich verstand zwar kaum einen der langen, verschachtelten amerikanischen Sätze, aber die abgedruckten Listen, Zeichnungen und Fotos halfen mir trotzdem weiter. Das zerlesene Handbuch, es lag aufgeschlagen unter meinem Bett, und ich brauchte es nur hervorzuziehen, gab mir das Gefühl, gut vorbereitet auf die Interrail-Reise zu gehen. Den Daunenschlafsack, er kostete mich meinen ganzen ersten Lehrlingslohn, hatte ich jeden Tag mehrmals entrollt, ausgeschüttelt und danach noch ein wenig enger zusammengerollt. Auch die drei Pfannen, die sich ineinanderstapeln und deren Griffe sich abnehmen ließen, hatte ich wie den Gaskocher immer wieder aus dem Rucksack genommen und aufgebaut, als wolle ich etwas kochen.

Kurz vor drei wurde die Schlafzimmertür vorsichtig geöffnet, bewegt wie von Geisterhand. Unsere Eltern legten sich jeden Sonntag nach dem Mittagessen hin, bei geschlossener Tür. Mutter schlüpfte auf den Gang, barfuß, auf Zehenspitzen, und kam zu uns ins Wohnzimmer. Mit der einen Hand raffte sie den Morgenmantel vor der Brust zusammen, in der anderen hatte sie die Zigarettenschachtel, deren Deckel offen stand, weil sie das Plastikfeuerzeug hineingestoßen hatte.

»Nachts bring ich dann wieder kein Auge zu! Nicht wie er! Euer Vater hat einen gesegneten Schlaf.«

»Hat dir ja keiner befohlen, dich hinzulegen«, sagte ich.

Mutter trat an die offene Balkontür und steckte sich eine Zigarette an; ihr Blick, der mich traf, war strafend, aber sie sagte nichts. Sie war, wie immer, wenn sie sich tagsüber hinlegte, in eine andere Welt hinübergedämmert gewesen, ein Reich, aus dem sie noch nicht wieder vollumfänglich zurückgekehrt war. Was sah sie in mir? Das Kind, das ewige? Oder den Mann, der aus mir werden würde und der doch für immer ihr Sohn bliebe? Sie schloss einmal kurz die Augen und blickte in die Baumwipfel hinaus. Wusste sie, dass mich ihre Aufmerksamkeit noch immer schützte, ihre Liebe zu mir? Ich wusste es damals doch selber nicht, und heute ist es zu spät, denn sie ist tot. Keine halbe Stunde war sie im Schlafzimmer geblieben, meine Schwester und ich hatten das Lachen des Vaters gehört, Mutters Husten und ihr ausgelassenes Kichern. Rauch strömte aus ihren Nasenlöchern, der geschminkte Mund war zum Strich zusammengekniffen. Sie streifte die Asche in die Cellophanhülle ihrer Zigarettenschachtel. Tropfen klatschten auf unseren Balkon, ich begriff nicht gleich, dass Huber im Stock über uns die Pflanzen goss und es nicht regnete.

»Jetzt ersäuft er wieder seine Geranien, der Trottel«, sagte Mutter beinah tonlos.

»Der Sänger von The Sweet ist hundertprozentig schwul«, sagte meine Schwester und blätterte um.

»Nicht nur der Sänger«, gab ich zurück.

»Und die von Abba haben die kürzeren Minis an als Tina Turner«, rief meine Schwester und hielt zum Beweis die aufgeschlagene *Bravo* in die Höhe.

»Die Dunkle darf das«, sagte Mutter, ohne hinzusehen, »mit den Beinen. Aber die Blonde …«

Sie ließ den Satz unvollendet, zog schläfrig an ihrer Zigarette und blies den Rauch mit gespitzten Lippen auf den Balkon hinaus. Sie wirkte düster, aber auf eine verträumte Art, also war es gut.

»Aber *Waterloo* gefällt mir. Wann geht eigentlich dein Zug?«, fragte sie durch die offene Balkontür.

Sie hatte mir erzählt, schon als Kind davon geträumt zu haben, einmal in ihrem Leben nach Norwegen zu fahren. Vielleicht, hatte sie vermutet, weil ihr Vater, der als Soldat der Wehrmacht dort stationiert gewesen war, von der Fjordlandschaft schwärmte und dabei ein sanftes Gesicht bekam, wie sie es von ihm nur kannte, wenn er, der Bauer mit Kleinhäuslerhof und drei Kühen, sein einziges Pferd striegelte.

»Morgen früh«, sagte ich, »kurz nach neun.«

»Eine Reise, bei der man weiß, wann sie zu Ende ist, ist gar keine Reise«, sagte sie.

»Sondern?«

»Urlaub natürlich. Ferien!«

»Vielleicht komm ich ja gar nicht zurück.«

»Dann ist es schade, dass du mich nicht mitnimmst«, sagte sie, drückte die Zigarette auf dem Balkongeländer aus, schnippte sie in den Garten, trat in die Wohnung und ging wortlos aus dem Wohnzimmer.

Später kam auch Vater aus dem Schlafzimmer; er trug die grauen Anzugshosen, die er werktags nie anzog, ein weißes Unterhemd aus Feinripp und war barfuß. Er sah nicht lange zu, wie ich mich damit abmühte, die Norwegenkarte zusammenzufalten, die ich auf dem Stubenteppich ausgebreitet hatte, um die fremden Namen zu studieren: *Vikna. Hugla. Strompdalen. Drammen. Grip. Brumunddal.*

»Die muss man richtig zusammenfalten«, sagte er und nahm mir die Landkarte aus der Hand, »sonst zerknittert sie, und du findest keine Straße mehr.«

»Ich fahr doch mit dem Zug.«

»Trotzdem. So!«

Er faltete die Karte, ohne einmal zu zögern, zusammen, schlug sie mir grinsend auf den Kopf und gab sie mir. Dann ging er in die Küche.

»Was er kann, das kann er«, sagte meine Schwester und warf die *Bravo* auf den Boden.

Jemand redete immer, wenn wir aßen, Vater machte Scherze, und wir lachten, zuerst Mutter, dann wir Kinder. Am Esstisch erzählten wir uns, was wir einander sonst verschwiegen; früher hatte ich mich oft gefragt, was Außenstehende wohl von einer Familie hielten, die aufeinander einredete, kaum saß sie am Tisch, und die sofort verstummte, sobald sie aufstand. Heute wusste ich, dass die meisten Familien nicht miteinander reden konnten, ohne gleichzeitig mit essen beschäftigt zu sein. Sonntagabend aßen wir selten warm, höchstens die aufgewärmten Reste vom Mittag, wie am Abend vor meiner Abreise nach Skandinavien.

Meine Schwester zog über einen Lehrer an ihrer Schule her, Vater ließ sie Worte und Namen benützen, die er uns sonst verbot; er war selber nicht gern zur Schule gegangen. Mutter hatte nie über diese Zeit geredet. Die blauen Schatten unter ihren Augen ließen ihr Gesicht scheinen, als sei es aus Wachspapier. Sie drückte das Kinn gegen das Schlüsselbein, schluckte.

»Alle Lehrer sind Arschlöcher«, unterbrach ich meine Schwester, die erzählte, wie ihr Algebralehrer die Kreide von einer Hand in die andere warf, wenn er etwas erklärte.

»Alle sicher nicht«, sagte Vater.

»Alle«, beharrte ich.

Ich hatte ihnen früher von den Lehrern erzählt, zu denen ich gerne in die Schule gegangen war, die ich verehrt hatte. Konnte er sich nicht daran erinnern? Über Lehrer geschimpft hatte ich bis jetzt noch nie. Er sah zu, wie ich die Fettränder vom aufgewärmten Braten schnitt und an den Tellerrand schob.

»Genau wie Polizisten, Soldaten und Vorgesetzte. Alles absolute Arschlöcher.«

Ich fürchtete mich nicht mehr vor dem Jähzorn des Vaters, er störte und ärgerte mich, und ich fand ihn kläglich, aber Angst machte er mir keine mehr. Sein Zorn zeigte sich nur, wenn man sich nicht an die Regeln hielt, die er aufgestellt hatte. Diese Art Zorn war harmlos, das hatte ich gelernt. Gefährlich war Zorn nur, wenn erstickte, nicht gelebte Sehnsucht ihn auslöste. Wie bei Mutter. Darum hatte ich mir angewöhnt, sie nicht zu reizen. Ein rascher Seitenblick bestätigte mir, dass sie nicht ernst nahm, was ich gesagt hatte, und dass sie wusste, ich wollte bloß provozieren.

»Bei uns wird auch das Fett gegessen«, sagte Vater.

Ich schüttelte den Kopf, säbelte das nächste Fettstück vom Braten und schob es mit kratzendem Messer beiseite.

»Solange du deine Füße unter meinen Tisch stellst, wird auch das Fett gegessen!«

»Dann stell ich meine Füße eben nicht mehr unter deinen Tisch.«

»Iss das Fett!«

»Dann zieh ich eben aus!«

»Du sollst das Fett essen!«

Jetzt schrie er. Sein Kopf war rot, seine Unterlippe zitterte. Er war in ärmlichen Verhältnissen auf einem Bauernhof aufgewachsen, es reichte mir nicht als Grund, nicht mehr.

»Iss es!«

Weder meine Mutter noch meine Schwester setzten sich für mich ein. Sie schwiegen mit gesenktem Blick, schoben mit Messer und Gabel ihr Essen hin und her. Und ich saß vor dem Fraß, voller Wut, Hass, ein Strafgefangener der Kindheit.

Und dann stand ich auf, holte meine Wildlederjacke, die ich gegen zwei LPs von Uriah Heep und die gebundene Ausgabe von Hesses *Siddharta* getauscht hatte, wuchtete mir den Tramperrucksack auf den Rücken und ging. Für immer, wie ich mir großspurig vornahm, in diese Wohnung komme ich nicht wieder, nie mehr. Unter diesen Tisch stelle ich meine Füße nicht mehr. Niemand hielt mich auf, niemand lief mir nach.

Als ich mein Mofa angekickt hatte, blickte ich zum Fenster unserer Küche hoch. Das Abendlicht spiegelte sich in den Scheiben, doch ich sah Mutter trotzdem: Sie hielt die beiden Vorhanghälften auf wie den Vorhang einer Bühne, darum hatte sie keine Hand frei. Sonst hätte sie mir bestimmt gewinkt.

Es dämmerte, als ich vor der Garage von Boyroths Vater anhielt. Das Tor war geschlossen, ich stieg durch das Gestrüpp zum Fenster in der Rückwand, um ins Innere zu sehen: Die Motorräder waren weg. Gerber hockte auf seinem Lederstuhl, Rauchkringel paffend. Er hatte eine Schirmmütze auf dem Schädel und schnitt ein Gesicht wie ein Komiker, den niemand lustig findet.

»Deine Schwuchteln sind ausgeflogen«, rief er über den Platz, die Villiger in der Hand, »mit ihren Maschinen.«

Ich zeigte ihm den Finger; bis er sich hoch gewuchtet hatte, war ich längst an ihm vorbeigefahren. Ich brauchte ihm noch nicht einmal auszuweichen, so langsam war er, der verbitterte alte Mann.

Ein Ziel bekam meine Fahrt erst nach mehreren Kilometern: Ich drehte um und fuhr in die Druckerei. Dort stellte ich mein Mofa in den gedeckten Unterstand, für den man einen Schlüssel brauchte. Dann fuhr ich mit der Tram zum Hauptbahnhof und nahm den Nachtzug nach Hamburg. Als er losfuhr, konnte ich nichts anderes denken, als dass ich meine Eltern vielleicht zum letzten Mal gesehen hatte, und zwar so: Mein Vater sitzt am Küchentisch, die Lippen zusammengepresst, die Augen weit aufgerissen, so aufgebracht ist er, Messer und Gabel in den Händen, als brauche er eine Waffe; eine Waffe, die er bald sinken lässt, weil die Trauer doch stärker ist als die Wut. Mutter sitzt am anderen Tischende, ich erkenne Verständnis in ihrem Blick, Verständnis für mich, aber auch Entsetzen, sie bleibt stumm, sie kann sich nicht wehren für mich und senkt beschämt den Kopf, als habe sie gesündigt und nicht ihr Mann.

14

Nach zehn Minuten wusste ich, ich kann das nicht, ganz allein in diesem windgepeitschten Zelt hinter dem begrasten Wall des Deiches wie hinter einer Mauer, zwischen all den Wohnwagen und Zelten auf dem Campingplatz von Husum. Ich kann, ich will das nicht. Allein sein. *So* allein sein, nein, das will ich nicht.

Die Zugfahrt durch die lange Nacht nach Hamburg hatte ich mit einer Gruppe anderer Interrailtramper verbracht, Italiener, Spanier, Deutsche, Schweizer; wir teilten das Essen, ließen Joints und Weinflaschen herumgehen, tauschten Namen von Städten, Hostels, Zeltplätzen, Jugendherbergen und einsamen Stränden aus. Im Zug von Hamburg nach Husum hatte ich dann eine erste Ahnung davon bekommen, was Einsamkeit anstellen kann mit einem: Der Himmel schien grauer, tiefer, die Sonne fahler und ohne Kraft, ich war unruhig, atmete nicht mehr, sondern hechelte und konnte keinen klaren Gedanken fassen.

Im Zug nach Husum war ich beunruhigt gewesen, jetzt, allein im Zelt hinterm Deich, hatte ich Angst, richtige Angst. Der Unterschied zwischen Angst und Beunruhigung war mir nicht bewusst gewesen, wie mir jetzt klar wurde. Denn jetzt erkannte ich ihn. Die Ahnung, mich vielleicht vor mir selbst zu fürchten, weil ich nicht mit mir allein sein konnte, half auch nicht weiter. Ich lag in meinem Schlafsack, eine Last auf der

Brust, mich. Es ist eine Sache, als Erwachsener allein zu sein, aber es ist etwas ganz anderes, als Jugendlicher, der noch gar nicht weiß, *wer* er ist, mit sich allein zu sein. Ich schlotterte mit den Zähnen, rang nach Luft. Ich nahm den Kulturbeutel aus dem Tramperrucksack und kroch aus dem Zelt: Vielleicht konnte ich wenigstens neben jemandem die Zähne putzen, vielleicht gar mit jemandem reden. Wind fuhr in Böen über den Platz und blähte Zeltwände. In Zürich war Hochsommer, in der grauen Stadt am Meer war es kalt und stürmisch. Im Gebäude mit den getrennten Waschräumen und Toiletten brannte Licht, aber es war leer. Im Spiegel über dem Waschbecken sah ich mir eine Schrecksekunde ins Gesicht, bevor ich mich wegduckte und ins Freie stolperte. Die vier Männer im Alter meines Vaters, die im Aufenthaltsraum saßen, Bier tranken und Karten spielten, sahen mich misstrauisch an, als ich eine Afri-Cola bestellte und mich an den Tresen setzte. Die Männer trugen Trainingsanzüge und Adiletten, sie redeten kein Wort; die Geräusche, die sie von sich gaben, wenn sie Karten auf den Tisch knallten oder einstrichen, erinnerten mich an Tiere, die Nebenbuhlern imponieren wollen, um als Alphatier anerkannt zu werden. Schnell lag ich wieder im Zelt und versuchte mich zu beruhigen, indem ich mit geschlossenen Augen atmete, tief und regelmäßig atmete, rücklings, die Hände vor dem Geschlecht gefaltet. Aber erstens ist es alles andere als einfach, sich selbst zu übertölpeln, und zweitens wollte ich gar nicht hier sein, in diesem Zelt hinterm Deich, allein, die ersten Zeilen von Theodor Storms Gedicht *Die Stadt* im Kopf: *Am grauen Strand, am grauen Meer / Und seitab liegt die Stadt; / Der Nebel drückt die Dächer schwer / Und durch die Stille braust das Meer / Eintönig um die Stadt.* Als ich den Nebel buchstäblich vor mir sah, eine graue Masse, die ins

Zelt drückte, mich zu verschlingen, zu verdauen, stand ich schleunigst auf: Es dauerte nicht lange, das Zelt abzubauen und zu jener Wurst zusammenzurollen, die exakt auf das Gestänge unter meinem Tramperrucksack passte. Gleich das erste Auto, das mich auf der Straße überholte, die den Campingplatz und das Deichhotel mit Husum verbindet, hielt an. Regen strich waagerecht übers flache leere Land. Der Mann am Steuer sah mich erstaunt an, weil ich auf ihn einredete, sobald ich neben ihm saß. Er brachte mich zum Bahnhof, wo der Eilzug nach Hamburg-Altona auf dem Geleise stand, als warte er auf mich. Ich stieg ein, der Zug fuhr los.

Die Nacht verbrachte ich auf dem Bahnhof Altona. Zusammen mit vier Trampern aus Rom, die ebenfalls auf den ersten Zug nach Kopenhagen warteten, schlug ich mein Nachtlager im Schutz eines Getränkeautomaten auf, am Geländer, unter dem die Perrons und Gleise lagen. Es war eine lange, ungemütliche Nacht, und aus heutiger Sicht ist es mir unerklärlich, wie ich sie der Nacht im Zelt in Husum vorziehen konnte. Aber damals schien es mir das einzig Richtige. Einer der Italiener redete nur von seiner Freundin, die erst mit ihm schlafen wollte, wenn sie verheiratet waren, ein anderer kam immer wieder auf die Spaghetti Bolognese seiner Mutter zu sprechen; ich fühlte mich trotzdem wohl. Im Morgengrauen stand ich auf, die Italiener schliefen, aneinandergelehnt und in Decken gehüllt wie todmüde Soldaten, um einen Vers aus Theodor Storms Gedicht *Weiße Rosen* auf dem Getränkeautomaten auszulegen: DER WEG IST GAR SO EINSAM, ES REIST JA NIEMAND MIT, DIE WOLKEN NUR AM … doch dann gingen mir die Buchstaben aus, und ich konnte den Rest des Verses »Himmel Halten gleichen Schritt« nicht legen. Kurz darauf stiegen wir in den ersten Zug Richtung Dänemark, in Kopenhagen trennten wir uns; die Römer machten sich auf die Suche nach einem Hostel, das von einem Paar aus Verona geführt wurde, ich ließ mir von einem Briefträger in Uniform den Weg nach Christiania erklären.

15

Ich blieb fünf Tage in der Freistadt auf dem ehemaligen Marinestützpunkt. In diesen fünf Tagen verließ ich Christiania nicht ein Mal, von Kopenhagen habe ich nichts gesehen. Ich schlief auf der gedeckten Veranda eines hellblauen Holzhauses mit Türmchen und Erkern, das um eine silberne Birke herumgebaut worden war. Der hintere Teil der Veranda war mit einem feinen Tuch zugehängt, was mir die Illusion gab, irgendwo in Asien zu sein, wenn ich mich schlafen legte und durch das schimmernde Gewebe auf den Kanal hinaussah, der nachts intensiver roch als tagsüber, nach Fisch und kühlen Kellergewölben, wie ein richtiger Fluss, der ins Meer fließt. Das Erdgeschoss des Hauses war ein Raum mit offener Küche, Eisenofen und langem Esstisch, der vor einem Fenster in Sternform stand. Im oberen Stock wuchsen die Äste des Baumes durch Zimmerchen, an deren Wänden Bojen, zerbrochene Ruder, Netze, Signallaternen und Treibholz hingen. Ich war dem Paar, Tine und Morten, das jeden Tag am Haus weiterbaute, gleich nach meiner Ankunft begegnet, und sie hatten mir angeboten, bei ihnen zu wohnen. Tine sah aus wie die Zwillingsschwester von Janis Joplin, trug Jeans, die sie über den Knien abgeschnitten hatte, und redete so leise, als schäme sie sich. Morten hatte hüftlange blonde Haare, einen Bart mit Rotstich und eine tiefbraune Haut, die mich an vernarbtes Leder erinnerte. Er kam mir vor wie ein ehemaliger Profisportler, den eine böse Verletzung zum Aufhören gezwungen hatte. Sie waren zwischen dreißig und vierzig, sahen sich immer wieder verliebt an und berührten und küssten sich die ganze Zeit.

Die Tage in Christiania mögen im Nebel verschwinden, an dem das Gras schuld ist, das ich sozusagen ununterbrochen rauchte, aber ich weiß, dass ich dort die Utopie lebte, von der ich, siebzehn Jahre alt, träumte: Selbstverwaltung, keine Polizei, kein Grund- und Hausbesitz, keine Gewalt, keine harten Drogen. Ich lebte, was es eigentlich nicht gibt und was in der Realität keinen Bestand hat, schon gar nicht in der schweizerischen: Freiheit. Um so mehr genoss ich sie. Auf dem Kanal vor dem Haus glitten Schwäne vorbei, stolze, ja überhebliche Boten einer bürgerlichen Welt, die plötzlich aggressiv werden konnten, sich schnatternd erhoben und mit ihren Flügeln das Wasser peitschten. Wenn ich gegen Mittag erwachte, stieg ich als Erstes in den schilfgrünen Fluss, auf dessen Oberfläche manchmal Strähnen von Öl trieben, um wenigstens ein Stück zu schwimmen und es nicht wieder zu verlernen, vorbei an Häusern, die aussahen wie aus Kinderbüchern. Am begrasten Ufer saßen nackte Frauen und Männer, meditierten oder machten Yoga und Tai-Chi, Kinder rannten herum, Katzen, Hunde. Nachmittags half ich Morten und Tine, am Haus weiterzubauen, reichte ihnen Werkzeuge, rührte heißen Teer um, schleppte Dachpappe, strich Wände oder Möbel. Danach lag ich in einer der Wiesen Christianias und las, Leonard Cohen oder in einem der anderen Bücher, die ich auf die Reise mitgenommen hatte: Jack Kerouacs *Gammler, Zen und Hohe Berge*, Albert Camus' *Der Fremde* und Carlos Castanedas *Die Lehren des Don Juan*. Oft lag ich aber einfach auf dem Rücken und betrachtete die Wolkenschiffe, die über Kopenhagen trieben: Dampfer, Ruderkähne, Segelboote, Luftschiffe. In Christiania hatte jeder Gras, jeder teilte es. Zugekifft saß ich in Teestuben, ließ die Zeit verstreichen, redete mit allen möglichen Leuten oder wühlte mich mit indianischer Ruhe durch Bücher und Schallplatten, die man ausleihen oder tauschen konnte. Ich bewegte mich anders als früher, weicher, eleganter. Erblickte ich zufällig in einer Scheibe mein Spiegelbild, gefiel ich mir. Ich hatte den Eindruck, anders zu riechen, wie ein Mann. War meine Stimme nicht tiefer geworden, dunkler? An Boyroth dachte ich oft, öfter als an seine Schwester, aber ich vermisste ihn nicht; er hätte sich dem neuen Hanspeter, zu dem ich wurde, in den Weg gestellt, davon war ich überzeugt. Ich war dabei, ihm ebenbürtig zu werden, und es war besser, ihm erst zu begegnen, wenn dieser Prozess abgeschlossen war.

Abends kochte ich mit Tine und Morten, schnitt Gemüse, Obst, schälte Kartoffeln, wusch Salat. Die Lüge, ich sei Vegetarier wie sie, und zwar seit vielen Jahren, wurde ich mit einer Mohrrübe in der Hand los. Während ich Kohlrabi und Rote Bete, Tofuscheiben, Brokkoli- und Blumenkohlaufläufe aß, sah ich Boyroths verdutztes Gesicht vor mir. Nach dem Essen rauchten wir jeweils einen Verdauungsjoint auf der Veranda, ein Ritual, an das wir uns hielten wie Gläubige ans Gebet. Später gingen wir tanzen, irgendwo lief Nacht für Nacht Musik, jammten Musiker. Und so traf ich Moonshadow.

Ich weiß nicht, wie sie wirklich hieß. Sie war in meinem Alter, und sie war schön, aber nicht so schön, dass ich Angst hatte vor ihr. Schlank, hager fast, die bleistiftlangen Haare dünn, aschblond. Sie trug geblümte Kleider, ausgefallene Halsketten, die sie selber machte, und keine Schuhe. Ich habe Moonshadow nie mit Schuhen gesehen. Und ich sah sie oft, so oft ich nur konnte. Ihre Füße waren groß und breit, Männerfüße, ihre Hände klein und schmal, Kinderhände. Einer ihrer Schneidezähne stand schief und war leicht grau verfärbt. Sie hatte Sommersprossen, nicht viele, eine Handvoll auf den Wangen und um eine Nase herum, die an einen Vogelschnabel erinnerte und die sie betonte, indem sie einen silbernen Nasenring trug.

Nach dem Tanzen lagen wir jeweils am Kanal, sahen zu, wie der Morgen heraufdämmerte, schwiegen oder redeten. Das Schönste an diesen Morgen waren die Minuten, wenn die Sonne auf dem Wasser erschien, nicht als Abglanz auf der Oberfläche, sondern als Leuchten aus der Tiefe heraus, als schlage das Wasser Funken und stehe alsbald in Flammen. Ding um Ding löste sich dann aus dem Dämmer, die Welt bekam nicht bloß Farben, sondern auch Kontur und Gestalt. Die Geräusche der erwachenden Stadt setzten ein, das geschäftige Leben Kopenhagens um Christiania kam in Bewegung, langsam zunächst und verhalten, ähnlich einer Maschine, die sich erst warmlaufen muss, bevor sie auf Höchstleistung hochgefahren wird und stampfend und lärmend auf Touren kommt.

Am zweiten Morgen, die Dachzinnen der Wohnhäuser, die an Christiania grenzten, brannten schon in der Sonne, sagte ich das zu Moonshadow, was ich mir vorgenommen hatte, unter gar keinen Umständen zu ihr zu sagen, nie im Leben.

»Ich glaube, ich liebe dich«, sagte ich.

Sie hob nicht einmal den Kopf, der in meinem Schoß ruhte. Nach einer Weile nahm sie den Grashalm aus dem Mund, auf dem sie vergeblich versucht hatte zu pfeifen.

»Du *glaubst*?«

»Ich meine, ich liebe dich! Ganz bestimmt liebe ich dich!«

»Du hast Lust auf mich. Das ist nicht das Gleiche.«

»Ich kenne den Unterschied zwischen Lust und Liebe«, verkündete ich großspurig.

»Den kennt keiner von euch.«

»Von euch?«

»Von euch Männern.«

»Ich liebe dich«, sagte ich noch einmal.

»Don't be ridiculous.«

Wenn sie wütend wurde, wechselte sie ins Englische, wenn sie sich freute, in ihre Muttersprache Dänisch. Ihr Deutsch hatte einen Akzent, der klang, als wolle sie sich über die Sprache lustig machen.

»Verdirb uns nicht den Morgen, okay?«

Ich nickte und strich ihr mit der Handfläche über die Wange. Sie schloss die Augen und seufzte zufrieden.

»Lust ist falsch«, sagte sie nach einer Weile, »Begierde richtig.«

»Und was ist der Unterschied?«

»Das wirst du selber herausfinden. Irgendwann. Die Begierde funktioniert ohne Vernunft. Mehr sag ich nicht.«

Gleich darauf fing es an zu regnen, fein und warm, und ich sah vor mir, wie wir zerliefen, ein Aquarell, dessen Farben ineinanderflossen und sich mischten, da hörte der Regen bereits wieder auf, ein Guss, mehr nicht. Die Dächer waren wie lackiert vom Wasser, die Ziegel glänzten. Moonshadow sah erstaunt in den Himmel und legte mir besänftigend die Hand auf den Arm.

»Nicht böse sein«, sagte sie.

»Bin ich nicht«, schwindelte ich.

»Mich soll man nicht lieben, sondern begehren.«

Sie nahm meine Hand und legte sie auf ihre linke Brust. Ich spürte, wie ihre Warze sich aufrichtete und hart wurde. Meine Hand fing an zu zittern, mein Mund war auf einen Schlag so trocken, dass es schmerzte, als ich schluckte.

»Ist doch nur eine Brust«, sagte sie.

»Mir geht es gut.«

»Nimm endlich deinen Hut ab!«

»Ich trag doch gar keinen!«

»Und ob! Du merkst es nur nicht. Einen steifen Zylinder. Nimm ihn ab und entspann dich. Hast du von dem Seiltänzer gehört?«

Ich schüttelte den Kopf. Die Hand, sie war schwer wie ein Stein, ließ ich auf ihrer Brust liegen.

»Was für ein Seiltänzer?«

»Ein Franzose. Hat in New York ein Seil zwischen den Türmen des World Trade Centers gespannt und ist darauf herumgetanzt. Fünfundvierzig Minuten lang.«

»Spinner!«

»Ein Künstler, kein Spinner! Er hat sich sogar hingelegt. In 417 Metern. Achtmal ist er zwischen den Türmen hin und her. Auf einem Seil!«

Wir blieben so sitzen, bis meine Hand nicht mehr zitterte und ich mich daran gewöhnt hatte, ihre Brust zu umfassen und zu stützen wie eine kostbare Frucht, die ich schützen musste.

Am gleichen Nachmittag schliefen wir miteinander, im oberen Stock des Hauses, das im Viertel Den Bla Karamel Christianias stand und in dem sie mit neun anderen Frauen wohnte. Bevor sie sich auszog, zwanglos und schnell, als sei sie schon tausendmal vor einem Mann nackt gewesen, startete sie das Spulentonband, das unter dem Poster von Che stand: In jeder anderen Situation hätte mich Cat Stevens *Lady D'Arbanville* zur Weißglut getrieben, jetzt gefiel es mir: *Why do you sleep so still, I'll wake you tomorrow.* Ihre Schamhaare schimmerten rötlich, ihre Haut war erschreckend blass, ihre Brüste kleiner, als ich erwartet hatte. Die Matratze, auf der wir es machten, lag mitten im leeren Zimmer, sie war groß und mit Katzenhaar bedeckt; einen Augenblick lang hatte ich das Gefühl, mit Moonshadow auf einem Pelz zu liegen, einem Tier, das im Einklang mit uns atmete und sich reckte und streckte, je nachdem, wie wir uns bewegten. Staubgirlanden schwebten über den Bretterboden, vor der Matratze lag *Uncle Meat* von Frank Zappas Mothers of Invention neben einer deutschen Taschenbuchausgabe von Knut Hamsuns Roman *Hunger*, ausgelegt in meinem Blickfeld wie zur Begutachtung, und selbstverständlich nahm ich Buch wie Platte als Aufforderung: Ja, ich hatte Hunger, Hunger auf Fleisch, auf ihr Fleisch. Ihre Zunge schmeckte nach Cornflakes, in ihrem Hals pochte eine Ader – oder war es eine Vene? –, ihre rechte Hand, zur Faust geballt, schlug im Rhythmus meiner Stöße auf das Katzenlager, die linke öffnete und schloss sich gegen den hastigen Takt, eine Seeanemone, schoss mir durch den Kopf, obwohl ich weder wusste, wie Seeanemonen aussehen, noch, ob sie sich öffnen und schließen.

Als Moonshadow auf mir saß und mich ritt, den Kopf im Nacken, schlug mir der Anhänger ihrer Halskette, eine dänische Münze, die sie mit der Feile bearbeitet hatte, fast die Schneidezähne aus. Sie riss mich an den Haaren, trieb mir ihre schmalen Fersen in die Schenkel, als müsse sie mich anfeuern. Ihre Schreie, tief, kehlig, klangen unecht und gespielt, rote Flecken erschienen auf ihrem Oberkörper. Genau in dem Augenblick, in dem ich kam, trat ein Mann ins Zimmer, nackt bis auf Shorts und Strohhut, und rief: »Pig Nixon stepped down!«

Dann drehte er sich um und rannte polternd die Treppe hinunter. Die Tür ließ er offen. Jetzt vernahm ich die Stimmen der Frauen, die in der Küche saßen, ein Gewisper, das mich an das Zischeln von Schlangen erinnerte. Sie hörten Santana, *Black Magic Woman*, im Tonband hinter uns lief mittlerweile Donovan.

»Wieso hat der Kerl englisch geredet?«, fragte ich, als ich wieder bei Atem war.

»Damit du ihn verstehst.«

»Pig Nixon?«

»Der amerikanische Präsident, du Kuhschweizer! Das Schwein ist endlich zurückgetreten!«

Das Wort *Watergate*, das sie ausstieß, bevor sie sich aufseufzend von mir fallen ließ, klang wie ein Fluch, der mir galt. Sie legte sich auf den Bauch, so weit von mir entfernt, dass sich unsere nass geschwitzten Körper nicht berührten. Ihr Muttermal auf dem Rücken zeigte sie vor wie eine Auszeichnung.

»Afrika«, sagte sie, »siehst du? Es hat die Form von Afrika. Dort werde ich einmal leben, später.«

Das Mal hatte tatsächlich die Form des afrikanischen Kontinents, auch wenn ich von alleine nie darauf gekommen wäre. Ich wollte nicht erfahren, weshalb sie vorhatte, in Afrika zu leben. Sie sollte ihren Kopf auf meine Brust legen und sich in meine Armbeuge schmiegen. Aber Moonshadow blieb neben mir liegen, ohne mich zu beachten oder zu berühren. Ihr Gesicht hatte einen Ausdruck, der mir nicht gefiel, er schloss mich aus. Die Minuten vergingen. Ich öffnete Hamsuns Buch, las »… seltsame Stadt, ehe er nicht von ihr gezeichnet worden ist«, und schlug das Buch wieder zu. Donovans nölige Stimme fing an, mir auf die Nerven zu gehen, wobei mir klar war, dass ich ihm noch Stunden zuhören würde, wenn sie sich nur zu mir gelegt hätte, da spielte das Tonband, es blitzte in der Sonne, James Taylor. *Where do those golden rainbows end?*, sang er und *Why is this song so sad.* Sie entzog sich meiner Hand, die ich ihr nach langem Zögern auf die Arschbacke legte, leicht und zart, damit sie die Berührung nicht als Forderung missverstand. Zwar blickte sie hoch, als ich aufstand und mich anzog, aber sie sagte nichts, kein Wort, nicht einmal, als ich aus dem Zimmer trat. Ich blieb auf der Treppe stehen, um schließlich, sie hatte nicht versucht, mich aufzuhalten, ohne Abschied zu verschwinden. Ich schloss mich ins fünfeckige Bad im Erdgeschoss ihres Hauses, stieg auf die Toilette und legte auf dem Spülkasten den ersten Satz aus, seit ich in Christiania war: LIKE A DOG WITHOUT A BONE. Morton und ich hatten *Riders on The Storm* von den Doors wieder und wieder gehört, während wir das Deck auf der Ostseite des Hauses strichen. Ein Hund ohne Knochen. Genau so fühlte ich mich, als ich aus dem Bad trat und durch die Küche ins Freie stolzierte, vorbei an den Frauen, die Tee tranken, Bohnen abfädelten, Joan Baez hörten und mir mitleidig lächelnd nachsahen …

16

Die Zunge, die mir über den nackten Arm strich, weckte mich. Ich öffnete die Augen, blieb aber liegen. Es war stockdunkel und totenstill. Moonshadow war nackt. Sie setzte sich wortlos auf mein Gesicht und presste mir ihre Scham auf den Mund. Sie hatte sich rasiert, ihre Haut war samtweich, ihr Loch heiß und nass. Der zähflüssige Saft, der mir nach wenigen Zungenschlägen in den Mund floss, ließ mich aufstöhnen. Es dauerte nicht lange, dann bewegte sie sich schnell und unbeherrscht auf meinem Mund hin und her, seufzend, als weine sie. Wollte sie mich ersticken? Wenn ich die Augen öffnete, sah ich über der Wölbung ihres Bäuchleins ihre spitzen Brüste wippen, darüber verdeckten die tintenblau gestrichenen Dielenbretter der Veranda, auf die Tine Sterne gemalt hatte und Sonnen und Monde in allen Phasen, den Nachthimmel.

Als Moonshadow kam, hätte sie mir fast den Kiefer gebrochen, derart ungestüm stieß sie mir ihre Scham ins Gesicht. Sie blieb mit bebenden Oberschenkeln auf mir sitzen, dann stieg sie von mir, zog den Reißverschluss meines Daunenschlafsacks auf und nahm meinen aufgerichteten Schwanz in den Mund. Das Lüftchen, das über meine nackten Beine strich, ließ mich schaudern, ich spürte meine Nackenhaare und war mir komischerweise bewusst, Zähne im Mund zu haben, eine Zunge. Vier, fünf Mal ging ihr Kopf auf und nieder, schon spritzte ich ab. Moonshadow wischte sich mit dem

Handrücken über den Mund, beugte sich über das Geländer der Veranda und spuckte geräuschvoll ins Gras.

»Du blutest aus der Nase«, sagte sie und reichte mir ein weißes Taschentuch, auf das schwarz die Initialen I und J gestickt waren.

Ich tupfte meine Nase ab, bald sah das Taschentuch aus wie eine kleine japanische Fahne.

»Die Bullen kommen«, sagte sie und legte sich neben mich.

»Wohin?«, fragte ich.

Das Mitleid in ihrem Blick war eiskalt; sie schwieg so lange, bis ich sie bat, mir zu erzählen, was sie wusste. Die dänische Regierung duldete den offenen Drogenhandel in Christiania nicht länger, eine Polizeirazzia sollte für Ordnung sorgen. Wann genau der Einsatz losging, hatten sie nicht erfahren, es war aber sicher, dass er heute stattfand, am ehesten am frühen Abend. Die Frage, wie wir uns auf die Polizeirazzia vorbereiteten, ob wir Barrikaden bauten und uns mit Pflastersteinen bewaffneten, bereute ich, sobald ich sie gestellt hatte. Die Bewohner von Christiania lehnten jede Form von Gewalt ab, sie würden sich prügeln lassen, ohne sich zu wehren.

»Wir lassen uns also zusammenknüppeln«, sagte ich, »ohne dass wir uns wehren?«

»Was heißt wir?«, machte Moonshadow schnippisch und fing an, sich anzuziehen.

»Wollen wir nicht zusammenbleiben, heute?«

Fast hätte ich meine Hand um Moonshadows Fesseln gelegt, um sie festzuhalten.

»Mit einem, der sich prügeln will? Vergiss es!«

Sie sah mich spöttisch an und ging. Die Verandatür stand offen, ich roch die Räucherstäbchen, die Tine letzte Nacht abgebrannt hatte. Ich blieb liegen, bis ein erster Lichtschimmer am Horizont erschien; als ich mich aufsetzte, spürte ich den Spermafleck auf meinem Bauch, eine hauchzarte Schicht, die abplatzte wie mürbe gewordener Lack.

Sie trugen uns weg, geduldig lächelnd, einen nach dem andern, wie Kohle- oder Abfallsäcke, dabei fassten sie uns nicht einmal grob an, im Gegenteil, fast behutsam griffen sich zwei, manchmal drei von ihnen einen von uns, je nach Größe oder Gewicht, wobei sie beruhigend auf uns einredeten, einredeten in ihrer Sprache, die mich zum Lachen reizte. Dabei hatte ich Angst, denn ich traute dem Frieden nicht.

Der Himmel war dunkelgrau, schwarz fast, das erste Mal, seit ich in Christiania war. Die Wolken hinter den Dächern trugen silberne Kronen, es würde wohl bald regnen, zumindest hätte es das in der Schweiz, bei diesen Wolkenwänden, aber was wusste ich vom dänischen Wetter? *The line it is drawn, the curse it is cast, the slow one now will later be fast, as the present now will later be past,* sang Bob Dylan aus großen Lautsprechern, die im offenen Fenster eines Hauses hinter uns standen, und ich konnte sehen, dass auch die Polizisten zuhörten. Viele lächelten, einige bewegten sogar die Lippen und sangen Dylans Zeilen tonlos mit.

Ich weiß nicht, was es war, das alles veränderte.

In dem Augenblick, in dem schlagartig die Stimmung umschlug, stiegen jedenfalls die Vögel aus den Bäumen rund um den Platz auf, auf dem wir untergehakt saßen, und ich dachte sofort, jetzt wird etwas passieren. Die Gesichter der Beamten wurden energisch, es war deutlich zu erkennen, wie sich ihre Körper anspannten und ihre Kiefer, eben waren sie noch weich gewesen wie die Kiefer von Jungen, die tagträumen, mahlten. Nussknacker, dachte ich, sie sind eben doch Nussknacker, und bewaffnet sind sie auch. Eine Frau in meinem Alter kreischte, der Mann links von mir fluchte, entzog mir seinen Arm und stand auf. Die Vögel, gerade hatten sie noch wie schwarze Früchte zwischen den Blättern gehockt, ruckten als großer Schwarm über den Himmel, ein dunkles Tuch, das jemand abgeworfen hat, weil er sich befreien und zeigen will. *If 6 was 9* von Jimi Hendrix ist ein bedrohlicher Song, der deutlich macht, die Welt ist ein gefährlicher Ort, denn sie wird beherrscht von uns Menschen. Jetzt klang er wie ein Schlachtlied. *If all the hippies cut off their hair, I don't care.* Hätte es die Situation beruhigt, wenn der Plattenspieler ausgeschaltet worden wäre? Hendrix' Gitarre tat weh, sie war eine elektrische Peitsche, die über den Platz schnalzte, wieder und immer wieder, um auf die beiden Menschenreihen niederzugehen, die sich gegenüberstanden.

Ich würde gerne erzählen, die Polizisten hätten angefangen, hätten als Erste Gewalt angewendet. Aber es war ein Stein aus unseren Reihen, der zuerst durch die Luft flog und wie durch ein Wunder keinen Kopf traf. Der Stein streifte einen Polizisten an der Schulter und riss ihn zu Boden. Damit war alles entschieden. Ich hatte mich noch nie in meinem Leben geprügelt, ich war noch nie geschlagen worden und empfand Verwunderung, als mich der Schlag eines Gummiknüppels auf der Brust traf. Ich habe doch, dachte ich, gar nichts getan! Der Schmerz zuckte Sekundenbruchteile später durch meinen Körper; ich fiel vornüber auf die Knie und rang, mit beiden Händen abgestützt, nach Atem, Tränen in den Augen. Mittlerweile lief Jefferson Airplanes' *White Rabbit*, dessen Zeilen auf surreale Weise zu den Schlägen passten, die die Polizisten rundum niedergehen ließen: *One pill makes you larger, and one pill makes you small. And the one that mother gives you don't do anything*

162

at all. Allzu lange konnte ich mir nicht vormachen, unantastbar und unsichtbar zu sein. Unantastbar, da man mich bereits getroffen hatte, unsichtbar, da ich mit gesenktem Blick auszublenden versuchte, was sich nicht ausblenden ließ: Ich kniete mitten in einer Straßenschlacht. Das Kind, das glaubt, man sieht es nicht, wenn es die Augen zumacht. Erst der Polizeistiefel, der knapp neben meiner linken Hand auf den Asphalt gestellt wurde, schwer, nicht zu verrücken, brachte mich endlich auf die Beine. Ich lief nicht, ich taumelte, Gummiknüppel streiften mich, ich wurde geschubst, zur Seite gedrängt, angebrüllt. Einmal bekam ich einen Tritt auf den Oberschenkel, allerdings von einem weichen Turnschuh. *Summertime Blues* von The Who wehte über den Platz, und ich schaffte es, aus dem Gedränge zu kommen. Dort, am Rand des Geschehens, nahm ich die Geräusche wahr, die ich, abgesehen von der Musik, nicht gehört hatte: die Angstschreie, das federnde Klatschen, wenn Gummiknüppel auf Körper trafen, das Trampeln von Polizistenstiefeln, Trappeln von Ledersandalen und Turnschuhen, die gebrüllten Anordnungen, das Jammern und Weinen der Verletzten, unser Wutgeheul, Geschrei.

Ich hätte sie beinahe übersehen, vielleicht hatte sie meinen Namen gerufen, das redete ich mir später jedenfalls ein – warum sollte ich mich sonst genau in dem Augenblick umgedreht haben, in dem sie und ein langhaariger Mann mit Fransenjacke von drei Polizisten in den schmalen Durchgang zwischen den zwei Holzhäusern geführt wurden, auf die Palmen gemalt waren? Moonshadow warf mir einen Blick zu, flehend und verzweifelt, bevor sie in den finsteren Durchgang gezerrt wurde. Ich zögerte, *Mit einem, der sich prügeln will? Vergiss es,* lief dann aber doch zu den Holzhäusern hinüber. Aus der Nähe sahen die gemalten Palmen so echt aus, als könnten sie

Schatten spenden. Wenn ich tief einatmete, tat mir die Brust weh, im Hals spürte ich das herrische Pochen des Pulses.

Bis ich zwischen die Bretterwände trat, es roch modrig und feucht, hatten sie Moonshadow und den Mann ans hintere Ende des Durchgangs geführt; dort schlugen ihn zwei Polizisten mit den Fäusten nieder, rissen ihn an den Haaren hoch und schlugen ihn erneut zu Boden. Der dritte hatte die Hände um Moonshadows Hals gelegt wie eine Manschette und presste sie gegen die Wand, das Gesicht in ihrem zerzausten Haar verborgen wie im Haar der Geliebten. Menschen leben hier in diesen Häusern, dachte ich, aber du kennst sie nicht, keinen. Und sie haben keine Ahnung, was geschieht. Zwischen den Hauswänden war die Musik noch lauter als auf dem Platz, ich erkannte sie sogar jetzt, da sich auch die zwei anderen Polizisten Moonshadow zuwandten, *I Put a Spell on You* von Creedence Clearwater Revival. Der Mann lag wimmernd auf dem Boden, eine Ledersandalette neben sich, verbarg sein Gesicht mit beiden Händen. Sie hörten mich, als ich etwa vier Meter von ihnen entfernt war, ich störte; die Gesichter der Polizisten waren leer, sie taten hier ihre Pflicht, mehr nicht, dann lächelten sie: Ich war keine Bedrohung, ich war ihr nächstes Opfer. Es roch scharf nach Rasierwasser, die drei hatten Schnurrbärte, weizenblonde schmale Bürstchen. Als der Polizist, er war eindeutig der Älteste, seine Hände von ihrem Hals nahm, ihrem Hals, den ich geküsst hatte, gestreichelt, und auf mich zukam, hob Moonshadow den Kopf und sah mich an. Tränen machten ihre Augen groß und die Wimpern silbern. Ihre Schlüsselbeine traten aus der Haut als Flügelchen, die an der falschen Stelle festgewachsen waren. Zart und zerbrechlich wie Hühnerknochen, schoss mir durch den Kopf, Knöchelchen, die ein Kind brechen kann. Damals wusste ich noch nicht, dass man dafür, was einem, ohne nachzudenken, durch den Kopf geht, genauso wenig verantwortlich ist wie für seine Träume. Ich werde Moonshadows Blick nie vergessen, ich sehe ihn noch heute vor mir, ich muss mich an ihn erinnern, er gehört zu mir. Ich bin einer der Unglücklichen, die sich nicht nur an Worte erinnern, wenn es sein muss an jedes, sondern auch an Gesten und an Blicke.

Die Augen des Mannes, der vor mir stehenblieb, waren grün. Auf seiner Stirn glitzerten Schweißtröpfchen, die Arbeit, die er tat, war anstrengend. Er hob die linke Faust vor mein Gesicht, als wollte er, dass ich daran rieche. Der Nagel an seinem Daumen war schwarz, an seinem Ringfinger war ein schmales Band hellerer Haut, bis vor kurzem hatte er einen Ring getragen.

»Piss off!«, sagte er.

Warum redete er englisch? Ich wäre gern an einem anderen Ort gewesen, an jedem anderen. Ich bereute es, zwischen die Häuser getreten zu sein. Das Wimmern des Kerls am Boden ging mir auf die Nerven.

Ich ging weg, als Moonshadow die Augen schloss und den Blick niederschlug. Sie hatte es nicht anders erwartet, nicht von mir; ich ging schnell, wartete auf den Schlag von hinten. Es gab mich gar nicht für die Beamten, warum also sollte es mich für mich selbst geben? Unsichtbar war ich, spielte Luft, spielte Geist. Die drei Männer lachten, halbherzig wie über einen schlechten Scherz. Ich drehte mich nicht um. Wozu auch? Plötzlich fror ich und zog den Kopf zwischen die Schultern, ein Insekt, berührt vom kalten Wind, vom Atem aus dem Reich auf der anderen Seite. Die Gewissheit, versagt zu haben, ein Feigling zu sein, legte sich schwer auf mich. Es war mir nicht aufgefallen, dass jemand die Musik ausgemacht hatte. Endlich.

Die Beamten hatten die Bewohner Christianias auf einer Seite des Platzes zusammengetrieben und offensichtlich angeordnet, dass sie sich hinsetzten. Es war sehr still. Der Wind kam aus Norden und schmeckte nach Salz, wie ich erstaunt feststellte. Der Himmel hatte aufgeklart, das Unwetter war an der Stadt vorbeigetrieben und entlud sich nun wohl über dem Meer. Die Schatten der Bäume auf dem Kies sahen aus wie zerfaserte Pinsel, viele Stämme waren weiß gekalkt, die Dächer Kopenhagens schimmerten majestätisch, stolz, einsam. Mitten auf dem Platz lag eine rote Samttasche mit einer aufgenähten Sonne; ihr Tragriemen bildete eine Ellipse.

Noch in der gleichen Nacht reiste ich weiter. Bevor ich in den Zug nach Oslo stieg, warf ich die drei Streichholzschachteln mit den Bleilettern weg: Ich fand es plötzlich albern und kindisch, Sätze aus Gedichten und Songs auszulegen, spiegelverkehrt und darum von fast niemandem zu lesen, unleserliche Botschaften auszulegen, während Polizisten mit Fäusten und Schlagstöcken auf Menschen eindroschen, nur, weil sie nicht so waren wie sie, weil sie andere Träume träumten und weil sie den Mut hatten, dafür zu kämpfen, dass ihre Phantasie nicht Phantasie bleibt, sondern irgendwann Wirklichkeit wird.

17

Ich sah sie schon von weitem, lange bevor sie mich entdeck-
ten. Paul, sein Tramperrucksack überragte ihn ein gutes
Stück, ging dicht hinter Gerhard, der einen Stadtplan in der
Hand hielt, zu handlicher Größe zusammengefaltet. Ich war
über eine Stunde zu früh am Munch-Museet an der Toyengata
angekommen und hatte mich, nach zwei Nächten ohne Schlaf,
im Schatten eines Baumes in einen Wiesenstreifen gelegt, ge-
schützt durch eine Hecke. Die erste schlaflose Nacht hatte ich
auf dem Korridor des Zuges zwischen Kopenhagen und Oslo
verbracht, die zweite in einem Youth-Hostel in Oslo, in einem
Zimmerchen unter dem Dach, das ich mit vier Interrailern aus
Wangen im Allgäu teilte, denen ich in gebrochenem Englisch
erzählte, ich komme aus Bulgarien. Ihre Frage, woher in Bulgarien, hatte ich mit *From a little village close to the city* beantwortet, worauf ich die Nacht damit verbrachte, auf dem oberen Kajütenbett am Fenster fieberhaft nach einer bulgarischen
Stadt zu suchen und darüber nachzugrübeln, ob es Bulgaren
überhaupt erlaubt war, nach Norwegen zu reisen. Kurz nach
drei hatte ich laut *From a little village close to Sofia* in das
dunkle Zimmerchen hinausgesagt, doch da schliefen die vier
Deutschen bereits.

Gerhard deutete wie ein Reiseführer auf den Eingang des
Munch-Museums, das doch keine fünfzig Meter von ihnen
entfernt war. Pauls beflissenes Nicken brachte mich fast dazu,

hinter der Hecke liegen zu bleiben und abzuwarten, bis sie wieder abzogen. Aber schließlich stand ich auf und ging mit dem festen Vorsatz auf sie zu, weder von Husum noch von Moonshadow oder Christiania zu erzählen. Paul bemerkte mich zuerst, trotzdem winkte er erst, nachdem Gerhard meinen Namen gerufen hatte.

Gerhards große Hand war schweißfeucht, offenbar versuchte er, sich einen Bart wachsen zu lassen. Paul trug ein Lederetui vor der Brust, in dem er bestimmt Pass, Geld und Travellerchecks aufbewahrte, wie es uns alle Erwachsenen empfohlen hatten. An seinem Tramperrucksack hing eine Schweizerfahne, zum zweiten Mal in achtundvierzig Stunden wünschte ich mich an einen andern Ort. Als wir uns umarmten und kräftig die Rücken abklopften, um die Verlegenheit zu überspielen, fing es an zu regnen, warm, fein und dicht, und wir flohen ins Museum. Die zwei Stunden, die wir vor Edvards Munchs Gemälden, Zeichnungen und Skizzen verbrachten, zeigten mir, dass es ein Fehler gewesen war, mich mit den beiden zu treffen. Gerhard redete ohne Punkt und Komma, laut und näselnd und durch keine Frage von mir aus dem Konzept zu bringen, während Paul zustimmende Geräusche von sich gab und sich überhaupt aufführte wie Gerhards Untertan.

Am längsten stand ich vor einem Holzschnitt aus dem Jahr 1897 mit dem Titel *Im männlichen Gehirn.* Um das spitze Männergesicht, von Licht und Schatten in zwei Hälften zerschnitten, breiteten sich wellenförmige Linien aus, die Gedanken des Mannes, die eine Frau einschlossen, die auf dem Bauch lag, nackt, mit aufgestütztem Kopf, das Gesäß in die Höhe gereckt, die Beine leicht gespreizt. Ich hatte Moonshadow mit drei Polizisten allein gelassen! Mein Selbstmitleid ging mir auf die Nerven, ich genoss es trotzdem. Erst Gerhard, der mir erklärte, der Holzschnitt gehöre zum »Vampir-Zyklus« von Edvard Munch, trieb mich in den Verkaufsraum des Museums, in dem sich Reisegruppen vor Postkarten, Bildbänden, Kalendern und Postern drängten. Paul saß an einem Tischchen und schrieb eine Kunstpostkarte mit dem Gemälde »Der Schrei« an seine Eltern. Er schrieb sehr groß, und die Karte war rasch voll.

Nach dem Museumsbesuch fuhren wir mit dem Bus zum Bahnhof, aßen *Pölser* mit Senf, rosafarbene Würstchen, die nach gar nichts schmeckten, höchstens nach der ungebleichten Pappe, auf der sie lagen. Dann stiegen wir in den erstbesten Zug nach Norden; ob wir bis zur Endstation nach Trondheim fahren würden, wollten wir unterwegs entscheiden. Vor dem Zugfenster fiel Sonnenlicht zwischen hohe Stämme, ließ sie silbern aufleuchten. Die Wälder, die an uns vorbeiglitten, erinnerten mich an Wälder in Märchen, smaragdgrüne Gewölbe der Furcht und des Schreckens, die mich magisch anzogen, gerade weil sie mir Angst einjagten. Die Zeit verging nicht mehr, seit ich nicht mehr allein reiste, sie war zum Stillstand gekommen, unmerklich, wie eine Tür, die heimlich ins Schloss gedrückt worden ist. Es war, als würde ich in einem Raum festsitzen, in dem sich nichts bewegte, nie mehr, und in dem es kein Geräusch gab, nur Gerhards belehrende Stimme und Pauls bewunderndes Gemurmel. Sein Blick sprang unruhig zwischen dem Fenster und Gerhards Mund hin und her, die Wälder, die bis an den Schienenstrang rückten, beunruhigten ihn. Wenn Gerhard den Mund hielt, machte er Fotos mit einem Objektiv, lang wie sein Unterarm. Das Schnappen des Verschlusses schlug Schneisen in die Bäume, Gerhard sah nicht ein einziges Mal aus dem Fenster ohne den

Kamerasucher vor Augen. Ich selbst redete mit ihnen wie einer, der ich hoffentlich nicht war: überheblich, rücksichtslos, auftrumpfend. War ich hier, um etwas über mich herauszufinden?

Schließlich hielt ich Gerhards Gequatsche und meine Stimme nicht länger aus und trat auf den Korridor. Hellgrüne Lichtblitze sprangen in Fahrtrichtung über Wände, Boden und Decke, durch ein offenes Fenster strich der Geruch feuchter Wolle. Die wenigen Holzhäuser, die die Strecke säumten, waren ochsenblutrot gestrichen und lösten ein Gefühl der Sehnsucht in mir aus, das ich mir nicht erklären konnte. Noch vor zwei Tagen hatte ich den Wunsch gehabt, für immer zu reisen. Jetzt wollte ich nur noch nach Hause. Ich begriff nicht sofort, dass ich einen Namen geflüstert hatte, am Fenster lehnend, gedankenverloren. Yolanda. Ich wollte nicht an sie denken wie einer, der sich vor Sehnsucht verzehrt, und fing an, mit ihrem Namen zu reimen: *Yolanda und ihr Panda. Yolanda träumt von Uganda. Yolanda streicht ihre Veranda.* Ich hörte damit auf, als wir in einen kleinen Bahnhof einfuhren. Der Schaffner, der durch die Waggons ging und den Fahrgästen erklärte, der Zwischenhalt in Ringebu dauere elf Minuten, hatte eine Zigarette hinters Ohr geklemmt; sein Atem roch nach Pfefferminz. Wir stiegen aus und tranken lauwarmen Kaffee, den eine Frau aus einem verbeulten Wohnmobil verkaufte. Neben dem Bahnhof schnitt ein Mann einen gefällten Baum in Stücke, auf der Regenrinne eines Schuppens saß eine Taube mit aufgefächerten Flügelfedern. Gerhard fotografierte in die andere Richtung, dort war nichts als leerer Himmel, wenigstens hielt er endlich den Mund.

Mittlerweile war es 21 Uhr und immer noch hell. Der Wald hinter Ringebu allerdings sah aus, als müsse man darin auch tagsüber das Fernlicht einschalten, wenn man ihn durchquerte. Der Schaffner ging gemächlich auf und ab, fröhlich pfeifend, ohne die Zigarette aus dem Mund zu nehmen. Gerhard marschierte zum Fahrplan hinüber, der an der Bahnhofswand ausgehängt war, und studierte ihn. Dann kam er zu uns zurück.

»Ich schlage vor, dass wir hier übernachten und morgen nach Trondheim weiterfahren.«

Er lächelte und mühte sich, seiner Stimme einen beiläufigen Klang zu geben, schaffte es aber nicht, auf den Befehlston zu verzichten. Paul nickte nicht nur, er ging bereits auf unseren Waggon zu, um seinen Rucksack zu holen.

»Dann bist du jetzt also unser Boss oder was?«, sagte ich.

»Ich weiß nur, was ich will«, sagte Gerhard freundlich, »und was das Beste ist für uns, weiß ich auch.«

Damit ließ er mich stehen und stieg in den Zug.

Das Holzhaus stand auf einer Anhöhe am Rand der Ortschaft, von der man tief ins Gudbrandsdalen hineinblickte, den Talkessel, in dem es endlich finster geworden war, während Bergrücken und Hügelzüge im letzten Abendlicht schwebten, als hätten sie sich von der Erde gelöst. Der Wirt der Pension sah aus, wie ich mir den Pfarrer einer Landgemeinde vorstellte: bleich, steif und verkniffen. Seine Stimme war leise und doch rechthaberisch, er roch krank. Seine Frau dagegen strotzte vor Lebenslust; sie fing glucksend an zu lachen, kaum war sie mit uns allein. Auf der Treppe bekam ich, ihren prallen Arsch im Wollkleid vor dem Gesicht, eine Erektion, die ich mit der Wildlederjacke verbarg, obwohl ich mir wünschte, sie würde sie sehen.

Unser Zimmer hatte einen Holzbalkon, der auf den Wipfel einer Tanne hinausging, die drei weißen Betten standen nebeneinander wie in einem Krankenzimmer. Die Frau wusste genau, dass wir sie begehrten, es gefiel ihr, und sie spielte damit. »Schön weich«, sagte sie in perfektem Deutsch, setzte sich auf das mittlere Bett, schlug die Beine übereinander und klopfte neckisch auf die Matratze. Der eine Strumpf hatte vorn eine Laufmasche, die eine Handbreit über ihrem Knie anfing und bei ihrem Spann endete. Meinen Blick, er folgte der hellen Spur, quittierte sie mit einem belustigten Lächeln. Als sie gegangen war, standen wir ratlos herum, unfähig, uns zu rühren, schweigend, die Tramperrucksäcke an die Wand gelehnt wie Tornister von Rekruten. Die Frau hatte die Tür hinter sich zugemacht wie ein Mensch, der immerzu an die anderen denkt, weil er sie nicht stören will.

»Eine Schlampe, wie jede Schwedin«, sagte Gerhard.

»Sie ist Norwegerin, du Arschloch!«

Meine Stimme war auch so laut, weil mich das schmierige Grinsen in seinem Gesicht ärgerte.

»Ist sie nicht!«

»Und woher willst du das wissen?«, schrie ich.

»Weil *ich* den Unterschied zwischen Schwedisch und Norwegisch kenne. Darum, du Armleuchter.«

Das Zimmer roch nach Fichtennadeln und ihrem Parfum. Die Äste vor dem Fenster, im allerletzten Licht bezogen wie mit Samt, sahen aus, als würden sie gleich einen Ton abgeben, ein zartes Seufzen aus einer anderen, nur ausgedachten Welt. Die Häuser zogen sich in die Dunkelheit zurück; Menschen hatte ich in Ringebu selbst bei Tageslicht keine gesehen, Tiere ebenfalls nicht, keine Kuh, nicht einen Hund, keine Katze.

»Als Kind wollte ich Polizist werden«, sagte Paul, »Streifenpolizist. Hab ich euch das schon erzählt?«

»Erzähl es nicht«, sagte ich und trat auf den Balkon hinaus, in die Stille der norwegischen Nacht.

Ich habe keine Ahnung, was mich nach Mitternacht dazu brachte, im Dunkeln aufzustehen, die Berge vor dem Fenster waren jetzt schwarz, aus dem Zimmer zu gehen und so leise wie möglich die Treppe hinunterzusteigen. Hatte ich sie vielleicht gehört? Die Tür zum Wohnzimmer im Erdgeschoss war nur angelehnt, ich blieb auf der zweituntersten Stufe stehen, mit angehaltenem Atem. Der Unsichtbare, der alles sieht, was er sehen will: Der Wirt stand mit heruntergelassener Hose hinter seiner Frau und fickte sie. Ihr Kleid war übers nackte Gesäß hochgeschlagen, sie warf ihren Kopf bei jedem Stoß in den Nacken, wobei sie lustvoll stöhnte und gurrte wie die Tauben damals auf dem Fenstersims des Hotelzimmers in Paris. Ich nahm meinen Schwanz heraus und holte mir einen herunter. Und genau in dem Moment, indem ich kam, so geräuschlos wie ich es gewohnt war, da ich das Zimmer mit meiner Schwester teilte, drehte sie den Kopf. Ich weiß, sie hat mich gesehen, obschon es auf der Treppe, auf der ich stand, dunkel war. Unsere Blicke trafen sich, und auf ihrem vor Lust glühenden Gesicht erschien ein triumphierendes und gleichzeitig mildes Lächeln, während sie die Stöße ihres Mannes empfing, dem ich so viel Leidenschaft und Kraft niemals zugetraut hätte. Sie suchte meinen Blick und hielt ihn dreist fest. War das der Höhepunkt?, sich beobachtet zu wissen, die süße Steigerung, von der ihr Mann nichts ahnte?

Als er unseren Zimmerschlüssel vom Brett genommen und auf den Tresen gelegt hatte, hatte er uns erzählt, wie sehr er die Deutschen verabscheue, ja hasse, wobei er an uns vorbei in den Flur starrte. Und sie stand wortlos neben ihm und sah ihn an, gerührt oder gereizt? Beides liegt so erschreckend nah beisammen, soviel wusste ich damals bereits. Das fiel mir nun wieder ein, während er sein Glied aus ihr zog und auf ihren kugelrunden Arsch spritzte, ohne das leiseste Geräusch von sich zu geben.

18

Am anderen Morgen stand Nebel im Tal, so dicht, dass von Ringebu nichts als eine Ahnung blieb, ein Schemen, wie ich vom Balkon sah. Die Luft war kühl und wasserfeucht, als fließe der Fluss, der Lagen, nicht länger unten im Tal, sondern mitten durch die Häuser. Die anderen schliefen noch, Gerhards Kissen lag auf dem Boden, auch die Decke hatte er weggestrampelt, Pauls Arm hing aus dem Bett, er hielt ein T-Shirt in der Hand. Ich legte mich auch wieder hin, ohne auf die Uhr zu schauen.

Als ich wieder erwachte, standen sie auf dem Balkon, eine grelle Sonne hatte den Nebel verbrannt, der Wald wirkte ausgewaschen und wie mit wässriger Farbe hingetuscht. Gerhard machte Fotos, Paul sah ihm zu. Vom Flur roch es nach angebratenem Speck, die Radiomusik, die durch das Treppenhaus zu uns hochgetragen wurde, klang unwirklich wie in einem Traum.

»Unser Zug geht in vierzig Minuten«, sagte Gerhard zu mir, als sie ins Zimmer zurückkamen. »Schaffst du das?«

Wenn du wüsstest, was ich gestern Nacht gesehen habe! Oder was ich in Christiania erlebt habe!

»Ich esse keinen Speck«, gab ich zurück, »überhaupt kein Fleisch.«

»Fleisch essen ist gar nicht so ungesund, wie gewisse Leute behaupten«, sagte Gerhard, »dafür gibt es Beweise. Medizinische Untersuchungen.«

»Seit wann bist du Vegetarier?«, wollte Paul wissen.

»Seit dieser Sekunde«, sagte ich und stand auf.

Wir frühstückten in einem Zimmer mit Glasveranda, die auf einen Garten hinausging. Obwohl das Radio lief, hörten wir, wie sich das Paar stritt. Die Stimme des Mannes blieb leise, aber ihre war scharf und kalt. Zu gern hätte ich verstanden, was sie schrie, ich sah sie vor mir am Stubentisch stehen, das Gesäß in die Höhe gereckt, gurrend. Dann knallte die Haustür, und es wurde sehr still. Wir blieben bestimmt fünf Minuten schweigend sitzen und warteten auf die Spiegeleier, die wir bestellt hatten, aber da sich nichts rührte und sich niemand zeigte, löffelten wir das Porridge und tranken den Kaffee. Dann holten wir die Rucksäcke. Wir begegneten weder ihr noch ihm, das Geld für die Übernachtung legten wir auf den Tresen.

Als wir auf die Straße traten, sah ich sie. Sie saß am hinteren Ende des Gartens im Gras, neben sich einen großen schwarzen Hund, der den Kopf hob, als ich das Tor zuwarf, sich aber sofort wieder zu Boden fallen ließ, weil sie ihm beruhigend in den Pelz griff. Sie lächelte mir zu, doch, bestimmt, während sie gedankenverloren den Hund streichelte.

»In Trondheim haben wir drei Stunden«, sagte Gerhard, »drei Stunden und zwölf Minuten, um genau zu sein.«

»Bis die Welt untergeht?«, fragte ich.

»Bis unser Zug fährt. Aber drei Stunden reichen. Locker!«

»Für was?«

»Um uns die Nidaros anzusehen. Zum Beispiel.«

»Die was?«, rief Paul.

Sein Erstaunen klang gespielt. Er blieb einen halben Schritt zurück und fingerte an seiner Brusttasche herum.

»Die Domkirche«, sagte Gerhard.

»Woher weißt du, wie die Kirche in Trondheim heißt?«, fragte ich.

»Weil ich mich vorbereitet habe. Also: Wir haben in Trondheim mehr als drei Stunden, bis unser Zug geht.«

»Wohin?«, fragte ich.

»Nordwärts! Nach Mo i Rana. Und später dann nach Bodo.« Seine Stimme duldete keinen Widerspruch, ich dachte an meinen Vater. Auf dem Balkon eines Holzhauses kurz vor dem Bahnhof stand ein Mann und rauchte; ich hob grüßend die Hand, aber er sah demonstrativ in die andere Richtung und ging zurück in seine Wohnung. Die Straße stieg steil an, in der klaren Luft hing der Geruch von Sägespänen.

Unser Zug stand bereits da, erst glaubte ich, es sei derselbe Schaffner, der auf dem Bahnsteig hin und her ging und rauchte. Gerhard und Paul wollten unbedingt ein Abteil finden, in dem wir unter uns waren, allein, ein Geisterbahnabteil. Ich zögerte, um die Wut hinunterzuschlucken, dann ging ich ihnen nach, es spielte keine Rolle, vorbei an Trampern wie wir, die uns zulächelten und nachsahen, bedauernd mit den Achseln zuckend, es spielte doch eine Rolle. Es blieb mir nicht mehr viel Zeit, der Zug fuhr bald los, nordwärts. In unserem Abteil roch es abgestanden, die Vorhänge zum Korridor waren zugezogen, es hatte sich schon jemand vor uns hier verkrochen, versteckt. Ich riss die Vorhänge auf, zog das Fenster nach unten, so weit es ging, und blieb stehen, den Rucksack am Rücken als Hinweis, der nicht zu übersehen war. Paul setzte sich, nachdem er erst seinen und dann Gerhards Rucksack auf die Ablage gewuchtet hatte. Gerhard nahm die Landkarte aus seiner Kameratasche und setzte sich ebenfalls hin.

»Der Dom ist übrigens 102 Meter lang«, sagte er und fing an, die Karte auseinanderzufalten.

»Nidaros«, sagte ich, »er heißt Nidaros! Dein verdammter Dom heißt Nidaros!«

Dann trat ich aus dem Abteil auf den Korridor und stieg aus. Und erlöste mich selbst. Die erstaunten Gesichter der beiden hinter dem Zugfenster werde ich nicht vergessen, nur schon das war es wert, auszusteigen und wegzugehen, die steile Straße hinunter in Richtung Ringebu, ihre Blicke im Rücken wie Giftpfeile. Der Mann stand wieder auf seinem Balkon, diesmal rauchte er nicht, er sah in den Himmel und beachtete mich noch immer nicht. Als ich hörte, wie der Zug nach Trondheim losfuhr, ging ich langsamer. Und als das Schlagen der Achsen verklungen war, blieb ich stehen und drehte mich um.

Der nächste Zug nach Andalsnes an der Küste ging in weniger als einer Stunde, nordwestwärts. Ich fuhr nicht in die andere Richtung als sie, aber in die gleiche fuhr ich auch nicht. Mein Gesicht in der spiegelnden Scheibe, dahinter grüne Weiden, schroffe Felswände, gefiel mir wieder, endlich. Etwa nach der Hälfte der Strecke lief ich einmal durch den ganzen Zug, all die Menschen, die ich sah. Ein Paar war händchenhaltend eingeschlafen, ihre Münder standen offen, als seien sie beide über dasselbe erschrocken. Ein Mädchen bohrte in der Nase, eine Frau redete auf ein Hündchen ein, dass vor ihr am Boden saß. Kinder beugten sich über Einkaufstüten, Erwachsene lasen, redeten, stritten. Die Landschaft war unbeschreiblich schön und nahm kein Ende, ich war froh, keinen Fotoapparat zu haben. Sonne blitzte, Tropfen prasselten über das gewölbte Dach, Regenbögen standen im Tal, hohe Portale, durch die wir hindurch fuhren. Ich war unterwegs ans Meer, ich dachte weder an Moonshadow noch an Yolanda. Aber ich dachte an Boyroth, sah vor mir, wie er auf seiner Laverda über Land fuhr, ohne Helm, glücklich. Fabio war nicht zu sehen, nirgends, es gab ihn nicht in meiner Vorstellung, ich sah nur ein Motorrad durch die Landschaft fahren.

Die alte Frau und der alte Mann, mit denen ich im Abteil saß, waren wohl verheiratet. Eheringe trugen sie keine, aber sie berührten sich immer wieder, sanft und beiläufig, um sich zu beruhigen, wie ich fand, dann lächelten sie, ohne etwas zu sagen. Vielleicht waren sie aber auch Schwester und Bruder, die zusammenlebten, immer noch, in einem Häuschen irgendwo an der Küste. Manchmal sagte der Mann etwas zu der Frau, leise, als sei es ein Geheimnis, und sie lachte ausgelassen, wie ein Kind. Hatte ich schon einmal eine Frau in ihrem Alter so lachen gesehen, eine alte Frau? Bruder und Schwester oder Mann und Frau: Ihr schweigendes Einvernehmen strahlte jedenfalls eine Ruhe aus, die sich auf mich übertrug, ich hätte noch lange mit ihnen weiterreisen mögen.

Bevor wir in Andalsnes ankamen, sagten sie mir, es fahre ein Bus nach Kristiansund, einer Kleinstadt auf drei Inseln, ihrer Lieblingsstadt, und wenn sie ich wären, also wenn sie ich wären, beide lächelten verschmitzt, dann würden sie unbedingt diesen Bus nehmen, er stehe nämlich direkt vor dem Bahnhof.

179

19

Ich blieb so lange wie möglich in Kristiansund. Die Rückfahrt in die Schweiz dauerte drei Tage, und um rechzeitig zur Arbeit zu kommen, musste ich Freitagmorgen am Hafen der Kleinstadt in den Bus steigen, der mich nach Andalsnes brachte, zum Zug nach Oslo, von wo ich über Göteborg und Kopenhagen nach Zürich zurückreiste.

Die Jugendherberge, eine Holzbaracke mit Flachdach, lag an der Küste, durch einen Gürtel hüfthohen, zähen Gestrüpps vom Meer getrennt. Nachts schienen die Wellen gegen das Fenster zu schlagen, eine um die andere, als dresche ein Riese mit großen, nassen Tüchern auf das Haus ein, unermüdlich und regelmäßig wie eine Uhr, so schlief ich ein. Vom Meer träumte ich nie. Meist war ich allein in dem düsteren Raum mit den sechs Betten, die bei jeder Bewegung knarzten. Nils, der Leiter, legte neue Gäste immer zuerst in die zwei anderen Zimmer, so lange wie ich war seit Jahren niemand mehr in seiner Jugendherberge geblieben; er bot mir mehrmals an, gratis das Telefon zu benützen, aber ich wollte mit niemandem in der Schweiz reden, nicht einmal mit Boyroth. Ich wollte mir vorstellen können, für immer unterwegs zu sein, auf Reisen, bereit, durch jede Tür zu gehen, die sich öffnete, und hier an der norwegischen Küste bloß einen Zwischenhalt zu machen. Im Radiator unter dem Fenster gluckste Wasser, dabei war die Heizung ausgeschaltet; auf dem untersten Regal des Schrankes aus Sperrholz lag ein liniertes Heftchen, auf dessen zweiter Seite ein einziger Satz stand, sonst war es unbeschrieben: *Qu'est-ce qu'une mer sans bateau?*

Das Fenster ging auf eine kleine, kaum befahrene Straße, dahinter lag ein Sandplatz mit Fußballtoren. Die Regeln der Jugendherberge, Schnörkelschrift auf Packpapier, norwegisch und englisch, hingen neben jeder Tür: *No alcohol in the rooms. Only smoke in the lounge. Always wash cups and dishes. Be nice to each other! Be happy even when it rains! No drugs! Cats and dogs allowed.* Ab und zu fiel mir Moonshadow ein, ich redete mir ein, das Richtige getan zu haben. Ich wollte sie nie wiedersehen. Auch, um ihr zu ersparen, mich wiedersehen zu müssen.

Morgens um zwanzig nach neun erschien jeweils ein goldener Lichtfleck auf der Wand über dem Kajütenbett, in dem ich schlief. Der Fleck zitterte, als treibe er auf einem See, ein Wasserzeichen aus Licht, ich habe bis zuletzt nicht herausgefunden, weshalb der Fleck sich bewegte. Ich wusste nicht einmal, woher er stammte, er erschien jedenfalls Morgen für Morgen auf der Wand, vorher stand ich nicht auf. Ich legte meine Hand in den Fleck und drehte sie hin und her, so, als werde sie von dem goldenen Licht bestrahlt und geheilt, von was auch immer, dann stand ich auf.

Keinen der Menschen, die ich in der Jugendherberge kennenlernte, mit denen ich in der winzigen Küche Spaghetti kochte, aß, Tee trank, redete, lachte und stundenlang am Meer entlangwanderte, nicht einen von ihnen würde ich wiedersehen, das war nicht schlimm, es gehört zum Reisen, wie ich damals begriff. Auch dass wir rasch offen und vertraut über

Dinge redeten, die wir sonst wohl eher für uns behielten, gehörte offenbar zum Reisen. Der Zufall hatte uns für ein paar Stunden oder Tage zusammengeführt, und wir würden uns bald wieder trennen, es gab keinen Grund, sich zurückzuhalten. Claude aus Perpignan erzählte, er träume davon, mit seiner Schwester zu schlafen. Dagmar aus Celle hatte mit zwölf ihre vier Kanarienvögel freigelassen, weil ihre Eltern ihr eine Katze versprochen hatten, wenn die Vögel gestorben waren. Eitan aus Natanya in Israel hatte an seiner Bar Mizwa mit einer Cousine herumgeknutscht und zwei Finger in sie gesteckt. Petra aus Graz konnte keine Boutique betreten, ohne etwas zu klauen. Alan aus Schottland hatte in Lillehammer mit einer Kanadierin geschlafen, zwei Tage, nachdem seine Verlobte nach Edinburgh zurückgereist war, weil ihre Großmutter gestorben war. Zwei schlanke, nein dürre Mädchen aus Bologna erklärten, wie man Kaninchen zubereitet, und erzählten, dass sie die Mutter des einen Mädchens dabei beobachtet hatten, wie sie in den Sugo spuckte, den sie für ihre Schwiegereltern kochte. Und ich erzählte von Boyroth, den Motorrädern und natürlich von Yolanda. Auch vom Polizeieinsatz in Christiania erzählte ich und dass ich Moonshadow im Stich gelassen hatte. Es half mir, dass mich die anderen in Schutz nahmen und behaupteten, dass sie sich genau gleich verhalten hätten. Ist die Erinnerung besänftigend? Die Tage in Christiania schienen mir in der Vergangenheit jedenfalls bereits noch schöner, noch aufregender. War mein Gewissen nun rein, nur weil ich es erzählt hatte? Nils, der Leiter der Jugendherberge, erzählte nie etwas; er saß aber meist in der Nähe, trank Dosenbier und tat so, als lese er oder trage das Gästebuch nach. Dabei lächelte er milde, als wisse er etwas über uns, mehr, als wir selbst wussten.

Ich hörte auf, die Tage zu zählen, musste auf dem Abreiß-
kalender neben der Küchentür nachschauen, welcher Wochen-
tag war und wie viel Zeit mir noch blieb an diesem Ort unter
Fremden. Ich kam mir vor, als sei ich krank gewesen, sehr
lange krank gewesen, aber jetzt, jetzt wurde ich langsam ge-
sund.

Neuankömmlinge, die sofort aufgeregt nach Lebensmittel-
läden, Restaurants und Discos fragten, behandelte ich bald mit
freundlicher Herablassung, weil sie mich an meine eigene
Unsicherheit erinnerten und daran, dass auch ich bloß ein
Fremder war hier in Norwegen. Oft wanderte ich allein die
Küste entlang, saß auf Felsen über der Brandung, vergrub
Steine im Sand und stellte mir vor, wer sie wieder ausgrub,
in einem Monat, einem Jahr, ich schälte Äste, bis sie schneeweiß waren und aussahen wie angeschwemmtes Treibholz,
brachte mir bei, auf einem Grashalm zu blasen, und zählte
meine Mückenstiche. Mehrmals am Tag dachte ich: Fahr weiter, weiter, fahr weg, weit weg, aber ich wusste, das war nur
ein Spiel. Ich blieb. Lag bei Sonne auf warmen Steinplatten
über dem Meer, bei Regen im Zimmer, Cohens Buch in der
Hand, ohne darin lesen zu müssen. Immer wieder nickte ich
ein, der Schlaf war oberflächlich und eigentlich nichts anderes
als eine Folge von Sekundenträumen, Boyroth vor einer Bret-
terwand, Boyroth im Sattel seiner Laverda, Fabios verwischtes
Gesicht, er stand im Schatten hinter Boyroth, Yolanda in
einem Zimmerchen, ihre Kleider verstreut auf dem Holzfuß-
boden, »Gönggi«, flüsterte sie, und gleich noch einmal:
»Gönggi!«, und streckte beide Hände nach mir aus. Dann fiel
Regen, das Zimmerchen hatte kein Dach, und ich schreckte
hoch. Leicht war ich, eine Feder zwischen den Zeiten. Und ich

sah mich von außen wie einen Fremden, den ich aber ziemlich gut kannte und mochte.

Eines Nachts lief ich durch eine Fußgängerzone mit ihren dunklen Schaufenstern und Ladenpassagen, auf dem Heimweg von der Diskothek Vertshuset, an der linken Hand eine Französin, an der rechten Eitan, mit dem ich für mehrere Nächte das Zimmer teilte. Die Französin trug eine Wollkappe und offene Schuhe mit Keilabsätzen aus Holz, die laut klapperten. Sie klang wie ein Pferd, das müde die Häuser langlief, ein Gaul auf seinem wohl letzten Gang. Der Himmel war von einem silbernen Blaugrau, weshalb ich immer wieder den Kopf in den Nacken legte, um ihn anzusehen, hell, wie er war, und das nach Mitternacht. Eitans Hand war feucht, er hatte mir gestanden, in die Französin verliebt zu sein. Ich brachte Yolandas Gesicht nicht mehr zusammen, ihre Augen sah ich vor mir, und auch ihre Nase, aber dann wurde mir bewusst, es war Moonshadows Nase, an die ich mich erinnerte, und ich hörte auf, an Yolanda zu denken. Boyroth, dachte ich, was denn, Boyroth, was ist denn!

Wir bogen um eine Ecke, ich roch das Meer, und die Französin blieb stehen, ohne meine Hand loszulassen. Ihre Mundwinkel zitterten. Ein Betrunkener stand schwankend vor einem warm beleuchteten Schaukasten, dem einzigen mit Licht, in dem Hüte ausgestellt waren, Strohhüte; das Schaufenster daneben war von innen mit Zeitungspapier zugeklebt. Der Betrunkene war groß, größer als Eitan oder ich, ein Riese war er nicht. Er hatte eine Brille auf, das linke Glas war zersplittert, auch fehlte ihm ein Schuh. Der nackte Fuß war dreckig und voller Blut. Der Mann fluchte, dann erblickte er uns und wäre fast hingefallen. Den Ruck, der durch seinen Körper ging, musste er mit beiden Armen ausgleichen, dabei fiel ihm die Flasche aus der Hand. Sie zersprang, und ich roch Schnaps. Der Betrunkene starrte uns mit schräggelegtem Kopf an, als wäge er Möglichkeiten ab, als suche er sich ein Opfer aus unter uns. Die Französin hatte Angst, das spürte ich, Eitan auch, er sagte es sogar laut, *I am scared,* als helfe das irgendwem. Ich war ganz ruhig; der Mann würde uns nichts tun, seine Augen verrieten ihn. Er wollte Trost, Beistand. Ich ließ erst Eitans Hand los, danach die der Französin. Wie hieß sie noch mal? Claire? Jeanne? Der Mann hatte angefangen, auf uns einzureden, ich verstand kein Wort, er redete sehr laut, er schrie, aber er schimpfte nicht, er jammerte. Ich ging auf ihn zu, blieb vor ihm stehen und legte ihm die Hände auf die Schultern, als müsste er gestützt werden. Es gelang ihm nicht, mich zu fixieren, sein Blick sprang hin und her, er schnaufte schwer, aus der Nase hing ihm Rotz. Lange blieben wir nicht so stehen, aber doch lange genug, damit er sich beruhigen konnte. Plötzlich lächelte er, breit, selig, und ich nahm meine Hände von seinen Schultern. Er boxte mich spielerisch gegen den Oberarm, drehte sich um und verschwand in der Nacht. Die Französin bedankte sich bei mir, indem sie mich auf beide Wangen küsste wie einen jüngeren Bruder, wie den guten Freund, dem man alles erzählen kann, alles, den man aber nie begehren wird.

Das letzte Stück zur Jugendherberge gingen wir nicht mehr Hand in Hand; ich ging auch nicht länger in der Mitte, zwischen ihnen, die sich doch gefunden hatten. In dieser Nacht schlief Eitan nicht in unserem Zimmer; ich hörte die Französin stöhnen auf dem Sofa im Aufenthaltsraum. Mitten in der Nacht stand ich auf und nahm einen der Socken Eitans, die er zum Trocknen über die Stuhllehne gehängt hatte, und stopfte ihn so tief wie möglich in den Spalt zwischen Schrank und Wand, er würde ihn nicht finden, niemals.

An meinem letzten Abend in Kristiansund stand ich plötzlich in einer Nebelbank, die sich innerhalb von Minuten vom Meer her als weiße Wand über die Küste ins Land hineingeschoben hatte. Ich ging noch eine Weile weiter, stolperte über Steine und landete in den dichten, zähen Büschen, die fast den ganzen Küstenstreifen bedeckten, und blieb stehen. Der Nebel schluckte die Geräusche, genau wie Schnee. Es war, als stünde ich in meinem eigenen Kopf, blind und taub, stocksteif, in einer Art Zwischenwelt. Nicht mehr hier, doch noch nicht dort. Die Stille hinter der Stille, jetzt hörte ich sie wieder, wie noch vor fünf, sechs Jahren, wenn ich am Fenster des Kinderzimmers stand und zusah, wie die Erwachsenen ihren unbegreiflichen Dingen nachgingen, mein Vater zum Beispiel, der den Gehweg zu unserem Wohnblock freischaufelte, obwohl der Schnee doch unablässig aus dem Himmel sank, Flocke für Flocke, die ganze Nacht, weshalb er wieder von vorn beginnen konnte, kaum hatte er das Ende des Weges erreicht und freigelegt. Dann fiel mir der rätselhafte Satz meiner Mutter über das Heimweh ein, das draußen auf einen lauert. War sie schwermütig? Oder wusste sie einfach, es gibt nicht nur Helligkeit und Zuversicht, sondern auch Dunkelheit und Verzweiflung?

Frei war ich nicht, auch unbelastet nicht. Trotzdem hatte ich plötzlich das Gefühl, unverwundbar zu sein, wenn ich zurückkehrte. Bereit, es mit Boyroth aufzunehmen. Ebenbürtig. Ich hatte die Zeit genutzt, mich an mich selbst zu gewöhnen. Wenn sich der Nebel verzog, fing etwas Neues an, ein anderes Leben, das Leben eines Erwachsenen. Etwas Großes erwartete mich, von dem ich gar nicht wissen wollte, was es sein sollte. Es durfte nichts mehr nur aus Angst geschehen. Ich würde bei meinen Eltern ausziehen, die Lehre als Bleisetzer beenden und meine Füße nicht mehr unter den Tisch meines Vaters stellen oder höchstens als Gast, der etwas zu erzählen hat und dem man zuhört, sogar er.

Es war Zeit, zurückzufahren, nach Hause.

Als der Zug drei Tage später im Zürcher Hauptbahnhof anhielt, mit einem Ruck, der deutlich machte, du bist angekommen, die Reise ist zu Ende, als ich die Tür öffnete und auf den Bahnsteig sprang, wusste ich plötzlich wieder, wie Yolandas Gesicht aussah.

Ich war bereit für das Glück wie das Unglück. So naiv dachte ich damals, doch das durfte ich, schließlich war ich siebzehn.

20

Als ich am 24. August 1974 aus Norwegen zurückkehrte, war nichts mehr, wie es vor meiner Abreise gewesen war. Und ich hatte nichts geahnt, hatte keinen Stich verspürt, als es geschah, keinen Schwindel, nichts. Dass etwas passiert war, erfuhr ich erst in dem Moment, in dem ich unsere Wohnung betrat.

Meine Mutter stand im Flur, die Hand vor dem offenen Mund wie eine Schauspielerin, die jedem klarmachen will, sie ist entsetzt, sie steht unter Schock. Die Zigarette in ihrer anderen Hand brannte nicht. Mutter hatte geweint.

»Fabio ist tot«, sagte sie, ohne Umschweife und ohne mich zu begrüßen.

»Und seine Schwester liegt im Koma«, ergänzte meine Schwester, die aus dem Wohnzimmer auf den Gang hinausgetreten war, eine ungeschälte Banane in der Hand.

»Fabio hat gar keine Schwester.«

»Boyroths Schwester«, sagte meine Mutter, »sie liegt im Koma. Seit zehn Tagen.«

»Yolanda?«

Ich weiß nicht, wie ich ins Wohnzimmer gelangte; ich lag jedenfalls auf dem Sofa, als ich zu mir kam, meine Mutter kniete neben mir und drückte mir einen nassen Lappen auf die Stirn.

Vater saß auf der Kante seines Fernsehsessels, in Socken, im ärmellosen Unterhemd; sein Blick war verschwommen, sein Haar zerzaust. Er hatte bis eben geschlafen.

»Das kommt davon«, sagte er, »ohne Führerschein! Spinner! Und ohne Nummernschilder! Hast du davon gewusst?«

»Lass ihn«, sagte Mutter scharf, ohne sich nach ihm umzudrehen.

»Und was ist mit Boyroth?«

»Der hat sein Leben ruiniert«, sagte Vater, »für immer ruiniert!«

»Ist ihm etwas passiert?«

Meine Mutter schüttelte rasch den Kopf, zündete die Zigarette an und inhalierte tief. Ich setzte mich auf. Wie lange war ich weg gewesen? Ich war doch bloß nach Kopenhagen gefahren und nach Norwegen, mehr nicht. Mir wurde übel vom Geruch der Banane, von der meine Schwester einen großen Bissen nahm.

»Willst du nicht wissen, was passiert ist?«, fragte sie.

»Doch. Aber nicht von euch«, sagte ich und stand auf.

»Wo willst du hin?«, fragte mein Vater und erhob sich ebenfalls.

»Na wohin wohl«, antwortete ich und ging.

»Die Polizei hat sie erwischt«, rief er mir hinterher.

»Erwischt! Gejagt haben sie sie. Durch den Wald gejagt!«

Die Stimme meiner Schwester war auch im Treppenhaus zu hören.

Er saß in der hintersten Ecke der dunklen Garage auf dem Boden; zur Wohnung seiner Eltern war ich gar nicht erst gefahren. Er war dabei, eine Orange zu schälen, und ihr Geruch ist es, der mir am deutlichsten in Erinnerung geblieben ist von diesem Moment, an dem wir uns wiedersahen, ich rieche die

Orange noch heute, jederzeit, es fällt mir leicht, ihren herben Duft zurückzuholen und mit ihm Boyroths Gesicht im Zwielicht der Garage. Gebrochen. Das war das Wort, das mir sofort einfiel damals, er ist gebrochen, oder nein: Man hat ihn gebrochen. Diese Einsicht kam mir so unvermittelt, wie man zusammenzuckt, instinktiv. Er hat etwas erlebt, das stärker ist als er, den Schrecken, der zu groß ist, um ihn verarbeiten zu können. Das durfte nicht sein, nicht bei ihm, trotzdem war es so. Seine Selbstsicherheit war hin, seine Dominanz auch, jetzt war er wie alle anderen, einer von vielen. Aber nein, das stimmte natürlich nicht: Er hatte etwas erlebt, was nicht viele erleben müssen, es zeichnete ihn aus. Und es schob ihn gleichzeitig an den Rand, noch weiter weg von den anderen, weg auch von mir, in die Einsamkeit. Ein Wortführer war er jetzt nicht mehr, das hatte er nicht länger nötig. Sein Schweigen hatte Gewicht, es zog nicht nur ihn selbst nach unten, in die Tiefe, sondern jeden, der sich in seine Nähe wagte.

Wo die zwei Motorräder aufgebockt gewesen waren, hatte sich ein sternförmiger Ölfleck auf dem Beton ausgebreitet. Auch die Helme waren verschwunden. An der Wand lehnte eine zusammengerollte Campingmatte, auf der Werkzeugbank lagen ein Schlafsack und eine Wolldecke. Ich setzte mich neben Boyroth auf den Boden und wartete. Ich schaffte es sogar, nicht nach Yolanda zu fragen. Er würde mir erzählen, was passiert war, wenn er dazu bereit war. Ich hatte das Garagentor nur halb zugezogen, und wir sahen den alten Gerber auf seinem zerschlissenen Ledersessel thronen. Er trug kurze Hosen, so heiß war es, hatte den kahlen massigen Schädel in den Nacken gelegt und blies Rauchkringel in die Luft.

»Ich wär besser mitgekommen«, sagte Boyroth schließlich, »nach Norwegen.«

Seine Augen, sah ich jetzt, waren immer noch angriffslustig und voller Leben. Schweißperlen hingen an den Flügeln seiner Nase. Noch vor drei Wochen wäre ich gern er gewesen, oder wenigstens *wie* er. Wollte ich das immer noch?

»Oder ich wär besser hiergeblieben.«

»Stimmt, Gönggi. Du wärst besser hiergeblieben.«

Gerber wuchtete sich ächzend aus seinem Thron und humpelte an den Rand des Wendeplatzes. Dort fing er an, laut furzend in den Knien zu wippen. Als er sich wieder hinsetzte, brach ein Lachen aus ihm, das mich fast angesteckt hätte. Der alte Mann lachte wie ein Kind, er lachte Tränen.

»Drecksarsch«, sagte Boyroth. »Hast du was zu rauchen da?«

Ich schüttelte den Kopf. Seine Jeans waren dreckig und zerrissen, er roch muffig, wie jemand, der mehrere Nächte in den Kleidern geschlafen hat. Und er stank nach Bier.

»Hast du getrunken?«, fragte ich.

»Geht's dich was an? Ich hab dem Scheißbullen, der sie mit dem Streifenwagen durch den Wald verfolgt hat, einen Stein ins Wohnzimmerfenster geknallt. So ein Ding!«

Er zeigte mit beiden Händen an, wie groß der Stein gewesen war. Seine Hände zitterten, aber er schämte sich nicht deswegen, er wollte, dass ich es sah.

»Seine Mutter ist völlig durchgedreht. Nervenzusammenbruch. An die Beerdigung haben sie mich auch nicht gelassen. Seine Brüder hätten mich fast verprügelt auf dem Friedhof. Meine Eltern reden auch nicht mehr mit mir. Ich schlaf jetzt hier.«

Er fuhr sich mit ausgestrecktem Zeigefinger über die Oberlippe, roch an dem Finger und schüttelte die Hand mit angewidertem Gesichtsausdruck, langsam, wie in Zeitlupe, und ich

191

versuchte mir das erste Mal vorzustellen, wie er wohl im Alter aussehen würde. Schließlich hielt ich es nicht länger aus, ich musste wissen, was mit Yolanda passiert war.

»Ist deine Schwester nicht mit Marco nach Frankreich gefahren?«

»Sie hat ihn verlassen. Noch bevor sie los sind.«

»Und wie geht es ihr?«, fragte ich vorsichtig.

Da fing er an zu weinen.

21

Erst Jahre später begriff ich, dass wir uns nie näher gewesen sind als in dieser Garage, in der es nach Orange, Motorenöl und Benzin roch und in der es langsam dunkel wurde, während er mir erzählte, was passiert war.

Ich habe mich geschämt damals, weil ich es genoss, neben ihm zu sitzen und von ihm ins Vertrauen gezogen zu werden, immerhin lag Yolanda im Koma, und Fabio war tot. Aber ich genoss es und wünschte mir, er würde nicht aufhören zu erzählen, so schlimm es auch war. Gerber hatte sich irgendwann verzogen; der verächtliche Blick, den er uns durch das halboffene Tor der Garage zuwarf, ließ Boyroth verstummen, er wäre fast aufgestanden und auf den Alten los, aber ich hielt ihn zurück, und Boyroth erzählte weiter. Später hatte es angefangen zu regnen, vier, fünf Mal donnerte es sogar, und der Geruch des nassen Asphalts, der Bäume und Büsche, den der Wind in die finstere Garage drückte, veränderte die Stimmung. Es war, als sage dieser Geruch etwas aus über uns, als stehe er für etwas, dieser frische Duft, nur für was? Ich atmete tief ein und aus, gierig, und Boyroth auch, wir tankten Luft. Ich kam mir vor wie an Deck eines Schiffes, ohne einen Schimmer zu haben, wohin es fuhr. Ich wusste nur, es fährt, fährt die ganze Nacht, dann sind wir da, wir zwei, irgendwo. Boyroth dagegen, er wusste es, er kannte das Ziel, so kam ich mir damals vor, und ich genoss es, wie gesagt.

Es war das erste Mal überhaupt, dass Yolanda mitfahren wollte. Boyroth und Fabio kreuzten sie an der Stelle, an welcher der Weg von der Quartierstraße abgeht, der zu ihrem Wohnblock führt. Zehn Sekunden später, und Yolanda wäre im Haus verschwunden gewesen. Sie trat auf die Straße hinaus und lief ihnen hinterher. Boyroth wäre weitergefahren, er wollte sie nicht dabeihaben, aber Fabio kuppelte aus und hielt an, angeberisch am Gasgriff drehend. Yolanda kletterte zu ihrem Bruder auf den Sozius und hielt sich an ihm fest; es hatte keinen Sinn, sich auf eine Diskussion mit ihr einzulassen, das wusste er. Aber er drehte immerhin um und fuhr zur Garage zurück: Wenn sie mitfahren wollte, musste sie wenigstens meinen Helm aufsetzen, darauf bestand er.

Sie fuhren nach Albisrieden hinüber und dort die Alte Waldegg hinauf, die sich in Haarnadelkurven durch den Wald schlängelt und sich fährt wie ein Gebirgspass, bevor sie vor einer unbebauten Ebene in die Hauptstraße nach Birmensdorf mündet. Yolanda legte sich nicht in die engen Kurven wie jemand, der das erste Mal auf einem schweren Motorrad mitfährt; als die Fußstrebe funkenschlagend über den Asphalt kratzte, johlte sie vor Begeisterung und tippte ihrem Bruder auf die Schulter, weil er das Gas aufdrehen sollte. In der Stadt unter ihnen gingen die ersten Lichter an, zwischen den Baumstämmen roch es nach spätem Bärlauch.

Am Ende der Alten Waldegg angelangt, blieben sie keine hundert Meter auf der Hauptstraße und bogen hinter einem eingezäunten Gebäude auf die asphaltierte Haltebucht, die gerade groß genug ist, damit Autos darauf wenden können. Sie hielten am hinteren Ende dieser Haltebucht an, wo ein unbefestigtes Sträßchen in den Wald führt, um eine Zigarette zu rauchen. Von der Hauptstraße aus konnte man sie nur sehen, wenn man stadtauswärts und sehr langsam fuhr. Es dämmerte rasch, über der ungemähten Wiese am Waldrand tanzten Glühwürmchen, die sie erst sahen, als Yolanda vom Sozius sprang, ausgelassen lachend und mit dem entspannten und glücklichen Gesicht eines kleinen Mädchens, um vor ihnen herumzutanzen und mit schwingenden Armen die Bewegungen der Würmchen mit der Glut ihrer Zigarette in der Dunkelheit nachzuzeichnen.

In Filmen künden sich Katastrophen an, es gibt Vorzeichen, die nicht zu übersehen sind, aber der Streifenwagen der Zürcher Stadtpolizei bog einfach so in die Haltebucht, ohne Licht und mit ausgeschaltetem Motor, noch nicht einmal die Reifen des Volvos knirschten, ein Raumschiff, das landete, so hat Boyroth es beschrieben. Der Wagen hatte sie fast erreicht, Yolanda schrieb immer noch Flugbahnen in die Nacht mit ihrer Zigarettenglut, da sprang sein Motor an, wurden die Lichter eingeschaltet, zwei dicke Lichtbalken. Im Nachhinein ist es einfach, zu sehen, wie falsch die Entscheidung war, zu Fabio auf die Honda zu steigen, wie falsch und dumm. Der Schritt in diese oder jene Richtung: Wer vermag zu sagen, ob er richtig ist oder falsch, bevor er eben getan ist? Damals schien es das Richtige zu sein, Yolanda stand viel näher bei Fabio, darum stieg sie bei ihm auf und nicht bei ihrem Bruder. Der Polizist auf dem Beifahrersitz stieg aus, eine Hand an der Mütze, die andere am Gurt, die Tür ließ er offen. Was er sagte, ging im Aufheulen der angekickten Motoren der Motorräder unter. Der Polizist warf beide Hände in die Luft, lief zum Streifenwagen zurück und stieg ein. Blaulicht und Sirene gingen an, noch bevor Boyroth oder Fabio losfuhren. Das blaue Licht sprang über den Maschenzaun und die Bäume, das Gras und ihre Gesichter und Oberkörper. Yolanda sah Boyroth an, lächelnd und voller Überzeugung, wir schaffen es, wir hängen die Idioten ab, später haben wir etwas zu erzählen, sie hob trotzig das Kinn, so verabschiedete sie sich. Und das ist das Bild von ihr, das Boyroth nicht aus dem Kopf bekam: Yolanda, die das Kinn hebt, die Augen schließt und ihn anlächelt, strahlend, voller Tatendrang, jung, kühn und unbesiegbar. Die untergehende Sonne tauchte den Waldrand in schweres goldgelbes Licht, dann fuhren sie los, flohen. Fabio hätte beinahe den Motor abgewürgt, so hastig ließ er die Kupplung los. Die Polizisten würden Boyroth verfolgen, der auf die Hauptstraße fuhr und schnell hochschaltend Richtung Birmensdorf floh, davon ging Fabio aus. Und darum fuhr er in den Wald hinein, im dritten, bald im vierten Gang, die ersten zwei-, dreihundert Meter ohne Licht, als würden sie damit unsichtbar, Geister, die sich auflösen und verschwinden.

Aber der Streifenwagen folgte nicht Boyroth, er folgte Fabio und Yolanda und raste mit Blaulicht und Sirene dicht hinter ihnen auf der Schotterstraße in den Wald hinein und jagte sie vor sich her.

An diesem Punkt seiner Erzählung stand Boyroth auf. Er trat ans Garagentor und stieß es weit auf. Es war dunkel geworden, und die Nachtluft, die sich fast greifbar in den Raum schob, war angenehm kühl. Mir war gar nicht aufgefallen, dass mir der Schweiß über den Rücken lief.

»Den Rest weiß ich auch nicht genau«, sagte Boyroth.

»Wohin führt der Waldweg?«

»Zum Friedhof Eichbühl.«

»Dann haben die Scheißkerle doch bestimmt über Funk einen zweiten Streifenwagen ans Ende des Waldweges geschickt!«

»Haben sie nicht, nein.«

»Und warum nicht?«

Boyroth starrte geistesabwesend in die Nacht hinaus, ohne mir zu antworten. Was ist Freundschaft?, fragte ich mich damals, wozu hat man Freunde, und stand ebenfalls auf. Der Asphalt glänzte, aber der Himmel, das sah man im Abglanz der Stadtlichter, war bereits wieder wolkenfrei; der Regen war weitergezogen.

»Etwa nach zwei Kilometern ist er von der Straße geraten, in einer Kurve. Der Scheißkies hält nicht.«

»Weil er zu schnell gefahren ist«, sagte ich und bereute es, kaum war es ausgesprochen.

Er musterte mich, als versuchte er sich zu erinnern, was ich hier zu suchen hatte. Sein Blick war feindselig, aber Hass erkannte ich keinen darin. Er starrte auf den Boden zwischen seinen Füßen.

»Weil ihn die Schweine gejagt haben! Fabio und meine Schwester sind über zwanzig Meter durch die Luft geflogen. In eine Tanne. Fabio ist sofort tot gewesen.«

Ich habe in dieser Nacht auch in der Garage geschlafen. Wir entrollten die Campingmatte und legten sie in der Mitte der Garage auf den Boden; sie war gerade breit genug, damit wir uns nicht berührten, als wir uns nebeneinander ausstreckten. Boyroth öffnete den Reißverschluss seines Schlafsacks, als Decke reichte er für uns beide; die Wolldecke falteten wir zum Kopfkissen zusammen. Ich kann mich nicht erinnern, worüber wir in jener Nacht redeten, es war wichtig, aber nicht wichtiger als die Tatsache, dass wir beide mit knurrenden Mägen nebeneinanderlagen, dem Wind zuhörten, der in Büsche und Bäume fuhr und die Schatten, die das Licht der einzigen

Lampe auf dem Wendeplatz auf die Wand der Garage warf, in Bewegung brachte. In der Erinnerung glaube ich, nicht geschlafen zu haben damals, nicht eine Minute, ohne dass es mich gestört hätte, aber das ist natürlich nicht wahr. Wir sind beide eingeschlafen, irgendwann, als wir längst schwiegen, das Licht bereits grau wurde und sich einzelne Werkzeuge seines Vaters aus dem Dunkeln schälten. Einmal bin ich erwacht: Boyroth schlief wie ein Kind, die Knie bis fast zur Brust hochgezogen, eine Sorgenfalte über der Nasenwurzel, mir blieb nur ein schmaler Rest der Liegematte. Ich hätte mir niemals eingestanden, dass dies unsere Art war, Abschied zu nehmen.

Aber genau das war es. Wir nahmen Abschied voneinander.

22

Yolanda starb am 28. August, morgens um vier Uhr drei-ßig, Boyroth saß neben ihr, er hatte seine Eltern abgelöst, die um Mitternacht nach Hause fuhren, um sich hinzulegen. Yolanda ist nicht mehr aus dem Koma erwacht, sie starb offenbar ruhig und ohne erkennen zu lassen, ob sie gegen den Tod ankämpfte oder nicht.

In einer Nacht saß ich mit Boyroth neben ihr, morgens fuhren wir direkt zur Arbeit, ich in die Druckerei, er zur Post. Ihren Eltern begegnete ich nur noch einmal, auf dem Gang der Intensivstation. Beide weinten und gingen schnell zum Lift, nachdem wir uns schweigend die Hand gereicht hatten. An Fabios Grab war ich nur einmal, und ich habe es auch seither nie mehr wieder besucht. Als ich auf dem Friedhof Eichbühl endlich in die richtige Grabreihe einbiegen wollte, sah ich seinen Vater und seine zwei Brüder vor dem Grabstein knien. Ich verbarg mich hinter einer Thujahecke, bis sie sich erhoben und bekreuzigt hatten und weggegangen waren. Ich kann nicht genau beschreiben, was ich an Fabios Grab empfand. War es Trauer oder eher Traurigkeit darüber, was er alles verpassen würde? Weil er all die Dinge, die wir erfahren durften, niemals erfahren würde.

Was ich an Yolandas Bett empfand, weiß ich genau: Angst, Liebe und tiefschwarze Trauer. Ich war damals überzeugt, sie zu lieben, und wahrscheinlich stimmte das sogar. Ich redete mir ein, wir würden ein Paar werden, sobald sie aus dem Koma erwachte. Wir würden, so weit ging ich in meiner Phantasie, heiraten und eine Familie gründen.

An ihre Beerdigung habe ich keine deutlichen Erinnerungen; es war auf jeden Fall das erste Mal, dass ich einen Mann an der Hand hielt, Boyroth brauchte meinen Halt wie ich seinen, wir ließen uns nicht mehr los. Die Sonne schien, soviel weiß ich, Freunde von ihr machten Musik in der Kirche, jemand las Gedichte von Rilke, eine Frau spielte Querflöte. Einmal fiel das Licht der Sonne durch das bunte Fensterglas der Kirche auf ihren Sarg, und für einen Augenblick sah es aus, als stehe er in Flammen. Ich stand auf, ich wollte sie retten, setzte mich aber sofort wieder hin, weil Boyroth meine Hand nicht freigab. Ich muss Erde in ihr Grab geworfen haben, ich stand jedenfalls in der Reihe, die auf die Grube zurückte. Vögel lärmten, Verkehr rauschte, Flugzeuge durchquerten den Himmel, Kondensstreifen verblassten, es roch nach Erde, Gras, Schnittblumen, Menschenschweiß und Parfum, Frauen und Männer weinten, Hunde bellten.

Auf dem Fußweg zum Restaurant, in dem man zusammensitzen würde, ließ Boyroth meine Hand los, murmelte »Ich muss pissen, geh du schon mal voraus und besetz uns einen Tisch« und ging um die Ecke eines Schuppens aus Ziegelsteinen. Im Saal des Restaurants setzte ich mich an einen Zweiertisch, fühllos, aus Stein, wusste aber schon nach fünf Minuten Warten, Boyroth wird nicht kommen. Er war verschwunden. Kein Mensch wusste, wo er war.

Es sollte sechs Jahre dauern, bis ich ihn wiedersah.

Herbst 1980

1

Mein Zimmer war das kleinste der WG, dafür ging es nicht auf die Langstraße hinaus, sondern auf einen Hinterhof, in dem Bäume standen. Außerdem war kein anderes Zimmer so weit vom gemeinsamen Wohnraum entfernt, in dem Brätschgi seine Punk- und Deathmetal-Platten abspielte und jeden zweiten Abend mit den fünf anderen Mitgliedern seiner Band Fuckdog, die im Keller unseres Hauses übte, Büchsenbier trank. Petra wohnte im Zimmer neben dem Bad, studierte Germanistik und sah aus wie eine Klosterschülerin, rauchte aber einen Joint nach dem anderen und hielt sich zwei Tigerpythons in einem Terrarium neben ihrem Bett. Ich hatte panische Angst vor Schlangen, darum schloss ich nicht nur mein Zimmer ab, sondern lehnte außerdem ein schweres Brett von innen gegen die Tür, um den Spalt zu blockieren. Mein Nachbar Robert jobbte in einem Antiquariat, sein Zimmer war mit Bildbänden, Erstausgaben und zerlesenen Taschenbüchern regelrecht zugemauert. Wann immer ich ihn sah, brütete er über Schachproblemen. Er spielte gegen jeden, der den Fehler machte, gegen ihn anzutreten. Robert hatte nicht nur eine eigene Regelauslegung, er verlor auch die Beherrschung, sobald er in Bedrängnis geriet. Dann fegte er gegnerische Figuren vom Brett, warf Bücher durch die Wohnung und donnerte die Faust gegen die Wände, dass der Putz rieselte.

Mein Zimmer war so billig, dass ich es mir leisten konnte, nur halbtags in einer kleinen Druckerei zu arbeiten, eine der letzten, die noch eine Bleisetzerei hatten. Ich schrieb so ehrgeizig wie verbissen an Erzählungen, die ich so schnell wie möglich zu einem Band zusammenstellen und Verlagen anbieten wollte. Ich redete mir ein, den Schreibtisch ans Fenster gerückt zu haben, um in die Bäume hinaussehen zu können, wenn ich an meiner Olivetti Baby saß und Zeile um Zeile tippte, dabei wusste ich, es war der Blick in die rot erleuchteten Fenster eines Bordells gegenüber, der mich ans Fenster fesselte. Ich sah Frauen, die in Reizwäsche, Netzstrümpfen und hochhackigen Schuhen am Küchentisch saßen, Lockenwickler in den Haaren, und in der Nase bohrten, strickten, Kreuzworträtsel lösten, sich die Zehennägel lackierten oder Suppe löffelten. Waren die Fenster offen, hörte ich das befreite Aufgrunzen der Männer, die gespielten Schreie der Frauen und ihr Lachen, dreckig, wenn die Freier in der Nähe, hell und offen, wenn sie unter sich waren. Ich sah behaarte Männerrücken, wippende Brüste, emporgereckte Frauenärsche, gespreizte Schenkel, rasierte Mösen und feuerrote Lackstiefel. Ich verbrachte Stunden am Fenster meines dunklen Zimmers. Das unermüdliche Theater der gekauften und darum geheuchelten Begierde und des männlichen Triebes ließ mir keine Ruhe. Die Arbeit an den Erzählungen stockte, nicht zuletzt, weil in ihnen irgendwo immer ein Mann auftauchte, der sein Leben damit vertat, am Fenster zu sitzen und die Freier und Prostituierten eines gegenüberliegenden Puffs zu beobachten, um ihnen ausgefallene Lebensgeschichten anzudichten.

Ich ging den anderen der WG nicht aus dem Weg, aber ihre Nähe suchte ich auch nicht. In der Küche stand eine Zimmerpflanze, ich glaube, sie gehörte Petra; manchmal machte ich mit dem Messer Schnitte in die Blätter, tiefe Schnitte, aus denen milchiger Saft lief, manchmal goss ich Kaffee oder Wein in den Topf, drückte Essensreste in die Erde. Vielleicht beschreibt das mein Verhältnis zu den anderen am ehesten. Eigentlich gab es nur zwei Dinge, die wir gemeinsam machten: Samstags sahen wir uns alle zusammen Bundesligafußball an, und wir gingen miteinander an jede Demo der Zürcher Unruhen. Wenn wir Bundesliga guckten, saßen wir auf dem alten, durchgerittenen Sofa von Roberts Eltern und den drei Sesseln eines aufgegebenen Programmkinos mit den Nummern 11, 12 und 13, rauchten Gras und kommentierten jeden Spielzug. Am meisten redete Petra; wenn sie über Fußball referierte, bekam sie eine andere Stimme, selbstsicher klang sie dann auf einmal, forsch. Sie kannte sich aus, wusste Bescheid über Transfers und entlassene Trainer und konnte die Tabelle auswendig herunterbeten. Robert zog Parallelen zwischen Spielzügen auf Schachbrettern und Fußballplätzen und machte Notizen auf linierten Zetteln, die in der ganzen Wohnung herumlagen. Brätschgi, der Punkschlagzeuger, beschränkte sich darauf, Spieler zu beleidigen, am liebsten die vom VfB Stuttgart, »weil mir ihr Dialekt auf den Sack geht«. Ich hielt meist den Mund.

Brätschgi gehörte als Einziger unserer WG zur Zürcher Bewegung; wir anderen gingen trotzdem gemeinsam an jede Demo. Auch uns war Zürich zu eng, auch wir suchten verzweifelt nach Freiräumen, wollten akzeptiert werden, weil wir von einem Leben außerhalb des Hamsterrades träumten, in dem wir Zürichs Bewohner gefangen sahen. Wir liebten diese Stadt genauso sehr wie unsere Väter, die uns mit hasserfüllten Gesichtern Sätze zuschrien, wenn wir zu Tausenden an ihnen vorbeizogen, Beleidigungen, die mir die Luft abschnürten, gleichzeitig aber auch meine Wut schürten: *Man sollte euch alle vergasen! Vergewaltigt die Nutten! Erschlagt die Affen! Schafft das Pack nach Moskau!* Zürich gehörte uns doch genauso wie denen. Nun gingen wir daran, diesen Anspruch einzufordern, lautstark und phantasievoll, falls nötig mit Gewalt.

Am späten Nachmittag des 4. September, ich hatte eben die Schreibmaschine von mir geschoben, wütend und enttäuscht, weil mir wieder nicht eine Zeile gelungen war, die ich selber gern gelesen hätte, hörte ich, wie jemand die Wohnungstür aufriss und in den Flur stürmte.

»Die Scheißbullen haben unser AJZ zugemacht!«, schrie Brätschgi.

Wir setzten uns in die Küche und ließen uns von ihm berichten, was passiert war: Grenadiere der Stadtpolizei hatten Stacheldrahtsperren entrollt, zwei Zäune um das Autonome Jugendzentrum gezogen und es ohne Vorwarnung geschlossen. Hunderte Bewegte warteten am Rand des leer geräumten, abgeriegelten Areals, Grenadiere in Kampfmontur standen mit Tränengaspetarden bereit, Wasserwerfer waren aufgefahren. Ich packte Zitronen in eine Umhängetasche, ihr Saft half gegen den beißenden Rauch, Petra füllte Leitungswasser in Plastikflaschen, damit wir uns das Tränengas aus den Augen waschen konnten. Wir reichten uns die Hände, wie immer, bevor wir loszogen, ein Ritual, das ich anfangs lächerlich gefunden hatte und nun liebte, da klingelte es. Brätschgi stand auf und lief zur Wohnungstür; der Mann, den er gleich darauf in die Küche schob, erkannte ich nicht sofort, dabei hatte ich mir diesen Moment so oft gewünscht.

»Wenn das nicht Gönggi ist!«

Wir gingen in mein Zimmer hinüber, ich wollte ihn für mich allein haben. Aber vielleicht war es mir auch nur peinlich, vor ihnen ein Gespräch wiederaufzunehmen, das vor Jahren abrupt abgebrochen worden war. Die anderen warteten in der Küche auf uns, »zehn Minuten, dann müssen wir los!«, hatte Brätschgi gemeint.

Boyroth hatte abgenommen, seine Augen lagen in tiefen Höhlen, was sicher auch daran lag, dass er blass und kahlgeschoren war. Seine Jeans glänzten speckig, er trug staubige Cowboystiefel, ein schwarzes T-Shirt und eine Lederweste mit Fransen, von denen aber die meisten fehlten. Wir standen uns gegenüber, wortlos und ungelenk; Boyroth sah aus wie frisch geschlüpft und doch uralt und bitter, im Würgegriff der Vergangenheit. Ich umarmte ihn, um die schreckliche Traurigkeit nicht mehr sehen zu müssen, die sein Gesicht beherrschte, gerade, weil er sich bemühte, heiter und selbstsicher zu wirken. Die aufgesetzte Fröhlichkeit, die Hoffnungslosigkeit kaschieren sollte, betonte sie umso stärker. Er stank nach Bier und Schmierfett. Wir standen lange da, ohne ein Wort zu sagen, ohne uns zu rühren. Schließlich straffte er sich, und wir ließen uns los. Ich setzte mich an meinen Schreibtisch, Boyroth blieb stehen.

»Und? Wo warst du die ganze Zeit?«, sagte ich leichthin.

»Da und dort«, sagte er sofort, »und du?«

»Da und dort. Spielst du noch?«

»Fußball«, machte er verächtlich, »du?«

Ich schüttelte den Kopf. Nach seinem Verschwinden hatte ich noch einmal mit der B-Inter-Mannschaft trainiert, dann war ich aus dem FC Blue Stars ausgetreten.

»Fehlen sie dir?«, fragte er.

»Logisch fehlen sie mir. Dir nicht?«

»Aber das hilft ihnen auch nichts.«

»Wir müssen los«, sagte ich und stand auf.

»Wohin?«

»Zum AJZ.«

»Zu diesen drogensüchtigen Arschlöchern? Die Schwanz-
lutscher sollen sich doch verpissen, wenn es ihnen hier in der
Schweiz nicht gefällt. Gehörst du etwa zu denen?«

Sein Hass ließ mich auf Abstand gehen. Er sah aus wie jemand, der Dinge weiß, die nicht zu ertragen sind. Wir wech-
selten einen zornigen Blick, aber ich schwieg. Er trug schwere
Silberringe mit stilisierten Totenköpfen und Klapperschlan-
gen, hatte Dreck unter den Fingernägeln.

»Wir haben uns Jahre nicht gesehen, Gönggi! Die Demo
findet auch ohne dich statt. Außerdem muss ich dir was zeigen. Es wird dir gefallen. Na los, komm schon!«

Die TRIUMPH BONNEVILLE 650 stand direkt vor unserer
Haustür auf dem Trottoir. Chromglänzend, poliert, kraft-
strotzend, ein Traum von einem Motorrad. Boyroth legte die
Hand auf den Ledersattel und tätschelte ihn, der Stolz auf die
Maschine machte sein Gesicht entspannt und jung und ließ
für einen Augenblick vergessen, was geschehen war. Die anderen waren bereits in die Zeughausstraße abgebogen, sie gingen
an der Polizeikaserne vorbei zum AJZ, wie wir es bei Demos
immer machten, und ich vermute, sie bekamen gar nicht mit,
dass die TRIUMPH Boyroth gehörte. Wir hatten die Wohnung
mit ihnen verlassen, aber auf der Treppe blieb ich unter einem
Vorwand zurück, weil ich vermeiden wollte, dass Boyroth und
Brätschgi aneinandergerieten.

Boyroth setzte sich auf das Motorrad, klappte den Ständer
hoch und drehte sich grinsend zu mir um. Ich stieg auf, ohne

auch nur eine Sekunde zu zögern. Er wollte, dass ich mitfuhr, also fuhr ich mit. Macht kann man nur genießen, wenn sie erkannt wird, von dem, auf den sie ausgeübt wird, das tat ich, und wenn sie bewusst eingesetzt wird. Und das tat Boyroth nicht, ihm war nicht bewusst, welche Macht er immer noch über mich hatte. Er wusste nur, wir sind Freunde, und darum würde ich zu ihm auf die TRIUMPH steigen, was immer früher passiert war.

»Hast du den Führerschein doch noch gemacht?«

»Braucht hier einer einen Führerschein? Bist du bei der Schmier?«

»Und Helme? Hast du keine Helme?«

Er stellte beide Stiefel fest auf den Boden, nahm die Hände vom Lenker und drehte sich nach mir um.

»Ich trage mein Leben wie eine Last und will es doch um keinen Preis verlieren. Ganz schön kitschig, was? Ich kann's auch anders sagen. Ich bin ein verdammter Feigling! Also keine Angst. Es wird uns nichts passieren. Was passieren musste, ist bereits passiert. Ich bin ein Unberührbarer. Wenigstens auf einem Töff!«

»Und ich? Was ist mit mir?«

»Du auch. Du stirbst nicht auf einem Motorrad.«

»Obwohl ich nicht dabei war?«

»Warst du doch. Das weiß ich ganz genau.«

Er drehte sich nach vorn und startete den Motor, mit einem kurzen und energischen Kick. Was für ein Klang! Fensterscheiben klirrten, in irgendeiner Küche ruckelte jetzt bestimmt ein Löffel in einer Tasse, und jemand zog entrückt die Augenbrauen in die Höhe, den Blick in eine Ferne gerichtet, die nur in Träumen einen Ort hat und einen Namen bekommt.

Boyroth fuhr los, sobald ich mich an ihm festhielt. Ich spürte die Kraft des Motors als Kribbeln, das durch die Beine den Rücken hochkroch und sich als pulsierender Wärmeherd in meiner Brust ausbreitete. Der Auspuff strahlte Hitze ab, und ich konnte nicht anders, ich musste schreien vor Begeisterung. Boyroth riss die linke Faust in die Höhe, und dann schrie er ebenfalls.

Ich fühlte mich sicher und aufgehoben. Uns konnte nichts geschehen. Langsam fuhr Boyroth nicht, doch er raste auch nicht. Es fiel mir nicht gleich auf, aber er fuhr nach Albisrieden, in das Quartier, in dem ich aufgewachsen war. Dort bog er auf die Alte Waldegg, ausgerechnet, und erst, als wir das letzte Haus hinter uns gelassen hatten, eine baufällige Scheune, drehte er auf und kümmerte sich nicht länger um die Geschwindigkeitsbegrenzung. Ich glaube, es hob das Vorderrad vom Boden, so entschlossen jagte er den Motor auf Hochtouren. Die Straße führte in einer kurzen, schnurgeraden Steigung zwischen die ersten Bäume und dann in einer scharfen Rechtskurve den Hang hinauf. Wir legten uns zur Seite, als wären wir miteinander verschraubt, glitten wie auf Schienen durch alle Kurven, vorbei an der großen gemähten Wiese beim Schießstand und an der Haltebucht, in der sie damals von der Polizei gestellt worden waren. Schon fädelte Boyroth sich in den dichten Verkehr auf der Birmensdorfer Straße, die hier auf der Länge von ein paar hundert Metern vierspurig verlief. Ich musste mich nicht zwingen, nicht an das zu denken, was vor sechs Jahren passiert war; es war vorbei, im Moment zählte einzig, was war: Ich saß mit Boyroth auf einem Motorrad, hielt mich an ihm fest und vertraute ihm blind.

2

In Birmensdorf bogen wir von der Hauptstraße und hielten auf einem Rummelplatz, der am Rand des Dorfes aufgebaut war. Als ich abstieg, merkte ich, meine Beine zitterten. Mein Körper summte, meine Haut spannte, als sei sie mit einem Mal zu klein für mich, zu eng, ich spürte eine Energie in mir, die mich taumeln ließ, so intensiv war sie. Gerade noch konnte ich den Freudenschrei zurückhalten, der aus mir drängte. Der auskühlende Motor der TRIUMPH knackte laut. »Das ist ja wie in A-ha-merika«, hatte ich Boyroth ins Ohr geschrien, auf der langen, schnurgeraden Straße nach Birmensdorf, und genau so war ich mir vorgekommen: wie in Amerika! Auch er war aufgewühlt, seine Augen glühten, er konnte unmöglich stillstehen, und strich über den Sattel, bevor wir auf den Autoscooter zusteuerten. Das Licht war bereits weich und freundlich, es legte sich als Glanz auf Bahnen, Wohnwagen und Gesichter. Der Wald, der an den Rummel grenzte, war schwarz geworden, schon wuchsen die Schatten, dabei flirrte über den Blechdächern der Wohnwagen noch immer die Luft.

Wir mussten ein paar Minuten warten, bis zwei Wagen frei waren, ein schwarzer und ein gelber, beide mit Flammen auf der Haube. Wir waren uns ohne darüber zu reden einig, nicht zusammen in einem Wagen zu fahren. Es gelang uns nur zwei Mal, ineinanderzukrachen, das Gedränge auf der Fahrfläche war zu groß und wir wurden immer wieder abgedrängt und auseinandergetrieben. Auf der Musikanlage des Scooters liefen alte Songs, für die wir früher nur Verachtung übrig gehabt hatten, die uns jetzt aber dazu brachten, uns begeisterte Blicke zuzuwerfen, *Ballroom Blitz* von The Sweet, *Metal Guru* und *Telegram Sam* von T. Rex, *Seasons in The Sun* von Terry Jacks. Die Songs stimmten mich nostalgisch, aber nicht auf traurige, sondern auf tröstliche Weise. Und Boyroth auch, das sah ich ihm an. Die Mädchen, die an der Absperrung um die Bahn standen, trugen zu kurze Röcke, waren zu stark geschminkt und kicherten zu laut, genau wie früher.

Später rauchten wir eine Zigarette vor der großen Schiffsschaukel, in der bestimmt fünfzig Menschen saßen, die kreischten, jedes Mal wenn das Schiff so weit auspendelte, dass es sich direkt hinter uns zu überschlagen drohte. Es erstaunte mich, aber ich hatte nicht das Bedürfnis, mit Boyroth über seine Schwester oder Fabio zu reden. Ich wollte nicht einmal wissen, was er in der Zeit gemacht hatte oder wo er gewesen war. Es genügte mir, dass wir endlich wieder zusammen waren. Oder fürchtete ich vielleicht, er stelle mir unangenehme Fragen?

»Es war nicht meine Schuld«, sagte er plötzlich.

»Das weiß ich.«

»Fabio wollte die Motorräder genauso haben wie ich. Und Yolanda wollte unbedingt mitfahren.«

»Das weiß ich«, sagte ich noch einmal.

»Nein, *wissen* kannst du es nicht. Aber *glauben*.«

Er deutete über den Rummel; am hinteren Ende des Platzes war ein Zelt aufgebaut, blau und rot gestreift und beinahe so groß wie ein Zirkuszelt. Er schnippte seine Kippe hinter einen Wohnwagen und nahm mich am Arm, er hatte Durst, genau wie ich.

Die Luft im Innern des Zeltes war stickig, der Boden, ausgelegt mit Sägespänen, weich. Ich stellte mir vor, über Wolken zu wandeln, zwei Heilige auf dem Weg zum nächsten Wunder. Die Männer und Frauen an den Holztischen waren offensichtlich mehrheitlich betrunken; sie hatten erhitzte Gesichter, lachten und schrien laut durcheinander und stierten uns mit glasigen, bösen Augen an, als wir auf den Tresen am Ende des luftigen Raumes zugingen. Wir waren jünger als sie, das Leben mit all seinen Möglichkeiten lag also noch vor uns, so dachten sie wahrscheinlich, und außerdem waren wir offensichtlich so gute, so enge Freunde, dass man sich durchaus nach seiner Jugend und den Freunden sehnen konnte, die man damals hatte, besonders, wenn man angeheitert war. Wo die Zeltplane am Mast befestigt war, erkannte ich ein Stück des Abendhimmels. Es roch nach Harz, Bier, Grillwürsten und nach der Plane, auf der der Umriss der benachbarten Bahn erschien, als letzte Sonne über den Rummel fiel. Hinter dem Tresen waren die Zeltwände hochgeschlagen und festgeschnürt; ein Mann saß mit nacktem Oberkörper neben einem Auto im Gras und redete auf einen Hund ein. Vor dem Tresen standen mehrere Holztische, auf denen die Gewinne der Tombola aufgebaut waren: Früchtekörbe, Weine, Schnäpse, Käselaiber und Speckseiten, aber auch Kofferradios, Stabmixer, Mikrowellen, Bügeleisen. Eine Hammondorgel war genauso zu gewinnen wie eine elektrische Gitarre. Ich sah ein Dreirad, eine Modelleisenbahn, eine Autorennbahn. Hauptgewinn war aber wohl das Mofa, das auf einem der Tische stand und an dessen Lenker Ballone und Papierschlangen festgebunden waren.

Boyroth zog sein Portemonnaie aus der Gesäßtasche seiner Jeans und trat an den Tresen. Die Frau hinter der Kasse, die daran war, leere Bierflaschen in einen Kasten zu stellen, hatte müde Augen und Schweißringe unter den Achseln ihrer Bluse.

»Ich möchte gerne Lose kaufen«, sagte Boyroth und hielt ihr zwei Hunderternoten hin.

»Für wie viel?«

»Na für das hier.«

Er legte die Noten auf den Tresen, stützte sich mit beiden Händen auf dem narbigen Holz ab und sah die Frau lächelnd an.

»Vierzig Lose?«

»Oder nein. Für hundertneunzig Lose. Zehn Franken sind für Sie. Sie sind doch bestimmt schon den ganzen Tag auf den Beinen. Und geben Sie uns bitte auch zwei Bier.«

Er nahm noch eine Zehnernote aus dem Portemonnaie und legte sie auf die beiden anderen Scheine. Die Frau zögerte, bevor sie das Geld mit flinker Bewegung einsteckte. Dann öffnete sie zwei Bier, schob sie über den Tresen und ging daran, Los nach Los von einer dicken Papierrolle abzureißen. Die Frontscheibe des Autos, das vor der zurückgeschlagenen Plane stand, strahlte verschwommen, als stehe der Wagen unter Wasser, auf dem Grund eines Sees. Der Mann hatte aufgehört, auf den Hund einzureden, jetzt strich er ihm mit beiden Händen über den Rücken, striegelte ihn wie ein Pferd. Als die Frau Boyroth den Packen Tombolalose in die Hand drückte, stürmte eine Schar Kinder ins Zelt und blieb vor den Tischen mit den Preisen stehen. Kaugummiblasen platzten, ein Mädchen hatte giftblaue Lippen von der Zuckerwatte, die sie in der Hand hielt. Der Junge, dem die vielen Lose in Boyroths Hand auffielen, trug ein Shirt von Ajax Amsterdam mit Grasflecken. Er stieß die anderen Kinder an, und es dauerte nicht lange, und sie standen vor uns.

214

»Da haben Sie aber ganz schön viele Lose«, sagte das Mädchen mit der Zuckerwatte.

»Stimmt«, sagte Boyroth und wedelte mit den Losen, »vierzig Stück.«

»Achtunddreißig«, sagte die Frau an der Kasse lächelnd.

»Und du? Wie viele Lose hast du?«, fragte Boyroth das Mädchen.

»Keins«, antwortete sie und hielt die Zuckerwatte in die Höhe, als erkläre dies alles.

»Jetzt hast du eins. Hier.«

Er drückte ihr eines der Lose in die Hand. Und war natürlich sofort umringt von den anderen Kindern, die auf ihn einplapperten und an ihm herumzerrten. Schließlich streckte er beide Arme in die Luft und brachte die Lose in Sicherheit.

»Immer mit der Ruhe«, sagte er und blickte sich grinsend nach mir um. »Ihr bekommt alle eins.«

Und dann ging er an den Holztischen vorbei auf den Eingang des Zeltes zu, gefolgt von den Kindern. Erst hielt er die Lose noch über seinen Kopf, aber schon bald warf er sie in die Luft, ein Los nach dem andern, ohne stehenzubleiben, ohne sich umzusehen. An den Tischen wurde es still, die Kinder balgten sich zwar um die Lose, die durch die Luft segelten, doch auch sie verstummten. Sie gingen hinter meinem Freund her, dem auch ich folgte, was blieb mir anderes übrig, und haschten nach den Losen, strahlend vor Glück. Natürlich dachte ich an den Rattenfänger von Hameln. Und ich konnte nicht anders, ich stellte mir vor, wenn ich Boyroth zum letzten Mal sehen sollte, dann so, langsam und aufrecht durch ein Zirkuszelt gehend, Lose verteilend, verfolgt von einer Schar begeisterter Kinder, vorbei an Angetrunkenen, deren böser Blick mit einem Mal sanft wird, verträumt, an einem Herbstabend, fünf, nein vier Schritt vor mir. Bis er durch den Ausgang des Zeltes tritt, der sich vor ihm auftut als schwarzes Loch, in die Dämmerung hinaus – und verschwindet.

Als ich aus dem Zelt trat, war Boyroth tatsächlich verschwunden, und es erstaunte mich nicht. Auch die TRIUMPH war weg, es blieb mir nichts anderes übrig, als den Bahnhof zu finden und mit dem Zug zurück in die Stadt zu fahren.

Frühling 2010

1

Ich dachte selten an ihn, fast nie. Aber manchmal fiel er mir doch ein, und komischerweise war es immer das gleiche Bild, das ich vor mir sah: Boyroth mit nacktem Oberkörper vor seinem Schrank, Jesus auf dem Rücken, ans Kreuz geschlagen. Unser Abschied im Januar nach den Stunden in seiner kleinen schäbigen Wohnung war kurz gewesen, kühl und unsentimental; ich war den Eindruck nicht losgeworden, er sei froh, dass sich unsere Wege wieder trennten. Es hatte geschneit, als wir vor dem Luzerner Hauptbahnhof aus dem Taxi gestiegen waren. Das Dämmerlicht, das sich über die Stadt senkte, hatte einen Rotstich, als schwele irgendwo hinter der Wolkendecke eine Glut. Zappa, Boyroths Hund, starrte winselnd in den Himmel, und die Menschen, die aus dem Bahnhof zu den bereitstehenden Bussen hinüberströmten, hoben erstaunt die Köpfe. Die Flocken, die sich auf Zappas Fell legten, sahen aus wie Styroporfetzchen, sie schmolzen nicht, und auch der Wind, der wehte, trug sie nicht davon. Ich hätte dem Hund den Schnee gerne aus dem Pelz und vom Kopf gewischt, er tat mir leid, doch ich ließ es bleiben. Der Taxifahrer hatte erst dagegen protestiert, Zappa mitzunehmen, aber sofort eingelenkt, als Boyroth ihm ohne ein Wort eine zusammengefaltete Zwanzigernote in die Brusttasche seines Hemdes steckte. Der Schnee legte sich auf unsere Schultern und Köpfe, dabei blieben wir keine Minute stehen, und plötzlich wollte ich nur noch weg, weg von Boyroth, weg von den Erinnerungen an unsere Jugend, um mich im Hotel hinzulegen und meinen Rausch auszuschlafen. Natürlich versprachen wir uns, uns bald wiederzusehen, aber wir wussten beide, es wird nicht dazu kommen – es sei denn, ich würde mich darum bemühen. Und das würde ich nicht; ich spürte trotzigen Stolz in mir wachsen, der mich erstaunte, gegen den ich mich aber nicht wehren wollte. Wir gaben uns die Hand, das hatten wir noch nie, darum schmunzelten wir, er sagte: »Die Platte von Canned Heat ist richtig schlecht, nicht?«, spitzte die Lippen, als fange er an zu pfeifen, und fiel mir ins Wort mit »Lass dir keine grauen Haare wachsen«. Dann gingen wir auseinander. Ich habe mich noch einmal umgedreht, ich stand am Anfang der Seebrücke, die Lichter der Restaurants und Bars am Ufer der Reuss schaukelten auf dem schwarzen Wasser, und auch Boyroth blieb stehen, weil er sich nach mir umdrehte. Er war wohl auf dem Weg zur Imbissbude hinter dem Bahnhof. Da standen wir, zwei Männer und ein Hund im Schnee, bestimmt hundert Meter voneinander entfernt, und keiner von uns hob die Hand, nickte oder rührte sich. Wir standen einfach nur da und sahen uns an, ohne uns um das Schneegestöber oder die Windstöße zu kümmern, dann gingen wir, jeder in seine Richtung, ich allein, er mit dem Hund.

Natürlich habe ich mich seither immer wieder gefragt, wie ich mich wohl verhalten hätte, wenn ich geahnt hätte, was geschehen würde. Und natürlich weiß ich, wie sinnlos es ist, so zu denken, weil es nämlich auch nichts geändert hätte, wenn ich Boyroth nachgegangen wäre, um mit ihm weiterzutrinken, statt mich im Hotelbett zu verkriechen, nachdem ich zwei Aspirin genommen und das Licht gelöscht hatte.

2

Anfang März fiel mir, ich weiß nicht weshalb, der Setzkasten ein, den ich bei jedem meiner vielen Umzüge mitgenommen hatte. Die letzte Aufgabe meiner vierjährigen Berufslehre zum Setzer war gewesen, die über hundert Schriftkästen auszukippen und die Bleilettern einzuschmelzen. Die alten Schriftsetzer, für die die Umstellung auf Film- und Fotosatz Frührente bedeutete, weigerten sich, diese Sünde zu begehen, Gerhard, Paul und ich wurden dazu verdonnert. Ich habe es später jahrelang bereut, damals nur eine einzige Schrift gerettet zu haben, eine 16-Punkt-Caslon, meine Lieblingsschrift, wenigstens sie hatte ich damals unter den Augen des Abteilungsleiters aus der Bleisetzerei getragen, um keinen Preis hätte ich den Kasten aus der Hand gegeben. Der Applaus der Alten, der mich begleitete, sie ließen ihre schmalen Typometer aus Aluminium auf die Gassen niederschnalzen, wieder und immer wieder, bis das Geräusch den Saal erfüllte, hatte mir Tränen des Stolzes in die Augen getrieben.

Ich stieg in den Keller meines Hauses, fand den Setzkasten unter Schachteln mit Manuskripten und Druckfahnen meiner Bücher, trug ihn in mein Arbeitszimmer unter dem Dach und stellte ihn auf den Tisch am Fenster. Im Unterland war der Schnee schon geschmolzen, hier, im Schattenloch von Tavanasa, lag er noch fast einen halben Meter hoch. Erreichte die Sonne gegen Mittag mein Haus, das früher das Postamt des

Dorfes gewesen war, lösten sich manchmal große Stücke aus der Schneedecke auf dem Dach und rutschten krachend ab. Der Blick aus dem Arbeitszimmer ging über eine eingezäunte Wiese, die ich nur einmal im Jahr mähte, die drei Figuren, die ich aus Baumstämmen geschlagen, bemalt und in die Erde gerammt hatte, sowie über die Dächer des Dorfes in das Tal hinein, das mich an ein Verlies erinnerte, so eng war es und sogar im Hochsommer oft finster, eine Falle.

Wann hatte ich das letzte Mal etwas abgesetzt? Vor über dreißig Jahren. Ein Inserat für eine Metzgerei, das war der letzte Auftrag gewesen, den ich im Blei ausgeführt hatte, ich erinnerte mich sogar an die Schriften, die ich verwendete: Venus und Garamond. Mein Winkelhaken war im Lauf der Zeit genauso verschwunden wie das Typometer und die anderen Werkzeuge, die ich als Schriftsetzer gebraucht hatte. Ich legte meinen Namen auf der Tischkante aus, die rechte Hand fand die richtigen Lettern, ohne dass ich darüber nachzudenken brauchte, in welchen Fächern sie abgelegt waren.

Leonard Cohens Buch, in dem ich die Zeilen finden würde, die ich auslegen wollte, irgendwo hier oben in den Bergen oder unten in der Stadt, musste ich nicht suchen: Es lag auf dem Schreibtisch, wie es auf jedem meiner Schreibtisch gelegen hat, an denen ich jemals geschrieben habe. Ich verstehe Menschen nicht, die ohne diese Art Gefährten und Begleiter auskommen, ich will sie nicht verstehen. Der weiße Umschlag war fleckig, jemand hatte einen Rotweinring darauf gestempelt, exakt in der Mitte, früher hatte ich den Band ausgeliehen, die braune Schmauchspur war von mir, ich hatte vor über zwanzig Jahren einen brennenden Joint auf das Buch gelegt. THIS IS TO INFORM YOU THAT I'VE ALREADY TURNED TO CLAY.

Vater stand am Herd; als ich die Küche betrat und mich an den eingedeckten Tisch setzte, nahm er den Topf mit der Suppe vom Feuer, das Fauchen des Gases hörte auf, und stellte ihn vor unsere Teller.

Der Termin meiner Scheidung und der Tod meiner Mutter vor sechs Jahren hatten nur wenige Tage auseinander gelegen; nach ihrer Beerdigung fing Vater an zu reisen, Portugal, Spanien, Griechenland, die Türkei. Lange dauerte es nicht und Europa wurde ihm zu klein; nun reiste er wochenlang mit seinem Lederrucksack durch Indonesien, Vietnam, Kambodscha oder Laos. Länder, in denen ich nie gewesen war und von denen er nur Dinge erzählte, die mich verblüfften, weil sie zeigten, wie aufmerksam er die Welt wahrnahm. Seit er Indien bereist hatte, mit Bus, Zug und zu Fuß, war er Vegetarier. Meine Frage nach dem Grund danach hatte er mit »Die Kühe, weißt du, diese Kühe mit ihren traurigen …« und einem in die Ferne gerichteten, verlorenen Blick beantwortet. Das Wissen, dass ihm die Zeit knapp wurde, hatte ihn nicht nur nachsichtig und sanft gemacht, sondern auch neugierig und abenteuerlustig. »Man lebt das Leben besser, wenn man es begreift als das, was es ist: befristet«, hatte er eines Abends zu mir gesagt. Er sagte jetzt immer wieder Dinge, die mich verblüfften. »Wie viel Freiheit das Leben doch bereithält, wenn man sich zutraut, sie auszuhalten. Wir Schweizer glauben, wir brauchen nur ein Leben lang nett und rechtschaffen zu sein, dann übersieht uns das Schicksal, dann sind wir unsichtbar für den Teufel. Aber ein Leben lang nett zu sein ist falsch. Es ist eine Lüge.« Vater hatte jetzt die Stärke, schwach zu sein. Dafür bewunderte und liebte ich ihn. Ich hatte kein Mitleid mit ihm, sondern Geduld. Wenn er in der Schweiz war, wohnte er bei meiner kinderlosen Schwester Veronika, die mit ihrem Mann in Lausanne lebte, wo sie gemeinsam eine Arztpraxis führten, oder er wohnte in der Gästewohnung, die ich in der ehemaligen Scheune neben meinem Haus ausgebaut hatte; die Mietwohnung in Zürich-Albisrieden, in der ich aufgewachsen war, hatte er nach Mutters Tod aufgegeben. Vater war ein Gast, über den ich mich freute. Er war kleiner geworden, leiser, aber gleichzeitig eigenständiger und freier, weil unabhängig von der Meinung anderer. Er sah jetzt aus, als würde er die Welt lieben, aber nicht zu ernst nehmen, genau wie das Leben. »Ich bin geheilt vom Wahn, Herr zu sein im eignen Haus«, war eine seiner Wahrheiten, die mir nachgingen.

»Ich muss ins Unterland für eine Lesung«, sagte ich und fing an, Suppe in seinen Teller zu schöpfen. »Kommst du mit?«

»Zürich«, sagte er lächelnd, schüttelte den Kopf und setzte sich neben mich. »Was soll ich da?«

Wir hatten uns schon in der ersten Woche abgewöhnt, uns beim Essen gegenüberzusitzen; es bedeutete nicht, dass wir nicht reden wollten, im Gegenteil. Zwei Arbeiter in der Mittagspause, so kam es mir vor, zwei Arbeiter, die sich angeregt unterhalten, sich dabei aber nicht ansehen müssen.

»Luzern, nicht Zürich.«

»Gehupft wie gesprungen«, sagte er, »ich bleib hier und pass auf den Hund auf.«

»Ich hab keinen Hund!«

»Solltest du aber.«

Er machte ein Gesicht wie ein Junge, der etwas ausgeheckt hat, das die Eltern nicht erfahren dürfen.

3

Kurz bevor die Lesung begann, schloss ich mich wie immer in die Toilette, setzte mich auf den heruntergeklappten Deckel und schloss die Augen. Angst hatte ich keine, das nicht, das war früher gewesen, am Anfang. Aufgeregt war ich, das schon. Früher hätte ich jetzt eine Zigarette geraucht, Minuten vor der Lesung, das hatte ich nicht mehr nötig. Ich war auf der Hut, auch vor mir selbst und vor dem falschen Gefühl der Sicherheit oder gar Selbstsicherheit. Zweifel und Unsicherheit gehörten zu mir, das akzeptierte ich mittlerweile.

Wie immer in dieser Situation stellte ich mir vor, in der Toilette eines Flugzeuges zu sitzen, nachts, über dem Atlantik, allein, ohne Gepäck, wunschlos zufrieden, auch wenn dort, wo das Flugzeug landen würde, eine Verpflichtung auf mich wartete. Eine Lesung? Mir wurde leicht, wie immer in den Toiletten vor Auftritten, leicht. Ich war immer noch unterwegs, ich war bereit. Ich hatte ein Glas Rotwein getrunken, in einem Restaurant gleich gegenüber, auch das gehörte zum Ritual, an das ich mich vor jeder Lesung hielt, ein Glas spanischen Rotwein, und dort hatte ich gehört, wie eine Frau in meinem Alter am Nebentisch zum Greis neben ihr sagte: »Wenn du den Salat nicht isst, bring ich dich ins Heim, Papi!«

Ich spülte, auch das Teil des Rituals, stand auf, klaubte die Streichholzschachtel mit den Bleibuchstaben aus der Tasche meiner Jeans und stieg aufs Klo. Hinter dem Spülkasten lief ein schmaler Sims über die Wand, dort legte ich die Zeile I HEAR THE BELLS OF MULES EATING von Cohen ab, die zweite an diesem Tag. Die erste hatte ich auf einem Tischchen im oberen Stock des Schnellzuges zwischen Chur und Zürich deponiert: DRESSED IN GOLD CLOTH, WIND ON MY BREASTPLATE, SUN IN MY BELLY.

»Time to rock this flippin' house«, sagte ich leise, entriegelte die Klotür und machte mich auf den Weg zur Bühne.

Die Loge *ist* klein, aber natürlich größer als die fünf Quadratmeter, wie es auf ihrer Website heißt, voll war sie trotzdem nicht. Wie war der Veranstalter, der sonst vornehmlich Slampoeten einlud, bloß auf mich gekommen?

Ich las gut, denn ich ließ mir Zeit und hetzte nicht durch die Sätze, wie ich es früher oft getan hatte, weil ich vor allem Fehler entdeckte, die ich während des Verfassens des Textes übersehen hatte. Ich gab dem Text den Raum, den er verdiente, trotz der Fehler, die ich natürlich immer noch fand. Nicht einmal der Bühnenscheinwerfer störte mich. Ich sah keine Gesichter, sondern Silhouetten, derart stark blendete das Licht, und es war mir recht.

Die anschließenden Fragen waren die gleichen Fragen wie immer. Ich will mich nicht lächerlich machen darüber, aber dass sie mich gefordert hätten, wäre gelogen. Muss der Tischler wissen, weshalb er Tische tischlert? Muss er es erklären können? Ich wollte mich schon entspannen, denn der Veranstalter trat händereibend hinter dem Tresen vor, um das Schlusswort zu sprechen, da stellte ein Mann in der hintersten Reihe direkt an der Tür eine Frage, ohne sich um das Stühlerücken der anderen Zuhörer zu kümmern, die es kaum erwarten konnten, endlich aufzustehen, sich die Beine zu vertreten und vielleicht vor der Tür eine Zigarette zu rauchen.

»Hast du schon einmal darüber nachgedacht, wie du sterben möchtest?«, fragte der Mann.

Ich kannte die Stimme, natürlich kannte ich sie. Oder täuschte ich mich? Der Mann trug schulterlange Haare, so viel konnte ich trotz des Bühnenscheinwerfers erkennen.

»Möglichst schnell«, sagte ich, »keine Ahnung. Boyroth?«

Ich sprang auf, doch der Mann war noch vor mir auf den Beinen. Deutete er nicht eine Verbeugung an, bevor er aus der Tür trat und von der Nacht verschluckt wurde? Der Bühnenscheinwerfer ging zu spät aus, das Saallicht zu spät an, um erkennen zu können, ob er es wirklich gewesen war. Bis ich mich durch die Zuschauer zur Tür gedrängt hatte und auf den Gehsteig hinaustrat, es regnete in Strömen, war er natürlich längst verschwunden.

Ich musste unfreundlich werden, es blieb mir nichts anderes übrig, sonst wäre ich nie weggekommen; ich signierte kein einziges Buch, und ich stahl einen der Regenschirme, die neben der Tür in einer Blechtonne steckten.

Am Tresen der Imbissbude hinter dem Bahnhof drängten sich die Trinker unter der Markise, Boyroth war nicht dabei, es erstaunte mich nicht wirklich. Ich trank einen Kaffee Schnaps, ließ mir von einem Mann, dessen rote Knollennase mit geplatzten Äderchen überzogen war, sagen »Du siehst aus wie ein Arschloch, wie ein richtiges Arschloch, aber ich hab nix gegen Arschlöcher!« und lief zum Bahnhof zurück, wo ich in ein Taxi stieg. Der Hof, auf dem die zerlegten Kirmesbahnen unterstanden und wo Boyroth wohnte, lag am Rand von Kriens an der Autobahn, mehr konnte ich dem Fahrer nicht sagen.

»Das finden wir schon«, sagte er kichernd, »sind ja schließlich nicht auf dem Mond hier.«

»Sondern in der Schweiz«, ergänzte ich.

»In der *Inner*schweiz«, korrigierte er mich.

Die Fenster der Bergstation auf dem Pilatus leuchteten, es war, als schwebten gelbe Rechtecke hoch am Himmel, schwach flackernd und unmerklich auf und ab tanzend. Der Umriss des mächtigen Berges war mit der schwarzen Nacht verschmolzen und hatte sich aufgelöst, als sei er aus Luft, nicht aus Stein. Luzern zog vorbei, Lichter hinter Glas, Schatten, weitere Lichter. Der Fahrer hatte den Scheibenwischer auf langsame Schlagfrequenz gestellt, die Frontscheibe war alle paar Sekunden nahezu blind, bedeckt von einem feinen Tropfenfilm, bis die Wischerblätter Sichtfenster freistrichen. Sobald wir Kriens erreichten, erinnerte ich mich plötzlich wieder an den Weg zu Boyroth und konnte dem Taxifahrer sagen, wo er abbiegen und wie er fahren musste.

Als wir auf den Vorplatz des Hofes fuhren und vor dem ehemaligen Stall anhielten, sprangen Scheinwerfer an und tauchten das Gelände in taghelles Licht. Ich bat den Fahrer, auf mich zu warten, und stieg aus. Hinter den Tannen, die das Brachland begrenzten, rauschte Autobahnverkehr; die Lichter der vorbeifahrenden Autos strichen über die Stallwand. In Boyroths Wohnung brannte Licht, Musik hörte ich keine, einen Fernseher auch nicht. Warum schlug Zappa nicht an? Der Taxifahrer machte das Radio an und drehte es sofort so leise, dass die Musik klang, als stellte ich sie mir nur vor. Eric Clapton, *Tears in Heaven*. Ich malte mir aus, wie Boyroth und ich über den früheren Yardbirds- und Cream-Gitarristen lästerten, der nur noch Schmus für die Charts machte. Es hatte fast aufgehört zu regnen, im Licht der Scheinwerfer sah ich die

Tropfengirlanden, die an der Dachtraufe hingen und glitzerten wie Eiszäpfchen. Es wäre besser gewesen, mein Buch, aus dem ich gelesen hatte, hinter dem Stall zu deponieren, es lag, zusammen mit der Neil-Young-Biographie *Shakey,* in meinem schwarzen Sportbeutel, der schwer an meiner Schulter zog. Warum war es mir peinlich, meinen neuen Roman dabeizuhaben? Der Dichter und der Schausteller.

Ich klopfte an die Tür, um dann, weil sich nichts rührte, erst mit der flachen Hand dagegenzuschlagen, und schließlich mit der Faust dagegenzuhämmern. Fast hätte ich dem Mann ins Gesicht geschlagen, so unerwartet und abrupt sprang die Tür auf. Er trug Trainerhosen, ein ärmelloses T-Shirt, weiße Socken und Adiletten und hatte eine Flasche Olivenöl in der Hand. Eine tätowierte Schlange wand sich von seinem Rücken her über das Schlüsselbein und ein Stück um seinen stämmigen Hals herum, als wolle sie ihn würgen. Oder liebkosen.

»Was gibt's?«, fragte der Mann.

»Ist Boyroth hier?«

»Boy*was*?«

»Walti. Walter Roth.«

»Ach der!«

Der Mann machte eine wegwerfende Handbewegung, drehte sich um und stellte das Olivenöl auf die Küchenzeile. Er hatte Tomaten kleingeschnitten, Sellerie und Lauch, das Gemüse bedeckte fast den ganzen Tisch. Es roch nach Basilikum und angedünstetem Speck.

»Wohnt er nicht mehr hier?«

Ich blieb in der Tür stehen. Vor dem Kordsessel, aus dem das Futter quoll, standen verdreckte Arbeitsstiefel, über der Lehne hing ein Overall.

»Siehst du den Scheißkerl irgendwo?«

Ich schüttelte den Kopf. Der Mann nickte, dann öffnete er einen Schrank, nahm einen großen Topf heraus, füllte ihn mit Wasser und stellte ihn auf den Herd neben die Bratpfanne, in der Speck brutzelte. Hinter dem Kordsessel lag eine zusammengeknüllte Stoffbahn, die aussah wie die amerikanische Flagge.

»Schuldet er dir auch Kohle? Oder bist du ein Freund von ihm?«

»Er schuldet mir Geld«, sagte ich, ohne nachzudenken, und schämte mich sofort für die Lüge.

»Na siehst du. Ein Scheißkerl, wie gesagt.«

»Wissen Sie, wo er jetzt wohnt?«

»Wenn ich's wüsste, würde er mir ganz bestimmt gar nix mehr schulden. Logisch, nicht?«

»Und sein Chef?«, fragte ich. »Weiß der, wo er wohnt?«

»Gabathuler? Der würde ihm den Hals umdrehen, wenn er's wüsste. Er ist verschwunden, dein Freund Boy*wasauchimmer*. Hunger?«

Er deutete auf das geschnittene Gemüse, zog einen Stuhl unter dem Tisch vor und fegte ein T-Shirt zu Boden, das darauf lag, als hätte ich seine Einladung bereits angenommen.

»Wein hab ich auch«, sagte er und fing an, Sellerie und Lauch in die Bratpfanne zu werfen, »einen roten Italiener.«

»Danke«, sagte ich, »ich hab schon gegessen. Leider.«

Dann zog ich die Tür zu und ging.

4

Während ich an der Übersetzung eines neuen Stückes von Sam Shepard saß, die ich angenommen hatte, weil ich mit meinem Roman nicht vorankam, strich Vater Küche, Flur und Bad. Er trug Papiermützen, jeden Tag eine neue, die er sich am Frühstückstisch aus der Zeitung zusammenfaltete, meist aus dem Kulturteil. Mittags kochte er sich eine Kleinigkeit, während ich im Arbeitszimmer unter dem Dach blieb, wo ich nachmittags oft auf der Matratze in der Ecke lag, Musik hörte, las. Manchmal gingen wir spazieren, allerdings nie zusammen. Vater hatte sich Stöcke aus Bäumen geschnitten und mit Schnitzereien verziert, die er aber nicht etwa wie Spazierstöcke brauchte, wenn er sich aufmachte, sondern eher so, wie Jungen sie brauchen würden: als Speere gegen Feinde, die nur er sah. Feinde, die ihn weder bedrohten noch in seine Träume verfolgten, sondern unterhielten und belustigten.

Mittwochnachmittag führten wir über Skype lange Gespräche mit meiner Schwester Sylvia; sie hatte sich auf einer Amerikareise in einen Mann verliebt, der in Bar Harbour an der Küste von Maine ein Hotel führte. Vor sechs Jahren war sie zu Neil gezogen; als sie schwanger wurde, hatten sie geheiratet. Für die Gespräche stellte ich den Laptop auf den Tisch im Wohnzimmer, wir setzten uns Schulter an Schulter an den Bildschirm und drängten uns kichernd vor dem Auge der Kamera, die Vater angeschafft hatte, »Ich will meine Tochter und meine Enkelin Jayne sehen und nicht nur hören, wenn sie schon so weit weg von mir leben.« Im letzten Frühjahr hatten Vater und ich Sylvia und Neil in Maine besucht; in dem Erkerzimmer über der Bucht, in dem ich die vier Wochen wohnte, war mir eine Erzählung gelungen, während Vater kleine Arbeiten im Haus erledigte oder mit seiner achtjährigen Enkelin Jayne-Anne spielte. Nach dem Monat war ich in die Schweiz zurückgeflogen, Vater reiste in den Norden, nach Kanada, wo er eine Weile in einer Hütte an einem See lebte, meilenweit entfernt von den nächsten Menschen, Tage in einem Kanu saß und nach Bibern und anderen Tieren Ausschau hielt.

Abends kochten wir zusammen, Aufläufe, Suppen, Pasta. Dabei kamen wir uns nie in die Quere, wir arbeiteten uns in die Hand, zwei Gläser Rotwein auf der Anrichte, wir mussten uns noch nicht einmal absprechen. Manchmal dachte ich, so also sieht der große Bruder den kleinen an, genau so, skeptisch und gleichzeitig stolz, wenn wir nach dem Essen abwuschen und er mich ansah, weil ich ihm einen Teller abnahm, über und über mit Schaum bedeckt, da er immer zu viel Spülmittel verwendete. Wir hatten uns versöhnt und waren dankbar über dieses Geschenk, das wir uns gegenseitig machten. Es war kalt im Erdgeschoss des Hauses, denn die Fenster standen so oft wie möglich offen, um den Geruch nach Farbe und Lack zu vertreiben. Die neugestrichenen Zimmer leuchteten hell, Vater hatte auch die Decken gemalt und die Fußleisten lackiert, seine Stirn war noch lange weiß gesprenkelt.

Nach dem Abendessen setzten wir uns jeweils im Wohnzimmer vor den Fernseher und sahen uns Filme an, am liebsten Dokumentarfilme über Tiere. Vater reichte ein Glas Whiskey für den ganzen Fernsehabend, ich brauchte zwei, manchmal drei. Wir saßen nie nebeneinander, und wir redeten kaum in diesen Stunden vor dem Bildschirm. Früher war die Stille zwischen uns unangenehm gewesen, die Stille, die sich breitmacht, wenn sich zwei nichts zu sagen wissen. Wenn wir jetzt schwiegen, dann einvernehmlich und im Reinen mit uns. Wir hatten es nicht nötig, Nähe herbeizureden; sie war da, ohne Anstrengung einfach da. Manchmal dachte ich, er schlafe, wenn er sich auf dem Sofa ausgestreckt hatte, weil er vor mir aus der Küche gekommen war und ich mich mit dem Sessel begnügen musste, doch er blieb immer wach, auch dann, wenn wir den Fernseher erst nach Mitternacht ausmachten.

»Da sitzen wir, genau wie früher.«

Das sagte er jeden Abend irgendwann, wirklich jeden Abend, ohne mich anzusehen, als rede er mit sich selbst und nicht mit mir. Und auch ich sagte Abend für Abend das Gleiche zu ihm, nur die Pause vor meiner Antwort machte ich manchmal länger, manchmal kürzer: »*Fast* wie früher«, sagte ich jeweils, »nur hab ich jetzt auch weiße Haare.«

Am 5. Mai sahen wir uns *10vor10* an, das Nachrichtenmagazin des Schweizer Fernsehens, was wir eigentlich nie machten. Der Beitrag kam kurz vor Schluss, ich weiß nicht, warum ich *Das Holzschiff* von Hans Henny Jahnn, in dem ich während der anderen Beiträge geblättert hatte, entschlossen zuklappte und zur Seite legte, als sei ich fertig damit. Seltsamerweise wusste ich sofort, dass es um ihn ging, um Boyroth, schon als die Kamera über das hohe Gitter des Geheges glitt und schließlich bei einem Tiger stehenblieb, einem schweren, schönen Tier. Der Tiger blickte mit zusammengekniffenen Augen in die Kamera, *ich will, dass du mich erkennst*, schüttelte den Schädel und sah dann gelangweilt in die andere

Richtung, *du hast mich erkannt, ich weiß es. Und er, den ich getötet habe, er weiß es auch.* Der Mann, die Reporterin nannte seinen Namen nicht, wohl aber sein Alter, ich hätte gern in das betroffene Gesicht geschlagen, das sie schnitt, der 53jährige Mann war nachts in das Gelände des Raubtierparks eingedrungen, ausgerüstet mit einer Leiter, mit deren Hilfe er in das gut geschützte und abgesicherte Raubtiergehege kletterte. Am Morgen fanden die Tierpfleger die Leiche des arbeitslosen Schaustellers ohne festen Wohnsitz, hier kräuselte sich die Lippe der Moderatorin, als ekle sie sich, mit abgetrenntem Kopf. Ich fiel vornüber auf die Knie, schutzlos aufschluchzend, die Hände vors Gesicht geschlagen, schreiend, es gab nichts, was ich dagegen tun konnte. Mein Vater schaltete erst den Fernseher aus, bevor er mich in den Arm nahm. Er kauerte sich neben mich und drückte mich an sich. Vater und Sohn. Es regnete. Es roch nach Farbe. Mir war kalt. Ich war lange unterwegs gewesen, nun war ich also angekommen, am Anfang, noch einmal. Ich hatte Lust, zu singen, laut zu werden. *Schließt alle Türen, es gibt Wölfe im Wald, Bären und Tiger.* Mein Atem ging schnell und oberflächlich, ich hechelte, an diesem regnerischen, aber lauen Maiabend, der schon fast vorbei war, an dem ich erfuhr, dass mein Blutsbruder sich von Tigern das Leben hatte nehmen lassen, da er es nicht länger ertragen hatte, nur was? Die Schuld, die Selbstvorwürfe, sich? Was wissen wir von anderen? Hast du in den Himmel gesehen, Boyroth, zuletzt, in den Himmel? Es dauerte nicht lange, bis ich nachgab und losließ, bis ich mich Vaters Umarmung überließ. Doch es dauerte, bis ich mich beruhigt hatte. Ich habe mich bis heute nicht beruhigt, es wäre falsch. Wir sterben nur einmal. Aber das gilt auch für das Leben. Wir wissen es und wissen es doch nicht, denn es ist nicht auszuhalten. Wir leben dieses Leben nur einmal, aber wer denkt schon *wirklich* daran, dass es ein Ende hat. Weinte ich um ihn oder um mich? Wer würde ich nun sein, da er fort war für immer? Wer bist du von jetzt an, geht das überhaupt, ohne ihn? Und wie lange wird es dauern, bis du ebenfalls dort bist, wo er nun bereits war? Natürlich hatte ich mir lange gewünscht, damals dabei gewesen zu sein und bei Boyroth auf dem Sozius gesessen zu haben. Oder eher noch bei Fabio auf seiner Egli-Honda. Dann wäre alles anders gekommen, dann wäre ich damals gestorben, nicht? Den Satz, ich wäre gern wie du, wäre gerne *du*, diesen Satz hatte ich nie zu ihm gesagt. Er wusste es auch so. Und dann hatte ich ein Bild im Kopf, scharf, überdeutlich, eine Szene: Boyroth, eine krumme Gestalt, trägt mich durch einen finsteren Flur, huckepack, ohne die geringste Mühe mit meinem Gewicht, und legt mich in einem Zimmer am Ende des Flures in ein Bett, sorgsam, als wäre ich ein Kind, er deckt mich sogar zu. Ein Lied, ein Lied sang er nicht, aber ich, ich sang für ihn, geduldig und tröstlich, das sah ich vor mir, im Arm meines Vaters, der keine Frage stellte. »Wäre ich ein Mädchen, ich würde mich auf der Stelle in dich verlieben.« Wieder ging mir dieser Satz durch den Kopf, diese erste Empfindung, die ich hatte, als wir uns kennenlernten. Ich habe mich in dich verliebt, so oder so. Und wir haben es gewusst, beide. Boyroth und ich haben uns nie gestritten, vielleicht war das falsch und nahm unserer Freundschaft etwas, was eigentlich dazugehört, aber nein, es war richtig, es war unser Weg, wir zwei wollten es so. Wir waren Freunde, die sich nicht stritten, nie. Ein Mal, ein einziges Mal ist er laut geworden, hat er mich angeschrien, wir waren mit dem FC Blue Stars an ein Turnier in Süddeutschland gefahren; nach dem letzten Spiel saßen wir in einem Bierzelt, in einer Gruppe wunderschöner

Mädchen, die sich alle nur für ihn interessierten und um seine Gunst buhlten. Ich erinnere mich nicht, dass mich das gestört hätte, ich nahm es nicht nur hin, ich verstand es. Ich hätte mich ja auch für ihn interessiert und nicht für mich. Wütend also war ich nicht, aber ich wollte, dass er zeigte, was für ein verrückter Kerl er war. Er sollte vorführen, dass er sich an keine Regel hielt, sollte zeigen, was doch eh schon alle sahen und wussten: dass er anders war, ein König. Der Verführer, der verführt, ohne es zu wollen. Einer, für den kein Gesetz gilt, es sei denn das eigene. Einer, dem man sogar erlaubt, zu urteilen über einen, zu richten. Er sollte sich produzieren, sollte seine großen farbenprächtigen Schwingen auffalten, uns zu gefallen. Natürlich hoffte ich, in seinem Licht zu stehen, in seiner Hitze, und dadurch ebenfalls wahrgenommen zu werden. »Zeig's ihnen, los!« Habe ich das damals wirklich zu ihm gesagt und ihn also auch mit Worten gedrängt, sich in den Vordergrund zu drängen, damit etwas von der Bewunderung auf mich abfalle? Da hat er mich angeschrien, die Mädchen wichen zurück, er stand vor mir und schrie, schrie, unwiderstehlich in seiner Wut auf mich: »Leb dein eigenes Leben, Gönggi, na los, leb es, du bist doch keiner von den verdammten Feiglingen! Leb!«

Und das habe ich dann ja auch getan, Boyroth, mein Leben gelebt, so gut es eben ging, denn ich wusste, du bist irgendwo, es gibt dich.

Ich lebe es heute noch, ohne dich.

5

Kurze Zeit später erhielt ich einen Anruf von einem Anwalt in Luzern: Boyroth hatte ein Testament hinterlassen. Ein paar Tage darauf eröffnete mir der Mann in seinem Büro mit Blick über den Hafen im Vierwaldstätter See, was mir Boyroth vererbt hatte: seine Sammlung aus 70 Langspielplatten, eine TRIUMPH BONNEVILLE 650, einen Motorradhelm, eine schwarze Halbschale und seinen Hund Zappa – verbunden mit der Auflage, der Hund müsse bis zu seinem oder meinem Tod bei mir bleiben und dürfe unter keinen Umständen in ein Tierheim abgeschoben werden.

Ich nahm das Erbe an, trank vier Flaschen Bier an der Imbissbude hinter dem Bahnhof und aß zwei Portionen von Ritas Chili con Carne. Mir war, ich schluckte Feuer, so scharf war es, Feuer.

»Wer sehr lange lebt,
verliert doch nur dasselbe
wie jemand, der jung stirbt.
Denn nur das Jetzt ist es,
dessen man beraubt werden kann,
weil man nur dieses besitzt.«

Marc Aurel

Boyroths Plattensammlung

Alice Cooper: School's Out
Allman Brothers Band, The: Brothers And
  Sisters
Amon Düül II: Tanz der Lemminge

Beck, Jeff: Rough and Ready
Birthcontrol: Hoodoo Man
Black Sabbath: Paranoid
Bowie, David: Diamond Dogs
Buchanan, Roy: Roy Buchanan

Can: Soon Over Babaluma
Canned Heat: Live At Topango Corral
Captain Beefheart & The Magic Band: Lick My Decals
  Off, Baby
Cohen, Leonard: Live Songs
Corea, Chick and Return To Forever: Light as a
  Feather
Coryell, Larry: At The Village Gate
Country Joe and The Fish: Country Joe and The
  Fish
Cream, The: Disraeli Gears
Creedence Clearwater Revival: Green River

Davis, Miles: A Tribute To Jack Johnson
Deep Purple: Machine Head
Doors, The: L.A. Woman
Dylan, Bob: Highway 61 Revisited

Edgar Broughton Band, The: Oora
Embryo: Father Son And Holy Ghosts
Emerson, Lake & Palmer: Tarkus
Eno, Brian: Here Comes The Warm Jet

Free: Tons of Sobs
Frumpy: By the Way

Gallagher, Rory: Live In Europe
Grand Funk Railroad: E Pluribus Funk
Grateful Dead: Anthem of The Sun
Groundhogs, The: Split
Guru Guru: Der Elektrolurch

Hendrix, Jimi: Electric Ladyland
Hot Tuna: First Pull Up, Then Pull Down
Hunter, Ian: Welcome To The Club

Iron Butterfly: In-A-Gadda-Da-Vida

Jefferson Airplane: Surrealistic Pillow
Jethro Tull: Aqualung
Joplin, Janis: Pearl

King Crimson: Starless and Bible Black
Kinks, The: Face To Face

Kraan: Live
Krokodil: Swamp
Korner, Alexis & Snape: The Accidental Band

Led Zeppelin: I

Mahavishnu Orchestra: The Inner Mounting
   Flame
McCann, Les: Talk To The People
MC 5: Back in the USA
Mothers of Invention: Over-Nite Sensation
Mountain: Flowers of Evil

Pink Floyd: Meddle
Ponty, Jean-Luc: Sunday-Walk
Pop, Iggy & The Stooges: Raw Power

Quicksilver Messenger Service: What About Me

Rolling Stones, The: Sticky Fingers

Santana: Abraxas
Small Faces: The Autumn Stone
Steppenwolf: Monster

Tangerine Dream: Alpha Centauri
Tower of Power: Tower of Power
T. Rex: The Slider

Ufo: Phenomenon

Van der Graaf Generator: Pawn Hearts
Vanilla Fudge: The Beat Goes On
Velvet Underground: White Light/White Heat

Weather Report: I Sing The Body Electric
Who, The: Live at Leeds

Yardbirds, The: Havin a Rave Up
Young, Neil: Harvest

Zappa, Frank: Hot Rats

Copany, Cape Town, Berlin.
Januar 2008 bis Januar 2010

HANSJÖRG SCHERTENLEIB
Das Regenorchester
Roman
230 Seiten
ISBN 978-3-7466-2571-3

»Hansjörg Schertenleib ist ein Wortemaler.« HESSISCHER RUNDFUNK

Nachdem seine Frau gegangen ist, lebt ein Schriftsteller allein in seinem Haus in Irland. Da begenet er Niamh, einer sechzigjährigen Irin, die ihn zum Chronisten ihres Lebens macht. Sie führt ihm die Wunder des alten, untergegangenen Irland vor Augen und erzählt ihm von ihrer verlorenen Liebe. Voller Poesie und mit großer Sprachkunst erzählt Hansjörg Schertenleib eine unerhörte Liebesgeschichte.

»Ein überraschend lebensbejahender Roman.« BERNER ZEITUNG

Mehr von Hansjörg Schertenleib (Auswahl):
Das Zimmer der Signora. atb 2106-7
Der Papierkönig. atb 2108-1
Die Geschwister. atb 2445-7

**Mehr Informationen erhalten Sie unter www.aufbau-verlag.de
oder in Ihrer Buchhandlung**

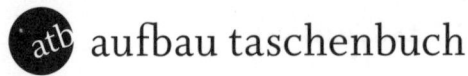

HANSJÖRG SCHERTENLEIB
Der Glückliche
Novelle
151 Seiten
ISBN 978-3-7466-2276-7

»Eine stille, unspektakuläre und doch sehr anrührende Lektüre.«

FOCUS

Der Trompeter This Studer wird nach Amsterdam eingeladen, um dort für ein paar Auftritte in einer Jazz-Combo zu spielen. Als er sich mit seiner Frau Daniela durch die bunte Grachtenwelt treiben lässt, wird er eines Nachts plötzlich an ein Ereignis aus seiner Kindheit erinnert. Studer glaubt, er müsse eine alte Schuld begleichen.

»*Ein ungemein lebenszärtliches Buch.*« ST. GALLER TAGBLATT

Mehr von Hansjörg Schertenleib (Auswahl):
Das Zimmer der Signora. atb 2106-7
Der Papierkönig. atb 2108-1
Die Geschwister. atb 2445-7
Von Hund zu Hund. atb 1912-5

**Mehr Informationen erhalten Sie unter www.aufbau-verlag.de
oder in Ihrer Buchhandlung**

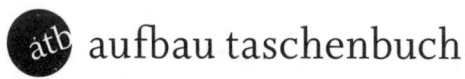

aufbau taschenbuch

HANSJÖRG SCHERTENLEIB
Die Namenlosen
Roman
314 Seiten
ISBN 978-3-7466-1853-1

Ein großer Erzähler und Stilist

Christa Notter wird gejagt. Die 40-jährige Frau versteckt sich in Irland und schreibt ihrer Tochter, die ihr nach der Geburt sofort weggenommen wurde. Sie schreibt gegen die Zeit und um ihr Leben, denn sie hat die Sekte verraten, deren Mitglied sie war. Der charismatische Sektenführer wird sie töten. Es sei denn, ihr Geliebter findet sie zuerst. Gekonnt verbindet Schertenleib das Thriller-Genre mit seiner einfühlsam beobachtenden, poetischen Sprache.

»Ein Thriller mit internationalem Flair, ein schillernder Sektenreport, gut recherchiert, sehr aktuell. ... Eine Intensität und Leichtigkeit, wie man sie sonst nur aus dem Kino kennt.« Tagesspiegel

Mehr von Hansjörg Schertenleib (Auswahl):
Das Zimmer der Signora. atb 2106-7
Der Papierkönig. atb 2108-1
Die Geschwister. atb 2445-7

Mehr Informationen erhalten Sie unter www.aufbau-verlag.de
oder in Ihrer Buchhandlung

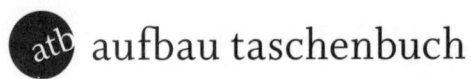

HANSJÖRG SCHERTENLEIB
Der Antiquar
Roman
190 Seiten
ISBN 978-3-7466-2397-9

»Ein geheimnisvolles Buch zu Liebe und Gewalt.« Süddeutsche Zeitung

Das Leben des Antiquars Arthur Dold gerät nch einem Überfall aus den Fugen. Er beginnt seiner Vergangenheit nachzuspüren – den Sehnsüchten, Wunden und Bildern der Kindheit, als er, der Sohn des Gärtners, eine großbürgerliche Jugend als Zaungast erlebte. Ein Buch über die Macht der Fantasie und ihrer Bedeutung fürs Leben.

»Schertenleib versteht sich aufs Erzählen, auch in den erotischen Passagen.« Süddeutsche Zeitung

Mehr von Hansjörg Schertenleib (Auswahl):
Das Zimmer der Signora. atb 2106-7
Der Papierkönig. atb 2108-1
Die Geschwister. atb 2445-7

Mehr Informationen erhalten Sie unter www.aufbau-verlag.de
oder in Ihrer Buchhandlung

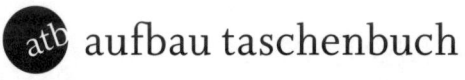

aufbau taschenbuch

HANSJÖRG SCHERTENLEIB
Von Hund zu Hund
Geschichten aus dem Koffer des Apothekers
208 Seiten
978-3-7466-1912-5

»Seine Geschichten überzeugen«

BERNER ZEITUNG

Die »Geschichten aus dem Koffer des Apothekers« handeln von Liebe und Tod, vom Kampf um Würde und Respekt und von zufälligen Begegnungen, die Lebensläufe radikal auf den Kopf stellen. Sie spielen in Barcelona oder auf den Hebriden, in Perpignan oder Irland, in Magdeburg oder Lissabon. Schertenleibs Figuren bestechen durch eine lakonische Präzision, emotionale Kraft und menschliche Reife. Literarisch virtuos und mit dunklem Witz erzählt er das Außergewöhnliche ihres ganz gewöhnlichen Lebens.

»Hansjörg Schertenleib erweist sich in diesem Buch als gewandter Erzähler, der mit leichter Hand Rahmen und Geschichten ineinander fügt.«
NEUE LUZERNER ZEITUNG

Mehr von Hansjörg Schertenleib (Auswahl):
Das Zimmer der Signora. atb 2106-7
Der Papierkönig. atb 2108-1
Die Geschwister. atb 2445-7

**Mehr Informationen erhalten Sie unter www.aufbau-verlag.de
oder in Ihrer Buchhandlung**

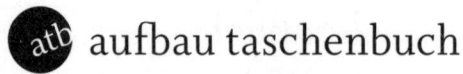

aufbau taschenbuch

MAXIMILIAN STEINBEIS
Pascolini
Roman
Gebunden, 251 Seiten
ISBN 978-3-351-03296-8

Eine wahnwitzige, universelle Provinzgroteske

Matthias Pascolini treibt die Ettengruber Polizei zur Verzweiflung, denn der junge Gauner ist einfach nicht zu fassen. In dem Provinznest kämpfen mit wachsender Begeisterung Katholiken gegen Protestanten, Traditionalisten gegen Freigeister, Tennisvereinsmitglieder gegen die Herren vom Fußballklub. Je härter die Staatsgewalt zuschlägt, desto mehr wird Pascolini zum Volkshelden. Als sich dann auch noch die Politik einmischt, geraten die Ettengruber an die Grenzen eines Bürgerkrieges.

Ein derbes, bitterböses Spiel um die Macht des Geschichtenerzählens, eine kluge und bissige Satire über Freiheitsmythen und Fremdenverkehr. Ein Mordsspaß, nicht nur für Bayern.

»Der Autor ist mit ganzem Herzen bei dem, was er erzählt.« F.A.Z

Mehr Informationen erhalten Sie unter www.aufbau-verlag.de
oder in Ihrer Buchhandlung

 aufbau

SAÏD SAYRAFIEZADEH
Eis essen mit Che
Roman
Gebunden, 267 Seiten
ISBN 978-3-351-03298-2

»Dieses Buch trifft den Leser in seinem Innersten« PAULA FOX

Saïd Sayrafiezadeh hat einen ungewöhnlichen Namen, und ungewöhnlich sind auch seine Eltern. Seine jüdische Mutter Martha ist die Schwester eines erfolgreichen Romanciers. Auch sie will schreiben, doch sie gibt ihren Traum auf, als sie Mahmoud heiratet, einen Exil-Iraner. Dieser wird Mathematik- Professor, seine Frau bekommt drei Kinder. Das jüngste: Saïd. Doch das glühende Paar interessiert sich nicht für ein traditionelles Familienleben. Es findet seine Berufung im Sozialismus und sehnt die Weltrevolution im Herzland des Kapitalismus herbei. Kurz nach Saïds Geburt verlässt der Vater die Familie um der Revolution willen. In ärmlichen Verhältnissen und voller Sehnsucht nach dem Vater wächst der Junge auf. Aber eines Tages wird er alle Güter und alle Liebe dieser Welt besitzen – am Tag der Weltrevolution.

»Geschrieben mit außerordentlicher Kraft und Haltung.«
THE NEW YORK TIMES

Mehr Informationen erhalten Sie unter www.aufbau-verlag.de
oder in Ihrer Buchhandlung

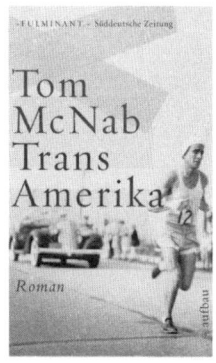

TOM MCNAB
Trans-Amerika
Roman
Aus dem Amerikanischen von
Verena von Koskull
568 Seiten
ISBN 978-3-7466-2584-3

»*Ein Meilenstein*« THE NEW YORK TIMES

Es ist der größte Wettlauf der Geschichte, quer durch das brodelnde
Amerika der 30er Jahre. Der schnellste Läufer erhält ein exorbitantes
Preisgeld. Sollte überhaupt jemand lebend in New York ankommen.
Ein atemberaubender Roman, voller Leidenschaft, Intrigen, Witz und
heroischer Momente. Das wohl beste Laufepos aller Zeiten, ein Meis-
terwerk angelsächsischer Erzähltradition.

»*Jeder, der diesen Lauf beendet, hat bereits gewonnen, egal ob er 1. oder
200. geworden ist. Gleiches gilt für den Leser.*« NEWS.DE

Mehr von Tom McNab
Finish. Aufbau. ISBN 978-3-351-03293-7

**Mehr Informationen erhalten Sie unter www.aufbau-verlag.de
oder in Ihrer Buchhandlung**

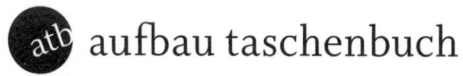

MATTHIAS FRINGS
Der letzte Kommunist
Das traumhafte Leben
des Ronald M. Schernikau
Gebunden, 488 Seiten
ISBN 978-3-351-02669-1

»Stoff für großes Kino«

BERLINER ZEITUNG

Im Sommer 1980 zieht Ronald M. Schernikau (1960–1991) nach
Westberlin. Er ist eine Lichtgestalt der Literatur, Autor der provokan-
ten »Kleinstadtnovelle«. Er stürzt sich ins Nachtleben, in die Welt
der Cabarets, Saunen, Discos. Er trifft die Liebe seines Lebens. Unter
seinen Freunden, die wie er die Welt erobern wollen, ist der junge
Schauspieler Matthias Frings. Doch in einem Punkt unterscheidet sich
Schernikau von den anderen: Er ist Kommunist.

»Eine der schillerndsten Autorenfiguren der Achtzigerjahre.« TAZ

Mehr Informationen erhalten Sie unter www.aufbau-verlag.de
oder in Ihrer Buchhandlung

ANDREAS BERNARD
Vorn
Roman
Gebunden, 249 Seiten
ISBN 978-3-351-03294-4

Aus dem Labor einer Generation

Mitte der neunziger Jahre: Tobias Lehnert gelingt der Sprung in die Redaktion einer großen deutschen Zeitung. Hier glaubt er das eine, richtige Leben zu finden. Bis er erkennt, wie ihm seine Freundin Emily immer mehr entgleitet.

»Andreas Bernard ist, eben weil er so nah an der Normalität entlang erzählt, eine grauenhaft schöne und wahre Liebesgeschichte gelungen.« MORITZ VON USLAR

Mehr Informationen erhalten Sie unter www.aufbau-verlag.de
oder in Ihrer Buchhandlung